KB043000

잇츠 빌런스 코리아 3

초판 1쇄 인쇄일 2023년 2월 10일 | **초판 1쇄 발행일** 2023년 2월 16일

지은이 초촌 | **펴낸이** 곽동현 | **담당편집 팀장** 이범수
편집부 정요한 김승건 조혜진

펴낸곳 (주)조은세상 | 출판등록 제2002-23호
주소 서울특별시 동작구 동작대로1길 27 5층
TEL 02)587-2966 | FAX 02)587-2922
E-mail bukdu@comics21c.co.kr

초촌©2023
ISBN 979-11-391-1393-8 | ISBN 979-11-391-1390-7(set)
값 9,000원

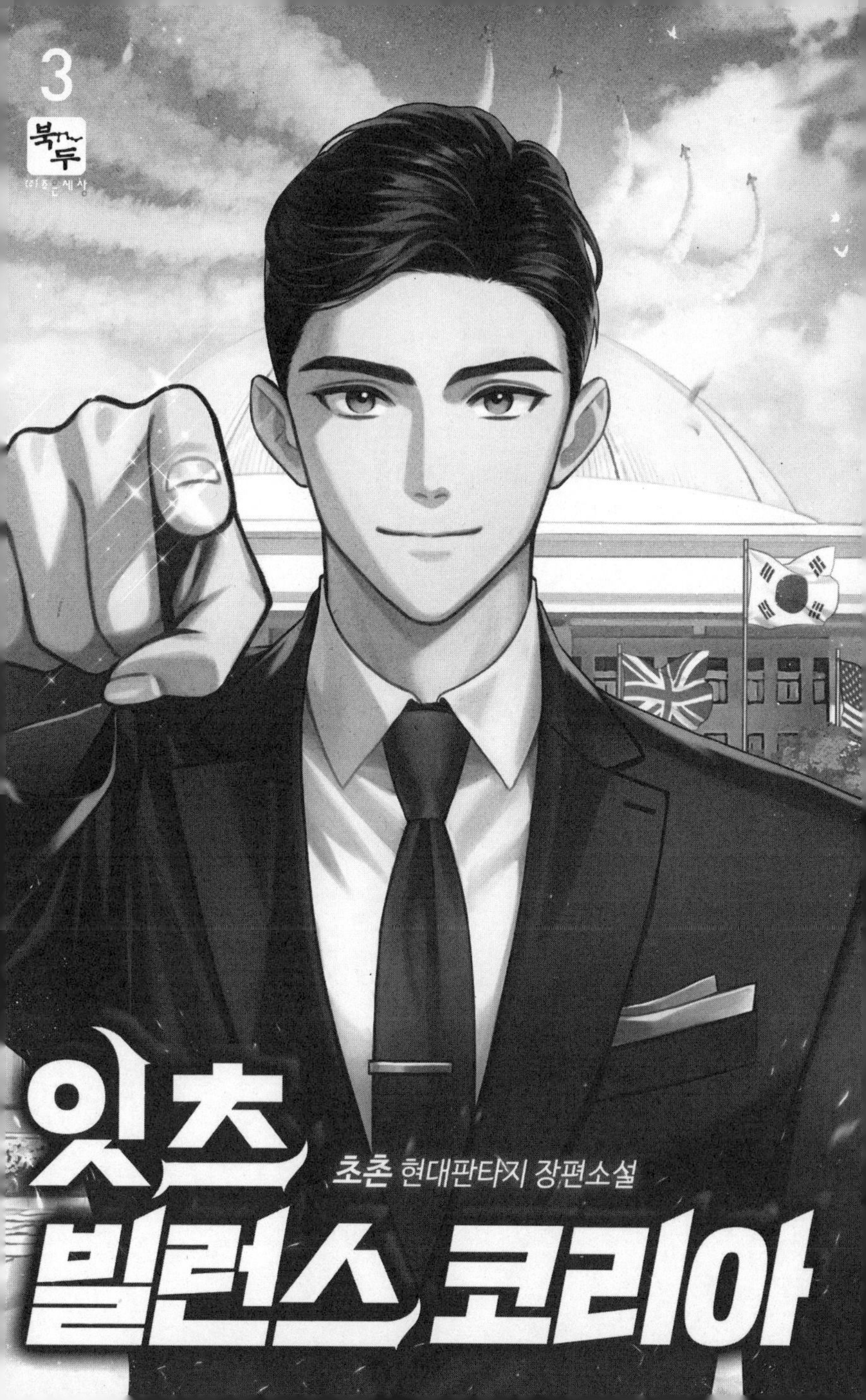
3
북두
잇츠 빌런스 코리아
초촌 현대판타지 장편소설

초촌 현대판타지 장편소설

MODOERN FANTASY STORY

CONTENTS

Chapter. 17 ⋯ 7

Chapter. 18 ⋯ 45

Chapter. 19 ⋯ 87

Chapter. 20 ⋯ 135

Chapter. 21 ⋯ 173

Chapter. 22 ⋯ 211

Chapter. 23 ⋯ 249

Chapter. 24 ⋯ 293

Chapter. 17

《……그리하여 저희는 더 이상의 폭거를 방치할 수 없다
는 판단에 이 자리에 섰고 구민 여러분께 진심 어린 사죄를
드리려 합니다. 죄송합니다. 앞으로 강남구의회는…….》

십여 명의 구의원이 강남구의회 앞에서 기자 회견을 열었다.
부의장 성백선이 정면에 서서 그동안의 이해 못 할 구의회
의 행동이 어디에서 비롯되었고 그 실상을 낱낱이 밝히며 허
리를 숙였다. 도열한 구의원들도 카메라를 향해 정중히 허리
를 숙였다.
기자들도 처음엔 미적댔으나 성백선의 입에서 무상 급식의

시대적 당위성을 인정하고 실현을 위해 열심히 뛰겠다는 약속과 함께 한민당 수뇌부의 지시를 받은 구의회 의장의 강압과 지시로 인한 방해 행위는 더 이상 이뤄지지 않을 거라는 발언까지 나오자 더는 시큰둥대지 못하고 플래시를 터트렸다.

그리고 그날 9시 뉴스 메인에 성백선의 얼굴이 올라갔다. 다음 날, 조간신문도 또한 몇 개만 빼놓고 모두 1면에 게재됐다.

그 신문을 장대운이 펼쳐 놓았다.

"음, 타격이 있겠네요."

"이렇게까지 해 줄 줄은 몰랐는데. 혹시 무언가 약속하신 게 있으십니까?"

도종현이 물었다.

"당한 게 있다 보니 성의를 보이라고 했죠. 말만으로는 아무래도 신뢰하기 어렵다고요."

"아…… 그렇군요. 근데 저쪽이 방송을 막으려고 하지 않았나요? 이 정도 폭로면 틀림없이 막으려 했을 텐데 이상하게도 전부 나옵니다."

당연히 가만히 있지 않았다. 여러 경로를 통해 방송과 신문에 나오지 않게 압력을 가했다. 한민당 지도부 전체가.

이는 백은호가 대답했다.

"의원님이 관심 가지신 일입니다."

"아……."

가타부타 없이 바로 납득해 버리는 도종현에 피식 웃어 버린 장대운은 시계를 보았다.

누구 더 올 사람이 있나 했더니 사무실 문이 열리며 조형만이 들어왔다.

"아이고, 다들 모여 계셨네예. 제가 좀 늦었심더."

"아니요. 딱 맞춰 오셨어요. 우리도 간단히 회의하고 있었어요. 조 대표님 기다리면서요."

"그러십니꺼? 하하하하하하, 이 조형만이가 어딜 가도 쪼메 귀하지예?"

"그럼요. 어서 앉으세요."

"옙."

정은희가 때맞춰 차도 한 잔 내오고 다들 조형만이 왜 왔나? 입만 보고 있는 가운데 도종현만 티 나게 고개를 갸웃댔다. 구룡마을 재개발 건은 들었으나 이렇게 회의까지 참석할 정도인가 하고.

그런 도종현을 조형만이 쳐다봤다.

"우리 도 보좌관님은 완전히 적응해 뿐네요."

"아, 예."

"저번에 봤을 땐 어디 마음 둘 데를 못 찾더니만. 그래, 일은 할 만합니까?"

"재밌습니다. 아주 재밌습니다."

"그렇심니꺼?"

"예."

"맞습니다. 의원님이랑 같이 다니면 세상이 그렇게 재밌을 수가 없습니다. 이 세상이 놀이터마냥 전부 쉽지예."

"아, 예."

"그게 의원님 덕분인 건 아시지예?"

"그럼요."

"저~기 구룡마을도 똑같심더. 이제 우리 의원님 만났으니까네 거기 사는 사람들 인생도 놀이터 같아질 낍니더. 알지예? 이 인생이라는 놈이 재주 많은 놈들한테는 놀이터 같은데 재주 없는 사람들한테는 거의 지옥이라는 거."

갑작스러운 훈계라. 도종현은 잠시 대답이 늦었다.

"……예, 그렇죠."

조형만은 개의치 않고 말을 이었다.

"우리가 어느 자리에 서서도 절대 잊지 말아야 할 게 그긴 겁니다. 의원님 아니었으면 우리도 똑같이 저 지옥에서 아웅다웅하고 있었을 거라는 거."

움찔. 도종현은 꼼짝을 못 했다. 마음속으로는 초엘리트 출신에 뉴욕 로펌에서의 15년 경력이 제 잘났다고 반박하고 있음에도 입도 뻥긋 못 했다. 그것도 중졸 출신 CEO 앞에서.

시선이 마주친 두 사람.

역시나 부딪힘은 없었다. 도종현도 자기가 바닥 출신인 걸 잊은 적 없으니 교양의 가면이 치워지며 도리어 여유로워졌다.

도종현의 눈빛이 단단해지자 그제야 조형만도 미소를 지으며 장대운을 보았다.

"사납기는 행님 못지 않네예. 도 실장이 걱정 말라 카더니 믿을 만하겠심더."

"우리 도 보좌관님이야 인성부터 실력까지 두루 겸비하셨죠. 안 그래도 미래 청년당의 양대 줄기를 컨트롤하고 계셔요. 더는 시험하지 않으셔도 됩니다."

"그렇십니꺼? 아이고, 도 보좌관님, 언짢게 생각하지 마이소. 지금도 오필승은 매일 뒤를 보고 삽니더. 누구 하나 빠짐없이 말이지예. 그걸 알려 주고 싶었던 기라예."

"아니요. 감사하게 생각하고 있습니다. 저도 늘 어제를 잊지 않으려 하거든요."

"그랬습니꺼? 이놈이 또 오지랖을 부렸심니더. 지송합니다."

벌떡 일어나 허리를 숙이는 조형만에 도종현도 깜짝 놀라 같이 일어나 숙였다.

하여튼 대단한 사람이었다. 조형만은.

저 정도니까 난다 긴다 하는 건설사 회장, 사장들 앞에서 제 색깔을 드러내도 탈이 없는 건지 모르겠다.

곁에서 지켜보던 김문호도 속으로 혀를 내둘렀다.

'상대가 안 되겠지. 단칸방에서 살던 때를 어깨에 달고 다니는 사람이랑 배에 기름기 낀 사람이랑 어떻게 싸움이 되겠어?'

헝그리 정신이었다.

배고팠을 때를 잊지 않은 야성. 당장 모든 걸 잃어도 그때보다 훌륭하다 생각하는 사람과 지킬 게 많아진 사람.

대한민국 최고의 자리에 올랐음에도 조형만은 아직까지 기본기를 지키고 있었다. 저 근원이 도대체 뭘까? 생각하면 다시 또 장대운이 떠오른다.

언제나 장대운. 스스로 반성되면서도 늘 부러운 순간이었다.

'나도 저렇게 될 수 있을까?'

조금만 상황이 나아져도 어제를 잊는 못난이라도 조형만, 저 사내처럼 될 수 있을까?

모르겠다.

자신 없었다. 스스로를 경험해 본 만큼 아주 무겁게.

"강남구청장이 귀여운 짓을 하대예."

"오해 마세요. 제가 시켰어요."

"그렇습니꺼? 어쩐지 지는 재개발 안 하겠다는 소린가 했심더. 혹 나중에 말이 나올까 봐 그러십니꺼?"

"돈을 쓰려면 생색은 내야겠죠."

"그건 맞는데…… 좀 과하긴 했어예. 누가 봐도 호구 잡히는 거 아입니꺼?"

"뭐라던가요?"

"대금부터 일시불로 쏘랍니다. 주민들 이주할 집도 지어주고 월 100만 원씩 생활 보조금도 주고. 실평수 15평짜리 임대 아파트도 한 채씩 주고."

국책 공사도 10조 원을 일시불로 쏘라는 조건을 달지 않는다. 적어도 다섯 번 많으면 열 번가량 분할로 치른다.

구룡마을은 최소 1,000세대였다.

이주하려면 계산상으로도 최소 1천 채의 집이 필요했고 조건대로라면 1천 세대에 월 100만 원의 생활 보조금을 지급해야 했다. 임대아파트가 완공되기 전까지 쭉.

1천 세대에 달하는 임대아파트가 공짜로 올라가는 것도 아니니 이는 누가 봐도 호구 짓이 맞았다.

하지만 조형만은 또 조형만이었다.

"뭐, 그리 가신다믄 어려운 일도 아닐 낍니더. 오필승 건설이 하는 짓이 늘 호구 짓이니 하나 더 늘어난다고 캐서 특별할 것도 없지예. 자기들이 재개발 동의서를 받아 준다고도 하고. 일은 편하겠심더."

"바로 들어갈 건가요?"

"아니지예. 요새 분위기가 쏠쏠찮으니 좋던데 더 쪼아삘 낍니더. 마지막 날, 마감 직전에 들어갈 생각이라예. 그래야 한 번이라도 가슴을 더 쓸어내릴 게 아닙니꺼."

"그러면 저도 일정에 맞게 준비해야겠네요."

전화기를 꺼낸다. 몇 번 울리자마자 누가 받는다.

"저예요. 잘 지내시죠? 여기가 오전 10시니까 아직 주무실 시간은 아니시죠? 예예, 저도 잘 있죠. 옆에 조 대표님도 와 계세요. 맞아요. 그 땅에 바이오 관련 연구소 하나 지어 볼까 해서요. 에에, 필요한 인력이랑 제휴 맺을 제약사 좀 섭외해 주세요. 굳이 미국을 고집할 필요는 없어요. 걔들이 언제 의리 지키는 거 봤어요? 예. 근데 언제 들어오세요? 아아, 아르헨티나에 가신다고요? 그 건이군요. 알겠습니다. 그러면 기다리고 있을게요. 나중에 봐요."

준비 다 됐단다. 전화 한 통으로. 대체 누구길래?

그러나 바로 화제가 전환되는 바람에 김문호는 물어볼 수

15

가 없었다.

"며칠 전 우린, 우린 문호 씨의 제안으로 미래 청년당에 제일 시급한 게 뭔지 알았습니다."

"아아, 그거요?! 맞습니다. 아주 시급한 문제였죠."

"저도 곱씹을수록 무릎을 쳤습니다."

"맞습니다. 모두가 일이 바쁘다는 핑계로 정작 중요한 걸 간과했어요."

모두가 끄덕끄덕. 장대운은 미소 지었다.

"당원들에게 당세(黨勢)를 보여 줘야 합니다. 홈페이지 숫자 놀음으로는 실감이 나지 않을 테니까요."

"맞습니다. 실제로 체험하는 것과 책으로 보는 것과는 상당한 차이가 있으니까요. 당원들 단합에도 큰 도움이 될 겁니다."

"오필승에서도 1년에 한 번 체육대회를 열어 그룹인들 가슴에 심어 주잖아요. 그 자부심을 말이죠."

"맞습니다. 우리가 놓쳤습니다. 문호 씨가 아주 적절한 시기에 짚어 줬습니다."

"그렇죠. 아주 격하게 동의합니다."

전에 제안한 '미래 청년당 전당 대회의 건'이었다.

전부 다 검토했는지 찬성 일색이었다.

입안자로서 뿌듯하기 그지없는 순간이지만 김문호는 방심하지 않았다. 진짜 중요한 건 아직 나오지 않았다.

장대운도 역시 놓치지 않았다.

"모두 미래 청년당 전당 대회가 우리 시대의 요구라고 말씀하시니 저도 말씀을 드리기 편하네요. 행사를 개최하는 데는 전부 이의가 없다고 판단하겠습니다. 자, 그러면 이제부턴 어떻게? 어디서? 가 중요하겠죠? 문호 씨도 이 부분에 대해서만큼은 협의가 있어야 한다고 했습니다. 이에 대해 토의하기 전, 문호 씨 의견부터 들어 보는 게 좋겠죠? 아무래도 입안자니까요."

발언권이 넘어왔다. 지켜보던 조형만의 눈이 살짝 커지는 게 보였다. 의외라는 저 눈빛처럼 국회의원실 회의에서 고작 한 달짜리 7급 비서에게 행사의 발언권을 주는 경우는 거의 없었다. 일반 기업도 물론이고.

그러나 이곳은 장대운 국회의원 사무소였다.

이곳에서만큼은 일상이다. 그리고 이 환경이 얼마나 축복인 건지 김문호는 아주 잘 알았다. 절대 놓치지 않는다.

"선택해야 할 순간입니다. 전체를 기준으로 갈 것이냐? 주요 당원인 미래당원에게만 기회를 줄 것이냐? 그러나 이도 이미 정해져 있습니다. 제가 협의라고 써 놓았지만 말이죠."

"그게 무슨 뜻이죠? 정해져 있다니?"

도종현이 허리를 당겼다.

"어디서? 때문입니다. 미래 청년당 전당 대회를 여는데 도대체 어디에서 열 것이냐? 재확인차 말씀드리지만, 현재 미래 청년당 당원 수는 100만 명을 넘어섰습니다."

"아! 아아…… 맞네요. 그 인원이 전부 모일 공간이 없겠죠."

"예, 결국 추려야 하는데. 이도 따로 명확한 기준이 없는 한 언제나 꼬리표처럼 따라다닐 논란거리가 될 겁니다."

"그럼 문호 씨는 미래당원만 모으자는 건가요?"

"일종의 프리미엄이죠. 월 1,000원이지만 그들은 월 1,000원 만큼 우리와 더 가까우니까요."

"그 말은 앞으로도 미래당원에게만 기회를 주자는 거로 이해해도 됩니까?"

"세계인구가 50억 명을 넘어섰습니다. 곧 60억 명에 도달할 거라는 얘기도 돕니다. 보수적으로 잡아 이 중 절반이 의원님을 알고 그 절반의 절반의 절반이 팬이라고 봤을 때 과연 FATE 앨범 판매량이 그에 걸맞았습니까?"

"예?! 그건……!"

뜬금없는 질문인 듯 보이나 절대 아니었다.

LP 2억 9,820만 장, CD 1억 8,390만 장, 도합 4억 8,210만 장 판매. 이전 기네스북 1등과 거의 3억 장 차이가 날 만큼 압도적인 판매량이었지만 이 수치는 팬이라고 전부가 기꺼이 지갑을 여는 게 아니라는 걸 잘 보여 줬다.

장대운이 낸 앨범은 총 열 장이었다.

앨범당 판매량으로 나눈다면 4천만 장이다.

민들레 숫자가 얼마인데 앨범당 판매량이 겨우 4천만 장일까? 최소 2억 장은 되어야 민들레가 가진 파워와 비례하지 않을까?

이 차이는 너무도 컸다.

이래서 유료와 무료의 구분이 중요했다. 충성도의 지표로서.

"다른 누구도 아닌, 미래 청년당이 먼저 알아 줘야 합니다. 얼마 안 되는 돈이라도 그들은 기꺼이 썼습니다. 돈을 썼다는 게 제일 중요합니다. 그만큼 마음을 쓴 거니까요."

탕. 조형만이 탁자를 내리쳤다.

"캬아~ 쥑이네. 팔뚝으로 소름이 다 돋습니더."

그것도 모자라 장대운에게 으름장을 놨다.

"의원님, 이 친구 계속 쓰실 낍니꺼?"

"……"

피식 웃고만 있는 장대운.

조형만이 아깝다는 듯 인상을 구겼다.

"하아…… 아깝네예. 이 친구가 의원님 사람이 아니었으믄
지가 데려갔을 낍니더. 억만금을 줘서라도! 내 사람으로 만
들었을 낍니더. 하하하하하."

"그렇죠?"

"캬아~ 의원님 이번에도 또 돈 벌었심더. 아닌가? 이제는
표를 번 건가예?"

"하하하하하하, 우리 문호 씨가 기똥차죠. 어떨 때는 저도
깜짝깜짝 놀라요."

"마, 됐심더. 이제 고마 의심 마라고 지가 얘기히겠심더.
이런 친구를 두고 더 뭘 꼬치꼬치 캔다고 지랄들인지. 다 조
용히 시키겠심더. 지가."

벌떡 일어나더니 나가 버린다. 근데 무슨 의심? 뭘 캔다고?

김문호의 머리가 복잡해지려는 찰나 장대운이 화제를 전
환시켰다.

"자자, 집중하세요. 그러면 일단 미래당원에게만 전당 대

회 초대권을 준다는 것에는 이견이 없는 것 같은데. 맞나요?"

아무도 반론을 내지 않았다. 인정한다는 것.

"그럼 다음은 '어디서?'네요. 과연 어디에서 전당 대회를 열면 좋을까요. 문호 씨? 이것도 생각해 봤죠?"

"아…… 음…… 알겠습니다. 제가 생각한 건, 현재 미래당원 숫자를 20만으로 봤을 때 숫자로만 보면 당장 서울 올림픽주 경기장을 섭외하는 게 맞을 것이나 이도 또 보수적으로 봐서 절반의 절반의 절반만 참석한다고 봤습니다. 그리고 뭐니 뭐니해도 미래 청년당의 주력은 강남구입니다. 거리가 멀어서는 곤란합니다."

"으음, 그도 그러네요."

"맞아요. 강남구에서 멀면 참석률이 떨어질 거예요."

끄덕끄덕. 김문호는 생각하던 걸 꺼냈다.

"강남구에서 아주 가까운, 평소 강남구민도 이용하는 곳 중에는 올림픽 공원이 있었습니다. 거기 사이클 경기장이 하나 있던데 어떠십니까?"

"사이클 경기장이요?"

도종현이 '거 괜찮네'라는 표정으로 끼어들었다.

"88올림픽 이후 경륜장으로 활용 중인 곳인데 크기가 적당합니다."

"거기 교통체증 심한데 아니에요? 경륜 때문에 주민들 원성이 심하다던데. 괜찮나요?"

"송파구잖습니까."

"예?"

"송파구니까요. 강남구가 아니라."

"……예?"

"…….…"

"…….…"

"…….…"

"……! 설마 우리 구가 아니라서 상관없다는 건가요?"

"예."

"그게…… 무슨…… 말인지…….…"

다들 의문스럽게 쳐다보건만 김문호는 되레 이게 왜 문제냐고 더 당당하게 눈을 마주쳤다.

결국 장대운이 크게 웃었다.

"하하하하하하, 아하하하하하하, 맞아요. 맞아. 아이고, 배야. 우리 구도 아닌데 우리가 너무 신경 썼네요."

"아니, 그래도…….…"

"그렇다고 강남구 주민을 경기도로 모실 수는 없을 노릇이니에요?"

"그……렇긴 하죠."

"가깝고도 좋은 곳이 있는데 마다할 이유가 있나요? 너무 도덕적 관념에 사로잡히지 마세요. 우리가 1년 내도록 전당대회를 열겠다는 것도 아니고 고작 하루잖아요. 그리고 송파구에서도 당원이 많습니다. 겸사겸사 서로에게 좋다는 걸 문호 씨가 조금 강하게 어필한 것뿐이에요. 너무 고정관념에 사

21

로잡히지 말라고요."

"……!"

"……!"

정말 상관없어서 상관없다고 말한 것인데. 김문호도 장대운의 정리를 듣자마자 자신이 흥분했다는 걸 깨달았다.

장대운은 이미 전국구였다. 여느 지역에서만 먹고 사는 영세 정치인이 아니었다. 그런 남자에게 지역 구분 정책은 아주 근시안적인 것이었다. 훗날 발목을 잡을 실정이기도 하고.

아차! 하는 순간에도 장대운의 정리가 이어졌다.

"내 보기에 사이클 경기장은 현재 미래 청년당 당세를 확인하기에 더할 나위 없는 장소로 보입니다. 100만 당원에 20만 미래당원. 이 수가 과연 실수인지 허수인지 보여 줄 기준이 되겠죠. 아닌가요?"

틀린 말이 없었다. 그래서 사이클 경기장을 골랐다.

너무 작으면 모일 의미가 없고 너무 크면 빈자리를 걱정해야 한다. 적당한 선에서 적당히 꽉 찬 전당 대회는 누구에게나 환영 받을 일. 그래야 오는 사람이나 모으는 사람이나 또 적당히 사기 진작 될 테니까.

"어떤가요? 저는 문호 씨 계획대로 가는 게 좋아 보이는데."

"저는…… 불만 없습니다."

"저도요."

"저도 동의는 하는데…… 쓰읍, 논란이 되지 않겠습니까?"

입맛을 다시는 도종현이었다.

"논란이라…… 아마도 논란이 되겠죠. 저도 그렇게 예상해요. 하지만 어차피 넘어야 할 산 아닌가요?"

"……그래도 계획안을 보면 전당 대회 식순에 그걸 넣겠다는 건데. 이건 차원이 다른 문제입니다. 자칫 잘못하면 전체의 공격을 받을 수도 있습니다."

"으흠, 그 말씀은 미래 청년당 당원의 전신이 민들레인 것과 그걸 식순에 넣는 건 전혀 별개라는 건가요?"

"예. 전혀 다른 이야기입니다. 전당 대회는 당원의 사기 진작도 있겠지만, 정당이 나아갈 바를 제시하고 그와 관련된 정책과 그걸 이끌어갈 대의원을 뽑고 그에 상응한 선택이 필요할 때 주로 열게 됩니다. 아무래도 유례가 없는 일이라 저는 계속 걱정됩니다."

"하긴 선구자는 언제나 고독하지요."

'선구자'란 단어를 듣는 순간 장대운이 마음을 굳혔다는 걸 도종현은 깨달았다.

어떤 일이 벌어져도 진행하겠다. 끝, 끝, 끝.

자신도 물론 의견 지체기 다른 건 아니었다.

김문호의 제안은 획기적을 넘어 가히 파격적이었다.

성공만 한다면 초대박이 날…… 전 세계에서도 장대운만이 가능한 퍼포먼스였으니 이를 반대한다는 건 바보짓이란 걸 잘 알고 있었고 또한 그것이 장대운의 장점을 극대화시킬 거라는 것도 잘 알았다.

다만, 브레이크 없는 기차가 되는 건 지양하겠다는 것이다. 끝까지 신중을 기해 수를 놓는 건 보좌관의 의무였고. 최초인 만큼 공격당할 것들에 대한 준비가 필요했으니 그에 관한 의견을 강하게 피력하는 것이다.

그러나 마음을 정한 장대운은 더는 자신을 쳐다보지 않고 김문호에게 시선을 돌렸다.

이 이상의 반론은 받아들이지 않겠다는 듯.

"우리 도 보좌관님이 하는 말씀이 무슨 뜻인지 알죠?"

"예, 최악을 방지하자는 말씀으로 들었습니다."

"……!"

"맞아요. 계획은 늘 최악에 대비해야겠죠. 문호 씨는 이에 대한 준비가 돼 있나요?"

"없습니다."

"그렇군요. 없다는데요?"

다시 이쪽을 쳐다본다.

"예?"

"문호 씨가 아무런 준비도 없대요. 그냥 밀어붙이자는데요? 어떻게 하죠?"

"어, 그게……."

도종현이 당황하자 장대운이 생긋 웃는다.

"없는 게 당연하겠죠. 여기 있는 누구도 그 부분에서만큼은 전문가가 아니고 경험도 없지 않습니까."

어깨를 토닥토닥.

"일단 서로 잘하는 것만 진행해 봅시다. 준비는 전문가에게 맡기고 우린 정치적인 부분만 신경 씁시다. 경험이 쌓이다 보면 우리도 전문가가 되겠죠. 그렇잖습니까? 우리가 설사 통상적인 전당 대회를 한들 저들이 곱게 볼까요? 온갖 트집을 잡지 않을까요? 실수라도 벌어진다면 대놓고 비아냥대겠죠. 이럴 거라면 할 수 있는 건 다 해 보는 것도 좋아 보입니다."

"……예, 맞는 말씀이십니다."

"찬성합니다."

"저도요."

"자, 그럼 마무리로 갑시다. 전당 대회를 열기 위해 필요한 모든 것. 경기장 대여부터 초대권의 전달 방식, 당일 본인 확인 절차 등등 하나씩 짚어 보죠."

할 거냐? 안 할 거냐? 는 이제 떠났다.

리더가 하기로 마음먹었으니 지금부턴 도대체 어떻게 해야 그 효율을 120% 끌어낼 수 있을까? 에 집중해야 했다.

이도 만만한 문제는 아니었으나 가장 큰 산을 넘은 덕택에 비교적 쉽게 나아갔다. 메모양이 늘어나는 만큼 김문호는 물론 모두가 새롭게 눈을 뜨는 기분에 만족스러워했다.

더구나 장대운은 이런 일에서조차도 완벽을 달렸다.

어디 한 곳 막힘이 없다. 김문호도 속으로 크게 반성했다.

생각해 보니 밥상 차려 본 적이 없었다. 늘 남이 차려 놓은 잔칫상에 올라가 수저만 들었다.

'수만 명을 위한 준비는 확실히 색다르구나. 경험치가 달라.'

◇ ◆ ◇

"할머니, 저희랑 같이 사시는 건 어떠세요?"

"예?"

저녁나절이 되면 틀림없이 찾아와 무슨 문제가 없는지 살피고 손주 민석이와 놀아 주다 돌아가는 김문호였다.

늘 황송을 표하던 석금순은 깜짝 놀라 눈을 동그랗게 떴다.

"동생들에게 물어보니까 다들 좋다고 하네요. 할머니 거동도 그렇고 민석이도 계속 이렇게 둘 순 없잖아요. 우리 집으로 옮기고 전학시키면 어떨까 해서요."

"아이고, 비서님, 이렇게 신세 지는데 어떻게 그런……."

"사실 저희도 처지가 비슷해요."

"예?"

"저나 동생들이나 다 보육원 출신들이에요. 의원님 만나 좋은 집에 살게 됐는데 방이 남아요. 오시기만 하면 돼요."

"……!"

석금순은 입을 떡 벌렸다. 어딜 봐도 훌륭한 집안에서 좋은 교육 받고 자란 사람 같은데 고아라니. 자신보다 더 열악한 곳에서 힘들게 살아온 사람이라니.

"형들, 누나들이랑 같이 사는 게 민석이에게도 도움될 거예요. 편들어 줄 사람이 있다는 게 어떤 건지 할머니는 아시잖아요."

"……."

맞다. 그걸 누구보다 잘 알기에 몸이 부서져라 일하면서도 어린 손주를 옆구리에 끼고 절대 놓지 않았다. 고아 취급만큼은 절대로 안 당하게 하려고.

"용기 있는 아이인데 더는 상처 주기 싫다는 생각을 했어요. 지금 다니는 학교에 계속 다니면 구룡마을이 꼬리표처럼 따라다닐 거예요. 뭐, 그것도 의원님이 나섰으니 나중엔 부러움의 대상이 될 테지만 민석이에게도 지금 시절이 중요하잖아요."

"……"

틀린 말이 하나도 없었다. 알게 모르게 차별받고 다니는 걸 왜 모를까. 아무렇지도 않다고 웃는 어린 것의 가슴에 얼마나 많은 상처가 새겨졌을지. 그걸 애써 모른 체하며 하루하루를 살아왔다. 그 하루하루가 참으로 고됐다.

정말 틀린 말이 하나도 없었다. 하나도…… 틀리지 않았다.

하나도.

"다행히 민석이가 저를 잘 따르고 해서 할머니만 괜찮다면 모시고 싶어요. 제가 민석이 보호자가 될게요."

"김 비서님……."

석금순은 어느새 뿌옇게 된 시야를 헤치고 김문호의 손을 잡았다.

늘그막에 무슨 복인지. 세상에 이렇게 고마운 사람이 있었다.

여전히 한쪽 마음엔 부담 주기 싫은 거부감이 솟았으나 어린 손주의 미래를 생각하면 이보다 좋은 선택은 없을 것이다. 따로 사는 것도 아니고 같이 사는데.

석금순이 눈물을 흘리며 고개를 끄덕이자 김문호는 가방

27

에서 위임장을 꺼냈다.

이게 뭔가? 하는 석금순에게 설명해 줬다.

"민석이 전학시키고 여러 가지 행정 처리를 하려면 할머니 대신하고 있다는 서류가 있어야 해서요."

"예, 예……."

맞다. 동사무소도 어느 순간부터 본인이 안 가면 서류를 안 떼 준다. 제일 좋은 게 자신이 직접 따라다니는 것이나 걸을 수가 없다.

석금순은 옆에 둔 허름한 손가방을 꺼냈다.

무엇인들 못 내줄까. 인감도장에 주민등록증까지 다 내줬다.

무섭거나 두려운 마음은 조금도 들지 않았다. 수없이 당한 인생임에도 그저 감사함만이 가득했다. 이분이야말로 생명의 은인이라고. 그럼에도 은인은 자기가 더 감사해했다.

"고맙습니다. 할머니. 민석이는 오늘까지만 여기에서 지내기로 하고 내일 동생들 불러다가 인사드리고 이사도 할게요. 혹시 빼먹으면 안 될 것들이 있나요?"

"나그네 같은 인생에 중요한 게 뭐 있겠습니까? 그저 사진 몇 장하고 민석이 상장뿐입니다."

"그렇군요. 혹시 더 생각나시면 민석이를 통해 주세요. 내일 민석이랑 같이 움직일 테니까요."

"예."

"그럼 저는 들어가 보겠습니다. 오늘 하루도 고생하셨어요."

"아이고, 비서님이 더 고생하셨습니다. 감사합니다."

"예, 그럼요. 저도 고생했죠. 이제 가 볼게요. 내일 봬요."

김문호는 병원 문을 나서면서 문득 감회가 새로워 깜깜한 하늘을 올려다봤다.

구청 정문에서 경비랑 울며불며 실랑이를 벌이던 아이와 그 아이를 지나치려 했던 남자.

희한하게 이어진 인연이었지만 지금은 오히려 그날 그 시각, 그 자리에 있었다는 것이 다행이라고 생각된다.

김문호는 어느새 저 조손이 자신의 중요 리스트에 들어가 버렸다는 걸 알았다. 불행해지면 가슴 아플 것 같은 사람들로 바뀌었음을.

며칠 전에 깨달았다. 더는 외면할 수 없을 거라는 것도.

그 고민을 동생들도 환영해 줬다. 할머니와 막내 동생이 생긴다며 좋아해 줬다.

모든 일이 생각한 대로 술술 풀리고 있었다. 물론 이 모두가 이해불가의 괴물 장대운으로부터 비롯됐다는 게 넌센스지만.

"하여튼 대단해. 정말 대단한 사람이야."

강남구청이 구룡마을 지가로 10조 원을 불렀다는 소식을 들은 날. 조용히 찾아가 물어보았다.

∞ 돈을 이렇게나 써도 됩니까?

∞ 써도 문제없을 돈이에요.

∞ 계획에 없던 돈이잖습니까?

∞ 떡 본 김에 제사나 지내죠.

29

∞ 용도는 만들면 된다는 겁니까?

∞ 하고 싶은 거 하려고 번 돈이에요. 예상외 지출이라도 그 기준에서 벗어나지 않아요.

∞ 정말…… 괜찮으신 겁니까?

∞ 문호 씨. 난 사실 물욕이 거의 없답니다. 먹고사는 데만 지장이 없으면 한량도 이런 한량이 없어요. 당연히 사회적 지위나 명예에도 관심이 없겠죠. 남들처럼 그림이나 수집품 같은 걸 사는 것도 취미가 없고요. 사업이요? 그때 당시에 해야만 해서 한 거예요. 내 길에 곁가지로 붙어 있는 바람에. 구룡마을도 마찬가지예요. 저번에 문호 씨에게 약속하지 않았나요? 악당의 악당. 그거 내가 해 주겠다고. 나는 말이죠, 문호 씨. 그날 다짐했답니다. 악당 놈들의 악당이 되기 위해서라면 무엇이든 하겠다고요. 하하하하하하하하하하~~~~.

악당의 악당이라…….

"푸훗."

이보다 더 걸맞은 악당의 악당이 어딨을까?

아니, 이보다 더 나쁜 놈들을 괴롭히는 데 최적화된 사람이 어딨을까?

"돈으로 까불면 돈으로 조지고. 힘으로 까불면 힘으로 조지고. 정책 실력은 어떻고 지식과 매력은 또 어떨까? 그 영향력은? 도덕적 관념은? 이 세상에 완벽한 사람을 지칭하는 말이 있다면 아마도 '장대운'이야말로 그 자격이 있겠지."

만화 캐릭터 같았다. 어렴풋이 갖고 싶었던 완성형 이미지의 실사화라고나 할까?

그러고 보면, 전생의 자신은 이에 비하면 뭣도 모르고 까불기만 천둥벌거숭이 같았다. 개념 정리도 안 되고 나아가고자 하는 바에 대한 명확한 철학마저 부재하였다.

그저 시류에 맞춰 편승하려 했을 뿐.

속 빈 강정. 욕망에 충실했던 패배자.

"그래, 속 빈 강정이야. 속 빈 강정이었어."

그런데 왜 이다지도 가슴이 시원한지 모르겠다.

아주 시원~~하였다.

이 속에 아무것도 걸리는 게 없는 것처럼.

이 느낌이 너무 좋았다. 너무 좋아 덩실 춤을 추고 싶을 만큼.

"하하하하, 하하하하하하하하하~~~~."

다음 날도 활기차게 출근한 김문호는 아침 회의에 참석하고 하루 스케줄을 정리했다.

오늘부터 할 일이 참 많았다. 전당 대회 준비도 해야 하고 무상 급식도 마무리 지어야 하고 구룡마을 건도 살펴봐야 한다. 그리고 저녁엔 이사도 해야 한다. 민석이 전학 준비도 해야 하고.

그러나 언제나 1타는 강남구청이었다. 대충 챙길 거 챙긴 김문호가 가방을 들고 강남구청으로 Go Go 하려는데.

사무실 문이 벌컥 열리며 권진용 강남구청장이 들어왔다.

어! 표정이 안 좋다. 인사를 하는 둥 마는 둥 의원실로 들어가더니 잠시 후 다시 회의가 열렸다.

"큰일 났습니다. 서울시에서 구룡마을 이전 부지를 내주지 않겠다고 합니다."

"사유는요?"

"형평성에 맞지 않는다고……요."

"형평성이요?"

"……예."

무슨 형평성 문제냐고 입 밖에 내는 사람은 이곳에 없었다. 표정은 급격히 어두워질지라도.

서울시에서 제동 걸 것이란 것 정도는 이미 예상하였다.

다만 어느 정도 수준일지가 가늠이 잡히지 않았는데.

'이런 식인가?'

서울시가 사유로 던진 '형평성'은 즉 제동을 걸기 위한 핑계였다. 앞으로 서울시와 미래 청년당의 관계가 어떨지를 보여 주는 기준임과 동시에 선전 포고.

"과격하게 나오네요. 처음부터."

"맞습니다. 부지 선정이나 보상 문제나 거론하며 시간 끌 줄 알았는데. 이러면 협상의 여지가 없는 거 아닙니까?"

"이거 어떡하죠? 서울시민의 눈마저 무시하겠다는 제스처인데."

"충분히 그럴 사람입니다. 어차피 미래가 없으니 남은 임기 동안 온갖 해괴한 짓을 해댈 겁니다."

우리에게 던진 결투장이었다.

- 앞으로 미래 청년당은 서울시와 관계된 모든 것과 상관없어질 것이다.

'형평성'이란 어휘가 그랬다. 구체적인 것과는 거리가 먼…… 형이상학적인 뉘앙스. 코에 붙여도 되고 귀에 붙여도 되면서도 묘하게 보편적인 성질을 띤다.

어느 쪽으로 논리를 펴든 그럴듯하다는 것.

이런 식이라면 논란을 일으킨다 한들 가망이 없었다.

아무리 좋은 일이라도 반대쪽은 늘 존재했고 더구나 서울시장이 우긴다. 뭉개버린다. 그러다 정말 형평성 문제로 번질 수도 있으니 이쪽에도 좋지 않았다.

위기였다.

국회의원 장대운 사무소 출범 이래 이런 위기감은 처음.

'잘못하면 서울시장 임기 내내 아무것도 못 할 수도 있어.'

권진용이 열일 다 제치고 아침부터 사무실부터 찾은 이유였다. 서울시장이 이 악물었다는 것.

이때 조용하던 장대운이 입을 열었다.

"강남구에 남은 부지는 없나요?"

"있긴 있는데…… 쓸 만한 건 죄다 사유지입니다."

안 그래도 사업 시작과 동시에 10조 원 이상 돈이 들어갈 예정인데 돈을 더 들어야 한다는 것.

구룡마을 재개발 건은 이미 발표됐고 주변 지가는 벌써부터 요동치는 중이다. 오필승 건설이 구룡마을 주민 이전 부지를 찾는다는 얘기가 흘러나오는 순간 땅값은 천정부지로 솟는다.

어떻게 하든 미래 청년당에 손해. 이걸 서울시가 모를 리 없었다. 어쩌면 이미 손썼을 수도 있고.

도종현이 어금니를 깨물었다.

"비열하네요."

"……예."

서울시장의 꼬장이 심한 건 알았지만, 이 정도일 줄은 몰랐다.

그런데 더 열 받는 건 이쪽이 아닌 서울시에 명분이 있다는 것이다. 구룡마을 재개발 사업에서 배제된 이상 도와줄 이유가 없다고 하는데 무슨 수로 붙잡나?

정면 돌파하려면 서울시장부터 시청에서 끄집어내야 하건만 가뜩이나 한 번 당한 이상 다시 나와 상대해 줄 리도 없고 차일피일 미루다 전부 무산시킬 작정이었다.

서울시장의 재선은 어려웠다. 사실상 정치인으로서도 끝났다. 문제는 다음 대까지 한민당 소속이 당선되는 것이었다. 그 순간 구룡마을 재개발은 영원히 표류하게 되겠지.

서울시장은 이 꼴을 보며 웃을 것이고 오필승 건설은 막대한 손해를 입을 것이다. 아주 거하게 꼬였다.

다들 이러지도 저러지도 못하는 사이 장대운이 전화기를 꺼냈다.

"우리끼리 이럴 게 아니라 전문가한테 물어보죠."

스피커 모드로 전환한다. 신호가 간다.

철컥.

[아이고, 우짠 일이십니꺼? 또 뭐 시키실 일 있습니꺼?]

사투리부터가 벌써 조형만이었다.

"그게 아니고요. 문제가 생겨서요. 서울시에서 이주민 부지 제공을 안 해 주겠다고 하네요."

[그래예? 안 해 주겠다고예. 별것 아닌 쉐끼가 꼬장을 다 피우네예. 고마 냅두소.]

"예?"

[지 꼬라지가 어찌 되든 막겠다는 심보 아입니까?]

"그……렇죠."

[이럴 때는 무슨 말을 해도 안 먹힙니더. 치아뿌라 하이소. 욕이나 한바탕해 주고.]

"그러면요?"

[부지가 서울시에만 있는 건 아니지 않습니꺼?]

"어디를요?"

[경기도에다 던지믄 됩니더. 땅은 경기도가 훨씬 넓지예.]

"아……."

[경기도지사 만나가 발전 기금 좀 내놓든가. 아니믄 대단위 아파트 계획을 논의하든가 하면서 슬쩍 꺼내믄 됩니더. 걱정 마이소. 지가 다 알아서 하겠심더.]

"그러면 되는 건가요?"

[예, 또 뭐 문제 있습니꺼? 서울시장 그 쉐끼가 감히 의원님한테 입이라도 놀렸습니까?!]

"아니요. 저한테 뭐라 한 건 없고요. 이 악물고 다 방해하

35

려 하길래 말이죠."

[근마가 회사 있을 때부터 유명했심더. 꼬장 잘 피우기로. 그런 건 초장부터 박살 내야 합니더. 아주 건설 얘기만 나오믄 경기 일으키게.]

"그래요?"

[예, 그라믄 다 해결된 거지예?]

해결됐다. 해결됐는데. 현 경기도지사가 한민당 소속 아닌가?

"경기도지사는 사람 괜찮나요? 서울시가 반대하는데 해 주겠어요?"

[넵두소. 그 쉐끼가 쪼매 밝히는 건 있어도 서울시장이랑은 앙숙이라예. 가려운 데 좀 긁어 주면 알아서 풀어 줄 낍니더.]

"아아~ 그래요? 그러면 됐고요. 아 참, 하나 더요."

[뭡니까?]

"폐교나 폐교 위기인 학교들 좀 잡아 주세요. 대학교까지 전부요."

[학교들예? 으음, 학교들 부지도 상당하지예? 알겠심더. 매물이 나오면 다 잡겠심더.]

묻지도 따지지도 않고 오케이.

"알겠어요. 자세한 건 나중에 천천히 얘기해요."

[예, 지는 들어가겠심더.]

뚝. 전화기를 집어넣은 장대운이 말했다.

"아무런 문제없다 네요. 됐죠?"

"아……예. 그렇군요. 거참, 커흠흠."

열 올렸던 것이 다 민망할 정도로 쉽게 해결이 되자 권진용은 괜히 헛기침했다.

모인 인원들도 전부 같았다. 하나같이 어쩌나 걱정하고 있었는데 조형만에게는 '지랄하네' 정도였다.

잠시 아무도 입을 열지 않자 더는 정적을 버티기 힘들었는지 권진용이 일어났다.

"뭐, 해결된 것 같으니 저는 돌아가 보겠습니다. 아침부터 호들갑 떨어 죄송합니다. 으음, 저로선 아주 큰일이었는데……말이죠. 여튼 구청 업무가 바쁜 관계로 일어나겠습니다."

"벌써 가시게요?"

"아, 예. 답답한 일이 해결됐으니 제 자리로 가야죠. 안 그래도 문호 씨와 상의할 것도 많은데요."

"그럼 문호 씨 출발할 때 같이 가시죠. 우리도 아침 회의는 간단히 합니다."

아침 회의는 끝나지 않았나?

장대운이 잡길래 다들 가만히 있었다. 권진용도 일어난 건 순진히 민망함의 아웃풋이라 별말 없이 앉았다.

"그러면 조금 더 앉아 있겠습니다."

그런 권진용을 귀엽다는 듯 잠시 쳐다본 장대운은 도종현에게 시선을 돌렸다.

"아까 빼먹었는데 환승 시스템은 문제없나요?"

"이도 서울시 말고는 딱히 없습니다. 버스 운송 노조 사업단은 무슨 말을 하든 무조건적인 수용이고요. 지하철공사도 이왕지사

하는 일이라면 어느 곳과 붙어도 상관없다는 태도였습니다."

"서울시장만 구차하게 구는군요."

"아! 엘진시스템도 불만을 터트리고 있습니다."

엘진시스템은 서울시장과 환승 시스템을 만든 회사였다.

오필승 테크와 프로그램 솔루션 업계의 양대 산맥 중 하나.

규모 면으로 따지면 대기업과 동네 구멍가게 정도의 차이
가 있다.

"오필승 테크가 끼어들어서인가요?"

"자기들이 다 해 놓은 걸 훼방 놓았다고 여깁니다."

"웃기네요. 하자 많은 프로그램으로."

원래 역사에서 버스 환승 시스템은 무상 운행 기간이 지난
후 7월 2일부터 전면에서 시행된다. 그리고 시작하자마자 보
름간이나 환승이 안 되거나 요금 계산이 잘못되거나 온갖 문
제를 일으킨다.

"예?"

"냅둬도 된다는 거예요. 가만히 버티고 계시다가 결정적인
순간 패로 사용하세요. 안 그래도 각 잡고 불만 터트리는데 설
득해 봤자 소용없을 거 아니에요? 순순히 너희 먼저 시행해도
된다. 아무런 문제가 없다면 엘진 거로 가겠다. 해 주세요."

"그래도 됩니까?"

"잘 된다면 그것도 좋겠죠. 대신 우린 통합 버스 정보 시스
템을 갖고요. 여기까진 어쩔 수 없을 겁니다."

"나눠 가지자는 거네요."

"그런 인식을 심어 주세요."

씨익 웃는 장대운의 표정이 장난을 준비하는 악동 같자 도종현도 순간적으로 의도를 캐치했다.

"엘진시스템에 문제가 많습니까?"

"후훗."

"정말이군요."

"생길 수밖에 없어요. 이렇게 대대적으로 꾸리는 건 세계에서도 최초잖아요. 경험이 없는 이상 사고는 예견됐어요."

"하긴 문제가 생긴 순간 오필승 테크로 갈아탄다면 누구도 뭐라 못하겠긴 하겠네요."

"그렇다고 덥석 가져오진 마시고요. 모양 빠지게. 저들이 곱게 주지도 않을 거잖아요."

"그럼……?"

"우려를 표하다가 기회를 주세요. 한 사흘 정도 주시면 될 거예요. 그 정도를 줬는데도 문제를 못 찾아내고 계속 오류가 발생된다면 데이터를 다루는 회사로는 빵점이겠죠. 이런데도 서울시가 고집 피우년 들이받아도 됩니다. 아주 대대적으로 서울시민께 알리세요."

"알겠습니다. 그렇게만 되면 제가 움직일 범위가 굉장히 넓어집니다."

"쉽게 가세요. 그깟 것에 얼마나 큰 영광을 보겠다고 도 보좌관님의 심력을 바칩니까. 아 참, 다만 민족카드와 합의는 강하게 봐 주셔야 해요."

"교통 카드 말씀이시군요. 근데 민족카드와의 합의라고요?"

"예, 민족카드와만 제휴하세요."

"민족카드와만요? 세 군데 정도 진행하려 했는데 이유가 있습니까? 잘못하면 독점이라고 말이 나올 수 있습니다."

"도 보좌관께서 미국에 주로 계셔서 못 보셨을 만한데. 지금 온 나라가 카드값 때문에 난리예요."

카드 대란이었다. 전전 정부가 소비 활성화를 통한 내수 진작과 지하 경제 축소를 위해 야심차게 내놓은 정책의 부작용.

1999년부터 신용 카드 현금 서비스 한도를 폐지하고 신용 카드 소득 공제 제도를 만들어 신용 카드 사용을 장려했는데 거기에서부터 이 어처구니없는 대란이 시작됐다는 걸 아는 사람은 적었다.

그동안 카드사를 가로막던 규제가 완화된 것이다.

이때부터 카드사들은 닥치는 대로 카드를 찍는다. 상환 능력이 검증되지 않은 사람들에게까지 선물을 주며 무차별적으로 카드를 발급해 주었고 2002년 기준 1억 장이 넘는 신용 카드가 시중에 돌아다니게 된다.

당연히 문제가 생긴다.

돈 갚을 능력이 없는 학생이, 생활 보호 대상자가 카드를 일고여덟 장씩 가졌다. 없으면 모를까 당장에 급하니 일단 긁고 현금 서비스를 받고 빚이 우후죽순으로 늘어난다.

카드는 많으니 돌려 막기는 수순.

카드 개수가 수백 장도 아니고 돌려 막기도 한계를 맞게 되고 2002년이 되자 더 이상 돌려 막기를 할 수 없게 된 개인 소비자들은 결국 파산하게 된다. 2003년 신용 불량자 수가 360만 명을 초과했다고 전해진 건 우연이 아니다.

"재작년부터 카드를 이용한 대출이 성행하고 있어요. 거의 약탈적으로요. 갚을 돈도 없으면서 마구 긁습니다. 빚이 얼마나 무서운지 그것이 자기 삶을 얼마나 갉아먹는 건지 상상도 못 한 채 말이죠. 그것뿐입니까? 그 빚을 양산한 카드사들도 곧 존폐의 위기를 맞을 거예요. 혈세로 살리니 마니 하는 소리가 나올 텐데 이런 카드사들에까지 교통 카드를 줘야 하나요?"

"아아…… 그런 일이 있었군요."

"무서운 건 이 문제가 현재진행형이라는 거예요. 가장 튼튼한 민족카드와 제휴하시라는 게 그 뜻이고요. 민족카드는 상환 능력이 검증된 사람만 카드 발급해 주거든요. 제가 작정하고 덤비는 일인데 빈틈이 있어서야 되겠습니까?"

"아…… 알겠습니다. 그렇다면 교통 카드는 상환 능력을 기준으로 나눠야겠군요. 민족카드와 충전식 카드로요."

"이 일로 민족카드는 가만히 앉아서 최소 500만의 회원 수를 유치하게 될 거예요. 엄청난 수익이 달린 건이죠. 고로 우리가 갑이에요. 여기에서 집중적으로 살펴볼 건 소비자에게 돌아갈 혜택이고요. 제대로 뽑아 주세요. 꼭 교통 카드가 아니더라도 신청할 수밖에 없게."

500만 회원이 월 1만 원만 써도 500억 매출이다.

10만 원이면 5,000억 매출. 1년이면 6조 원.

이런 시장을 두고 계산기를 잘못 두드리면 금융인으로서 자격이 없었다. 민족금융지주가 가만히만 있어도 대한민국 최대의 금융 지주 회사인 건 사실이지만 각 계열사들이 뿌리 내리고 자리 잡는 건 다른 문제였다.

교통 카드 건은 전사적으로 도와야 할 것이다.

이렇게 가는 게 맞는데. 장대운은 말하다 또 무언가 떠올랐다는 듯 시선을 위로 굴리더니 지시를 정정했다.

"아아, 그러네요. 민족금융지주가 대놓고 움직여야 할 테니 이 문제는 제가 따로 민족은행장과 만날게요. 이후에 도 보좌관님이 명품 카드를 만드시고요. 직장인들이 과연 무엇을 원하는지 잘 캐치해서."

"알겠습니다. 이렇게까지 도와주시는데 반드시 해내겠습니다."

"좋아요. 그럼 저도 말이 나온 김에 이따가 민족은행에나 들러 봐야겠네요. 저녁이나 먹을까요?"

"연락해 놓겠습니다."

정은희였다. 장대운은 대답은 않고 멤버들을 둘러보았다.

누굴 데려가나…….

"좋아요. 결정. 문호 씨가 수행하죠."

"예?"

갑작스러운 지목에 눈을 번쩍 뜨는 김문호였다.

장대운이 고개를 갸웃댔다.

"왜? 저녁 약속 있어요?"

"아…… 그게…… 그게 아니라……."

"뭔데요?"

"실은 오늘 민석이 이삿날입니다."

"아! 아아…… 그러네. 민석이네를 집으로 옮긴다고 했죠?"

"예."

"이야~ 할머니께서 허락하셨나 보네요. 잘 됐어요."

"예, 오늘 퇴근하는 대로 동생들 데려다가 할머니께 인사
시키고 민석이랑 같이 이사하려고 했습니다. 그럼 이사는 내
일로 미루겠습니다."

"안 되죠. 그게 더 중요하죠. 이사를 미뤄선 곤란해요. 민
족은행장 그 노인네는 내일 만나도 돼요. 어디 돌아다니지도
않는 양반이라 전화만 돌리면 되니까요."

"예?!"

별일 아니라 말하는 장대운에 김문호는 또 깜짝 놀랐다.

비서의 스케줄 때문에 은행장과의 만남을 뒤로 미루다니.

대한민국 최고의 은행과의 만남을? 1년에 최소 6조 원이란
시장을 두고 민석이 이사랑 저울질한다고?

물론 급한 일은 아니긴 했다. 환승 시스템이 시급을 다투는
일도 아니고 천천히 만나고 될 일이긴 한데 너무 파격적이었다.

그런데 정은희도 별 반응이 없이 체크한다.

"내일 만나자고 전달하겠습니다."

"저녁은 아니고 점심으로 할까요? 간단히 먹죠. 안 그래도
잔소리가 많은 양반인데 오래 보면 체해요."

"그리 전달하겠습니다."

"문호 씨도 내일은 점심 먹고 구청으로 가세요. 설마 내일도 약속 있는 건 아니죠?"

약속이 있다. 카메라맨 박중만을 만나 점심 먹기로 했는데.

안 된다. 이번만큼은 있어도 없어야 한다. 중만아, 미안하다.

"아닙니다. 없습니다. 죄송합니다."

"죄송은요. 안 그래도 마음 한구석이 걸렸는데 문호 씨가 케어하잖아요. 그걸 왜 방해해요. 얼마나 고마운 일인데."

"감사합니다."

"다른 거 도와줄 건 없나요?"

"저희가 십시일반으로 준비하고 있습니다. 민석이 전학도 제가 나서서 시킬 생각이고요."

"그래요. 문호 씨가 잘해 주네요. 저는 더는 민석이가 환경 때문에 울지 않았으면 좋겠어요. 나이에 맞게 사고도 치고 활짝 웃게 해 주세요."

"걱정 마십시오. 저와 동생들은 대가족에 익숙합니다."

"좋아요. 백 비서관님."

"예."

"한 번씩 들러 봐 주세요. 필요한 게 보이면 도와주시고요."

"알겠습니다."

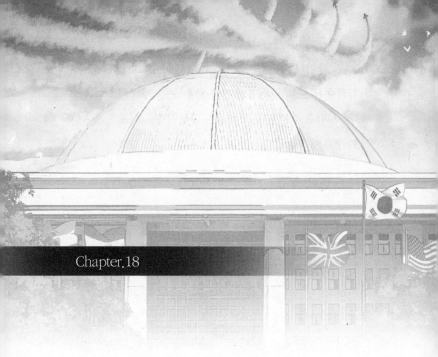

"제 동생들이에요."

"""""""안녕하세요~~~.""""""""

미래, 소희, 민수, 서진, 순길, 재진, 시원 전부 데려다 김문호가 인사시키자 석금순은 아픈 몸을 일으키려 하였다.

"아이고, 아이고, 어서 오세요."

놔두면 진짜로 일어설 기세라 김문호가 서둘러 석금순을 진정시켰다.

골반 골절은 되도록 하중을 줄여 주는 것이 최선이다.

"그냥 인사만 받으세요. 움직이시면 안 돼요."

"그래도 어떻게……."

"여기 할머니 아픈 거 모르는 사람 없어요. 그래도 돼요."

석금순을 도로 눕히고 동생들을 두 눈을 말똥거리며 한 사람, 한 사람을 살피는 민석이와도 인사시킨 김문호는 모두 데리고 구룡마을로 갔다.

"후우……."

"……!"

"으음……."

"여기야?"

입구에서부터 미간을 찌푸린 동생들이었다.

민석이가 살던 집에 도착하자 두 눈을 질끈 감는다.

고개를 절레절레.

민석이 때문에 말은 안 하지만 다들 어금니를 깨물었다. 마음이 여린 미래는 울면서 민석이를 껴안았다.

보기만 해도 닳을 것 같은 너덜너덜한 현관문에 또 거하게 찍힌 발자국. 벽에 쓰인 험악한 욕지거리, 온통 곰팡이가 뒤덮인 짙은 회색빛 벽. 내부 살림살이는 저 순한 소희 입에서 마저 욕지거리가 튀어나올 만큼 절망적이었다.

21세기를 달린다던 대한민국에 아직도 이런 장소가 있다는 것에 모두가 경악을 금치 못했다. 괜찮다고 웃는 민석이의 미소가 더 쓰리고 아플 만큼.

"시작하자."

웬만한 건 다 버렸다. 식기류부터 조리 도구 일체.

못 쓴다. 못 쓴다. 다 못 쓴다.

옷도 기름때 묻은 건 다 치웠다. 추억이 될 만한 물건은 챙겼지만, 그마저도 이삿짐 박스 하나를 간신히 채웠다. 장롱 깊숙이 숨겨 놓은 비상금 200만 원과 함께.

200만 원은 하루 벌어 하루 먹고 살면서도 할머니가 민석이를 위해 꾸역꾸역 모은 돈이다. 아주 귀한 돈.

집으로 돌아와서도 미리 빼 둔 안방에 자리를 깔고 민석이를 재울 때까지 웃는 동생이 없었다. 안방은 본래 김문호의 방이었으나 양보했다.

"……."

"……."

"……."

"……."

이사도 마쳤고 짜장면도 먹었겠다 오늘 일정 모두 원하는 대로 부족함 없이 다 끝냈건만. 마음이 왜 이리 싱숭생숭한지. 일이 손에 잡히지 않았다. 어수선하기만 하고.

하는 수 없이 김문호는 방에 앉아 가만히 천장만 보고 있는데.

똑똑똑. 미래가 문을 빼꼼히 연다.

"오빠, 맥주 어때?"

나이스한 타이밍이다.

나갔더니 동생들이 어느새 자리를 마련해 놨다.

마른안주 몇 개와 맥주 캔들.

그러나 이도 기쁜 자리가 아니었다. 짠~ 하고는 맥주만 홀짝 들이켤 뿐 누구도 입을 열지 않았다.

침묵. 다들 비슷한 마음이었다. 갈팡질팡.

김문호는 그래도 동생들을 격려해 주었다.

"오늘 다들 수고했다. 고생했어."

"아니야. 오빠가 더 수고했지."

"맞아. 우리가 한 게 뭐 있다고."

"맞아. 짐도 별로 없고……."

"근데 형. 할머니 손 봤어요?"

상처투성이에 굳은살이 박이다 못해 뼈마디가 뒤틀린 손. 평생을 고된 노동만 한 손이다.

왜 못 봤을까? 잡아 보기도 했는데.

이시원이었다. 이번에 보육원에서 퇴소해 우리 집에 들어온 막내.

"시원이가 유심히 봤구나."

"예."

시원이는 아직 존대한다.

나를 조금 어려워하고.

"어땠어?"

"가슴이 철렁했어요. 내가 운이 좋았구나. 생각도 들었고요."

"……."

"난 여태 내 신세가 제일 억울하다고만 생각했는데. 아니었어요. 운이 좋았던 거였어요. 원장 어머니 덕에 말이에요. 아주 잘살았던 거예요."

"맞아. 나도 그랬어."

"난 민석이 집 보고 소리 지를 뻔했잖아."

"맞아. 정말 한숨이 나왔어. 어떻게 살아왔을까 막막하고 몸이 떨렸어."

생각보다 더한 충격이었던지 다들 몸을 움츠렸다.

확실히 구룡마을은 시커멓고 음울함만이 가득했다.

반면, 천사 보육원은 낡았지만 정갈했고 사정이 어려웠지만 정감이 넘쳤다.

살며 어느 곳에서도 자기보다 나은 삶만 보았던 동생들은 혼란스러워했다. 더 열악한 환경이 있었다는 것이.

김문호는 이 상황이 한편으로는 걱정됐지만 함몰되지 않음에 기특하기도 했다.

내면의 당혹을 정면으로 바라봤다는 건 반길 일이다.

다만 민석이의 어려움에 휩싸여 마냥 잘해 주려고만 하는 건 경계해야 했다. 앞으로 같이 살려면 규율이 서야 한다.

"너희가 무슨 마음인 건 알지만 한 가지 잊지 말아야 할 건 기준은 똑같다는 거야."

"무슨 기준?"

"우린 원장 어머니께서 가르쳐 주신 대로 사는 거야. 우리 모두 민석이보다 비슷하거나 더 좋지 않은 환경에 떨어질 뻔했지만, 원장 어머니를 만나 사람답게 살았다는 걸 알았잖아. 민석이도 똑같이 사람답게 살게 해 줘야 해. 무슨 뜻인지 알겠어?"

"보육원 동생들처럼 대해야 한다는 거지?"

"맞아. 예외는 없어. 사랑으로 보듬어 주되 규칙은 지키게 해야 해. 처음 몇 번은 익숙하지 않겠지만 계속 일러 주면 돼. 절대 눈감아 주지 마. 그게 오히려 민석이를 망치게 할 테니까."

"으음…… 맞아. 나도 엇나갈 때마다 형들이랑 누나들이 잡아 줬잖아."

"그렇지. 시원이가 잘 기억하고 있네. 우리 이럴 게 아니라 오래간만에 원장 어머니한테 전화나 해 볼까?"

"응, 오빠. 안 그래도 오늘 하루종일 너무 보고 싶었어."

"나도."

"나도."

"나도."

"그래, 나도 오늘은 유독 보고 싶었어. 민석이가 적응되면 같이 데리고 가자. 원장 어머니께도 인사시키고. 어때?"

"너무 좋아. 민석이가 좋아했으면 좋겠다."

그랬다. 오늘은 원장 어머니의 존재가 얼마나 큰 울타리였고 얼마나 따뜻한 보금자리였는지 새삼 깨닫는 날이다.

전화기를 붙잡고 재잘대는 동생들을 보고 있노라면 더욱 가슴에 사무쳤다.

전생에 나는 이런 동생들을 모른 척하기 바빴다. 피하고만 싶었다. 뿌리를 감추려고만 했다. 무시당하지 않으려고.

'어머니…….'

원장 어머니는 도대체 어떤 마음이길래 이런 헌신이 가능했을까? 결국 우리에게 돌아갈 집이란 원장 어머니가 아닐까?

민석이를 도우려다 되레 우리가 은혜 받은 느낌이다.

모처럼 충만해지는 것 같고.

'그래, 이번 생은 모두가 잘살아 보자.'

다음 날 새 아침이 밝았다.

김문호는 출근하지 않고 민석이 전학 절차를 밟기 위해 기존에 다니던 학교 담임 선생님을 만났다.

이사로 전학 가게 됐음을 알리며 위임장과 함께 명함을 내밀자 눈이 동그래진다. 이게 내 명함의 힘이다.

나는 장대운 국회의원의 7급 비서다.

어떤 관계냐고 묻는 담임에게 사촌 형이라고 앞으로 장대운 국회의원께서 민석이의 후원자가 되실 거라 알려줬다. 이미 강남 중심가 주택으로 주소지를 옮겼고 가급적 빠른 처리를 부탁한다고 했더니 황송해한다.

미래와 소희는 민석이를 데리고 쇼핑하러 나갔다. 옷도 사고 신발도 사고 학용품도 전부 새 걸로 사고 맛있는 것도 먹고.

전학 수속은 일주일은 걸릴 것이다. 그동안 민석이는 낮엔 누나들이랑 형들이랑 놀고 저녁에는 할머니 면회하고 지낼 것이다.

시계를 봤다.

"벌써 11시가 다 됐네. 얼른 들어가야겠다."

일주일간 오전 시간을 이렇게 허락받았다 해도 일주일 내내 끌 마음은 없었다. 처음 이틀만 바짝 움직이고 나머지는 정상적으로 출근할 생각이다. 미래 청년당의 일도 중요하니까.

게다가 오늘은 민족은행장님과의 점심 약속이 있었다.

서둘러 사무실로 갔더니 장대운은 이미 출발 준비를 마치고 대기 중이었다.

정말 황송하였다.

"죄송합니다. 늦었습니다."

"아니에요. 이제 막 지금쯤은 와야 할 텐데 하고 있었어요. 딱 맞춰 왔어요."

"아닙니다. 죄송합니다."

"괜찮아요. 그 노인네가 시간은 칼이라 일찍 가도 소용없어요. 일찍 가면 오히려 기다려야 해요. 지금이 딱이에요. 나갈까요?"

"문호 씨 맛있는 거 사 달라고 하세요~~."

정은희의 배웅을 받으며 수행 차량을 타고 슝.

기대를 안고 도착한 민족은행 본점은 너무나도 초라했다.

터도 넓지 않은 5층짜리 건물. 작은 가게나 들어가면 맞을 건물에 대한민국 최고 은행의 본점이 들어가 있었다.

"너무 놀라지 마세요. 그 노인네가 좀 자린고비예요. 자기한텐 그렇게 인색할 수가 없어요. 덕분에 본점 직원들만 고생이죠."

"아……예."

확실히 놀랍긴 했다. 기억하는 은행들의 본점이 전부 삐까번쩍한 빌딩들이었다. 터도 넓고 일반인은 감히 접근조차 못하게 웅장하게 지어 놨다. 거성처럼.

그런데 그런 은행들을 쥐 잡듯이 잡아대는 민족은행이 이런 변두리 건물에 있다니. 정말 알다가도 모를 일이다.

"오셨습니까? 연락드리겠습니다."

"뭘 또 연락까지 하니. 가자."

비서가 반기자마자 문이 벌컥 열리며 두 사람이 나왔다.

검은색 개량 한복식 외투를 걸치고 검은색 중절모를 쓴 노인 한 명과 그 뒤를 받치는 삭막한 인상의 중년 남성. 남성의 얼굴에는 대각선으로 긴 흉터가 나 있었다. 누가 칼로 그은 것처럼.

"가자고."

"어딜 가요? 여기서 얘기 안 하고요?"

"배고프다. 밥부터 먹자."

"그래요? 밥 좋죠."

순순히 답하는 장대운을 보고는 수행 중인 김문호에게도 슬쩍 시선을 던진다.

"올라믄 간편하게 오지. 뭐 하러 주렁주렁 달고 왔니. 꼬맹아."

"배 안 고프세요?"

"닥치라는 거니?"

"저도 배고파서요."

"쳇, 니가 그렇지. 김 부행장 가세나."

"예, 은행장님."

멀리 차를 타고 이동하는 것도 아니었다.

걸어서 3분. 옆 가게였다. 다 허물어져 가는 노포.

"여기 국수가 대한민국 최고인 거 아니? 끝장이다. 옛 맛을 이만큼 살리는 집은 이 근방에 없다. 모처럼 왔으니까 내가 산다."

"감사합니다. 저도 오랜만이네요. 여기 국물이 기가 막히죠."

3,000원짜리 국수 다섯 그릇이 깔렸다. 반찬도 김치 하나.

거대 은행장과 만났는데 별 볼 일 없이 흔한 잔치국수라니.

그러나 한 입 먹는 순간. 아~~~.

너무 감격한 건가?

민족은행장과 눈이 마주쳤다. 씨익 웃는다.

"꼬맹이 놈이 먹을 줄 아는구만. 맛을 알아."

"맛만 알다 뿐인가요? 앞으로도 놀라실 일 많으실 거예요."

장대운이 거든다. 시선이 집중됐다.

김문호는 서둘러 진한 멸치의 향과 함께 식도를 씻겨 주는
시원한 국물을 삼켰다. 풍미도 못 느끼고.

이야기가 시작됐다.

"요새 데려다 쓴다던 그놈이지?"

"그놈이 아니라 보물이에요."

"보물까지야. 쳇."

"능력, 인성, 태도, 어느 것 하나 나무랄 데가 없어요. 번뜩
일 때면 저조차 놀라게 하는데요?"

"호오, 그 정도니?"

"예."

"어이, 꼬맹이."

이 사람은 말투가 원래 이런가 보다. 북한식 억양도 그렇고.
은행장인데 태도도 껄렁껄렁하다.

"예, 은행장님."

"이름이 뭐니?"

"김문호입니다."

"이름부터 곱상하구먼. 손도 고생 한 번 안 한 선비 손이고. 내 이름은 함흥목이다. 일사 후퇴 때 함흥에서 내려왔다. 이 명동 바닥에서 잔뼈가 굵어 내 이름을 모르는 놈이 없다. 지금은 요 요괴 같은 놈을 만나 팔자 고치고 은행장 노릇 하고 산다. 이 정도면 소개가 됐겠지? 그래, 꼬맹이 자네는 부모님이 살아 계시고?"

"어머니가 계십니다."

"편모구먼. 학교는?"

"서울대 졸업반입니다."

"공부는…… 잘했군. 그래, 형제는 없고?"

"서른 명이 조금 넘습니다."

"뭐?"

"정확히 32명입니다."

"……."

무슨 말인지 못 알아듣는 함흥목에 김문호는 얼른 설명에 들어갔다.

"제가 보육원 출신입니다. 원장 어머니 손에서 키워졌고 그래서 형제가 많습니다."

"퇴소한 동생들 전부 데려다가 먹이고 재우고 있어요."

장대운이 거든다.

"아…… 기렇구만. 몰랐다. 미안 안 해도 되지?"

"예."

"쓰읍, 아깝구만. 태생이 우리 쪽인데. 그런 놈이 서울대까지 올라갔어. 왜 싹수가 좋은 놈들은 니가 다 가져가냐?"

"그런가요?"

"툭툭 건드려 봐도 꿈쩍 안 하고. 눈에도 많은 것이 들었다. 방방 뜨지 않고 착 가라앉아서는. 어린놈이 벌써 자기를 조절할 수 있다는 거다. 나이만 보고 덤볐다간 된통 당하겠어. 보통내기가 아니야. 마음 같아선 내가 데려가고 싶을 정도인데…… 쓰읍."

"벌써 욕심내세요? 만난 지 10분도 안 됐어요."

"우리 부은행장 뒤를 잇게 하면 좋겠는데 말이다. 대운아, 니가 좀 양보해라. 우리는 뒤를 이을 후계자가 없다."

아쉬운지 자꾸 입맛을 다신다. 그러더니 또 껄렁껄렁.

"어이, 꼬맹이."

"예."

"하나 알려 주랴? 이놈 곁에 계속 있다간 죽도록 빨리다 끝나는 기다. 그러지 말고 내 쪽으로 와라. 잘해 줄게."

"예?"

"거기 정은희도 있지?"

"예."

"그 참한 아가씨가 지금 몇 살이니? 다 이놈 잘못 만나서 아직까지 시집도 안 가고 수발들고 있다. 너도 더 있다간 홀려서 그 꼴 날 거다. 이 아재가 알려 줄 때 빨리 벗어나는 게 좋다."

"……"

무슨 말을 하는지 김문호는 당최 의도를 파악할 수 없었다.

오라는 건지. 장대운 흉을 보는 건지.

김문호가 아예 반응을 안 해 버리자 흥미가 떨어졌는지 함홍목이 고개를 홱 돌렸다.

"에고, 이젠 말빨도 안 먹힌다. 예전엔 내가 부르면 기업 회장이라 거들먹거리던 놈들도 냉큼 달려와 죽는시늉까지 했는데. 대가리에 피도 안 마른 놈이 내 말을 무시한다. 으휴~ 내가 죽어야지. 늙으면 죽어야지."

"왜 또 발동 거세요. 밥 먹으러 와서."

그랬다. 국수가 불고 있었다.

함홍목은 또 갑자기 까칠을 풀고 축 늘어진 면발 같은 표정을 지었다. 감정 변화가 다양한 사람이었다.

"몰라. 나도 슬슬 물러나련다."

"예?"

"힘에 부쳐. 예전 같지가 않아."

"아니, 왜요? 아까 걸을 때보니까 팔팔하시던데."

"이놈아, 내 나이기 팔십이다. 언제까지 부려 먹으려고?"

"대장 놀이 지겨우세요?"

"이제 부은행장이 해먹어야지. 언제까지 내가 가로막을까? 나 따라다니며 개고생을 했는데 말년엔 영광을 누려야지. 안 그래? 건전지 닳은 늙은이는 빠져 주고."

"으음……."

"그래서 말인데 타운에 자리 좀 마련해 줄 수 없나?"

오필승 타운이었다.

오필승 그룹의 임원들만 들어오는 오필승 그룹의 성지.

"타운에 들어오시려고요?"

"응."

"전에 들어오시랄 땐 안 들어오시더니."

"그때야! 그때고…… 나도 늙으니 이것저것 아쉬운 게 많아져."

"거기 명동 집 정원은 어쩌고요? 애지중지하시더니."

"몰라. 아무도 봐주지 않는 정원 따위 관둘 거다. 그러니까나 좀 넣어 주라~ 응? 나도 타운에 들어가고 싶다."

"그럼 김 부행장님은요?"

"같이 들어가야지. 얘도 혼자 살잖아."

"계속 결혼 안 하시게요?"

부은행장에게 시선을 돌리는 장대운이었다.

"예, 의원님. 저는 결혼에 뜻이 없습니다. 이대로 어르신만모시고 살면 더 원이 없습니다."

"이것 봐라. 숫제 녹음기다. 아무리 말해도 꿈쩍을 안 한다."

"그렇다면야…… 으음, 자리 마련하는 거야 못 할 것도 없는데. 왜 갑자기 마음이 바뀌셨을까~요?"

"놀리지 마라. 나 진심이다."

"그래요? 정말 그것뿐이에요? 나중에 딴소리하시면 후환이 클 텐데요."

장대운이 의심스럽게 쳐다보자 잠시 버티던 함흥목은 발

끈하며 털어놓았다.

"아이씨, 그래, 맞다. 나 친구 없다. 심심해서 못 살겠다. 됐나?"

"우리 할머니는 안 돼요. 곱게 마음 접으세요."

"오늘 죽을지 내일 죽을지 모를 사람들끼리 좀 기대고 살겠다는데. 니는 결혼도 하고서도 계속 그따위냐."

"제가 뭐요?"

"헛참, 면세점 아가씨 보며 헤실댈 때 내가 알아봤어야 했는데. 그때 그 아가씨를 내가 못 잡아서 좋은 기회를 놓친 거다. 제길."

거의 친구였다. 처음 만날 때부터 기미가 수상하더니.

팔십 먹은 함홍목과 서른도 안 된 장대운.

한 명은 대한민국이라는 토양에서는 절대 나올 수 없는 초거대 은행의 수장이었고 또 한 명은 그마저도 뛰어넘는 괴물이다.

괴물끼리는 서로 통하는 건지.

재밌구나 생각하고 있는데. 또 함홍목과 눈이 마주쳤다.

"웃네. 웃어? 이 꼬맹이 놈이. 여기가 그렇게 재밌나?"

"이, 이닙니다."

"난 아주 심각해 이놈아. 니가 보기에도 내가 이 나이까지 일을 해야 하는 게 맞는 것 같니?"

"그건……."

말 못 한다. 해야 한다고 해도, 안 해야 한다 해도 좋은 소리가 안 나올 거다.

김문호가 우물쭈물하자 장대운이 끼어들었다.

61

"그만 괴롭혀요. 그리고 관두는 건 안 돼요. 정부와의 10년 계약이 끝날 때까진 자리에 계세요."

"싫다. 나 관둘 거다."

"어차피 일은 부행장님이 다 하잖아요. 소일거리 겸 아침에 자리에 앉아 있는 게 뭐가 힘들어서요?"

"나 관둘 거라고!"

"안 돼요. 지지고 볶든 3년은 더 계세요."

"어차피 더 인수할 은행도 없다. 왜 못 관두게 하는데?!"

"상징성이에요. 몰라요? 겨우 자리 잡았는데 사람을 바꿔요? 누구 마음대로."

"아, 몰라. 나 관둘 거다."

강짜 부리는 함홍목에 장대운은 이번엔 부드럽게 다가갔다.

"타운 안 들어올 거예요?"

"타운?"

귀가 쫑긋.

"3년이요."

"3년만 더 하면 된다고?"

"들어가는 건 지금이죠."

"그래?"

"예."

잠시 고민하는 표정을 짓던 함홍목은 결국 고개를 끄덕였다.

"알았다. 니가 사정하니까 들어주는 거다."

"어차피 타운이 목적이었잖아요. 은행장 관둘 생각도 없었으면서."

"알았니?"

헤헤.

"3년만 더 하세요. 그동안 김 부행장님께 인수인계나 잘하시고요. 그러면 아무 말 안 할게요."

"알았다. 먹자."

국수는 이미 다 불었는데. 신나게 퍼먹는다.

변화무쌍한 사람이었다. 괴팍하고. 민족은행장 함홍목이란 사람은.

김문호도 이제야 겨우 한 젓가락 뜨나 했다. 막 면 사이로 젓가락을 집어넣는데. 함홍목이 뭔가 또 생각났다는 듯 국수를 잔뜩 문 채 물어 왔다.

"꼬맹아, 음음, 너 민족은행이 뭔지는 아니?"

"예? 알죠."

"본점 건물 보고 궁금하지 않았어? 뭐가 이렇게 허름한지."

"아……예, 궁금했습니다. 이유가 있습니까?"

"돈이 여기 없거든."

"……?"

"한국은행에 다 있다. 몽땅. 현금은 한국은행에, 투자금은 외국은행에."

"……예?"

"이해 안 가지? 금고도 하나 안 들어갈 것 같은 허접한 건물에 현금 자산 규모만 470조짜리 은행이 있다는 게."

"아, 예."

순간 자랑인가 했다.

은행장이 돈 자랑하겠다는데 말릴 수도 없고 얌전히 듣고 있는데. 더 뜬금없는 말을 던진다.

"근데 너 민족은행이 저 자식 거인 건 아니?"

"예. ……예?!"

"모르는구나."

피식 웃으며 국수를 씹는 함홍목이었다.

김문호는 깜짝 놀라 장대운을 봤다. 윙크가 날아온다.

'세상에…….'

세간에 민족은행은 IMF 직전 구세주처럼 나타난 한 독지가에 의해 설립된 것으로 알려져 있었다. 나라에 돈 50억 달러가 없어 망가지고 있을 때 짠 하고 나타난 700억 달러의 기탁자.

한때 장대운이 그 주인공이 아닌지 기사도 나며 주목받은 적이 있었으나 함홍목이 민족은행장으로 취임하며 모든 의혹이 사라졌다. 더구나 그가 명동 사채 시장의 거두였다는 사실이 알려지며 민족은행이 지하 경제의 힘으로 설립된 게 아닌지 논란이 된 적도 있었다.

이러다 은행이 죄다 사채놀이하는 게 아닌지.

함홍목과 늘 함께 다니는 김두헌 부행장만 봐도 그랬다. 사선으로 그어진 얼굴 흉터는 누가 봐도 평범한 인생이 아니었으니.

'대체 이게…….'

그렇다 해도 너무 갑작스러웠다.

오필승 그룹 말고도 또 있다고?

그것도 IMF 시절 혜성같이 나타나 동화, 외환, 조홍, 주택, 한주, 경남, 서울은행 등등 열한 개 은행을 집어삼키고 초거대 은행으로 발돋움한 민족은행이?

이 사람의 재산은 대체 얼마인 건지.

"뭘 그리 기겁하나. 꼬맹아. 저 음흉한 놈이 아니면 누가 이런 짓을 할 수 있나. 서슬 퍼런 군부 정권도 제 마음대로 쥐락펴락했던 놈인데. 여태 같이 다니면서도 몰랐니? 이것 봐라. 얼마나 음흉하니. 자기 사람한테도 본 모습을 감추고. 세상 똑똑하다는 놈들 다 모아 봤자 저놈 하나 당할 수 없을 거다."

"……."

"꼬맹아, 이놈이 니를 내 앞에까지 데려온 걸 보면 아주 잘 봤다는 건데. 앞으로 잘 살피라. 정치권에서 요새 경력이니 나이니 뭐니 지랄을 하며 까불고는 있는데 저놈이 한 번 움직이면 어떻게 되는지. 얌전히 웃고 있다고 얌전한 게 아니다."

"……!"

"사채꾼이 운영하는 민족은행이 제1금융권이면서도 2금융권보다 예금 이자가 높고 대출 이자가 낮은 이유가 뭐라고 생각하니? 내가, 명동 사채꾼들의 대부가 그런 걸 눈 뜨고 봐주겠니? 저기 광진구에 있는 민족 놀이동산은 뭐고 저 아래 경기도의 민족 선수촌은 뭐고? 민족 할아버지는 또 뭐겠니? 내가 했겠어? 140조로 시작해서 7년 만에 현금 자산만 470조가 됐다. 지금도 하루하루 돈이 불어나는 중이다. 그 투자를 내가 했을 것 같니? 돈놀이나 하던 사채꾼이?"

"······!!"

"늙은이는 그냥 자리만 지킨 거다. 까불던 은행들 좀 조지고 냅다 삼키며 자리만 지켰더니 어느새 대한민국 기업이란 기업이 전부 내 손에 들어오더라. 오성이든 현도든 한호든 엘진이든 대한민국 100대 그룹들이 전부 내 손에 들어오더란 말이다. 이게 무슨 소린지 알겠니?"

"······!!!"

"정치? 까불고 있다. 10년도 안 돼 게임 끝날 거다. 어떤 놈이든 앞을 가로막는 순간 다 박살 나는 거다. 넌 호랑이 등에 올라탔다. 꼬맹아."

"······."

"나? 나는 역할이 뭐냐고? 당연히 얼굴마담이지. 바지사장. 맞다. 별것도 아닌 거지다. 지분도 10%밖에 없다. 그마저도 죽으면 저놈한테 간다. 근데 왜 웃냐고?"

"······."

"재밌잖아. 끌끌끌. 저놈이 나한테 약속한 거 다 이뤄 줬다. 명동 구석에서 돈 몇천억에 벌벌 떨던 쫌생이를 데려다 모두가 고개를 조아리는 거대 은행장이 되게 해 주겠다고 했단 말이지. 그 약속을 열다섯인가? 그때 했던가? 지금 봐라. 어떠냐? 이뤄진 거로 보이나?"

"······."

"그 약속에 난 여기까지 왔다. 자, 이제 꼬맹아, 나도 하나

물어보자. 대체 니한테는 무슨 약속을 했길래 저 음흉한 놈을
따라다니냐?"

순간 함홍목의 눈이 호랑이처럼 변한 것 같았다.

도저히 팔십 먹은 노인의 눈이 아니었다.

하지만 김문호는 강렬한 시선에 집중할 수 없었다.

약속하면 번뜩 떠오르는…… 그것.

맞다. 장대운이 약속한 것이 있었다.

분명 그리 말해 주었다. 꿈을 사겠다고 그 꿈을 대신 이뤄
주겠다고.

"악당의 악당……."

"뭐?! 악당의 악당? 그게 뭐니? ……악당의 악당? ……아!
아아아~~. 그거였구나. 헛, 허, 허허허, 허허허허허허, 이거
참 기가 막히는구만. 이 꼬맹이 놈이 아주 죽이는 걸 소원으
로 빌었어. 이거 내가 오히려 띄엄띄엄 본 거야. 낄낄낄."

감탄에 감탄을 반복하던 함홍목은 또 언제 그렇게 친근하게
굴었냐는 것처럼 이후로는 이쪽으로 시선도 던지지 않았다.

계속 장대운민 상대했고 진뜩 불은 국수를 먹으며 그 괴팍
한 얼굴을 웃으며 시간을 즐겼다. 국수 그릇이 깨끗하게 비워
질 때까지. 결국 카드 얘기하러 가서 '카' 자도 꺼내지 못했다.

◇ ◆ ◇

"원장 어머니, 학교 다녀왔습니다."

""""학교 다녀왔습니다~.""""

하교 시간. 강아지들이 책가방을 메고 우르르 돌아왔다.

수녀 마리아는 그 모습이 어찌나 평화롭고 예쁘고 사랑스러울 수가 없었다.

삶의 기쁨이었고 보람이자 사명이 되어 버린 아이들.

고질적인 재정 곤란도 장대운 의원을 만나 깨끗이 해결됐고 보육원 환경도 차츰차츰 개선되며 활기가 돌았다. 남은 건 아이들이 올바르게 자라서 세상의 큰 일꾼이 되게끔 조력하는 것뿐이다.

마리아는 오늘도 기도하였다.

내일도 오늘과 같길. 내일도 저 아이들의 미소가 이어지길.

우리 아이들이 하늘에서 내리는 밝은 햇살과 소금과 같은 사람이 되길.

"룰루루, 루루루루루~."

정원을 다듬는 손길에 즐거움이 듬뿍 담겼다.

하지만 언제나 그렇듯 행복은 오래가지 않았다.

암울한 운명의 그림자처럼 무겁고 거친 걸음이 천사 보육원으로 넘어왔다. 콧노래를 부르며 작은 정원을 돌보던 마리아가 흠칫 놀라 뒤를 돌아볼 만큼 그림자가 풍기는 기세는 사납기 그지없었다.

"너, 넌……."

"접니다. 그동안 안녕하셨어요? ……어머니."

"네가 여길 왜……?"

"왜긴 왜에요. 자식이 어머니 찾아오는 건 당연한 거지."

다짜고짜 들어가려 하는 걸 잡았다.

"어딜 들어가려고?"

"며칠 신세 좀 질게요. 잘 데가 없네요."

"여기서 지내겠다고? 네가?"

"왜요? 안 돼요?"

눈빛이 번들거린다. 거절하면 가만히 있지 않겠다고.

이 녀석은 하나도 변하지 않았다. 아니, 오히려 더 위험한 냄새가 났다.

"그건……."

"어머니, 내가 나이가 몇 개인가요. 사고 안 칩니다. 얌전히 있을게요. 너무 밀어내지 마세요. 자꾸 그렇게 밀어내시니까 예전 생각이 나잖아요."

"으음……."

"어머니. 내가 여기 계속 살겠대요? 예?"

으르렁. 마리아는 확신했다. 이놈이 저 안으로 들어가는 순간 아이들의 삶이 망가질 거라고.

심장은 받아들여선 안 된다고 하지만.

이성은 또 방법이 없음을 말한다.

어릴 때부터 유독 시기심이 강했던 아이.

아무리 안아 줘도 변하지 않았던 아이.

동생들에게 잔학했던 아이. 주변을 망치는 아이.

주변을 망치는 게 즐거움이었던 아이.

자라며, 자랄수록 하루도 편할 날이 없었다. 눈에 안 보이는 순간 반드시 무슨 일이 터졌다. 퇴소하고서도 마찬가지였다. 쉴 새 없이 찾아와 근심이 되었다. 어린 동생들에게 손찌검해댔다.

쫓아낸 적도 있었다.

쫓아낸들 근방에 머물며 해코지해댔다. 예뻐하기도 바쁜 소중하고 어린 것들을 발로 차고 때리고 옷을 찢고.

그나마 문호가 있을 때는 막아 줬는데…….

마리아는 화들짝 놀랐다.

이제 겨우 자리 잡은 아이였다. 이놈과는 절대 엮여선 안 된다.

"알……았다. 며칠이나 있으려고?"

"진작 그렇게 말씀하시지. 으음, 한 사흘…… 아니, 일주일만 있죠. 방금 학교에서 나와 뭘 해야 할지 모르겠거든요."

"대신 얌전히 있어야 한다."

"그럼요. 제가 언제 누굴 괴롭힌 적 있어요? 얌전히 지내다 갈게요."

사흘이 순식간에 일주일로 변했으니 한 달이건 기약이 없다는 것. 어쩌면 1년이 될지도.

그동안 아이들의 삶은 어찌 될지.

가슴 한가운데에 얼음덩어리가 콱 박힌 것처럼 아파 왔지만, 마리아는 주먹을 꽉 쥐고 방으로 안내했다. 부디 이번만은 무사히 지나가길 바라며.

◇ ◆ ◇

　"존스 홉킨스 의과 대학 교수라고요? 한국으로 와 준대요? 연구비만 제대로 지원해 주면 온다고 했다고요? 알겠어요. 필요한 게 있으면 사람부터 장비 목록, 전부 뽑으라고 하세요. 아직 지어 놓은 게 아니니까 적어도 3년이면 될 거예요. 경영 볼 사람은요? 존 콜 마이어라고요? 수단이 좋다고요? 알겠어요. 그 양반 이름으로 법인 하나 내주세요. 컨소시엄 만들게. 예, 예, 조 대표님한테 준비해 놓으라고 할게요. 알았어요. 나중에 봬요."

　강남구청 정문 앞은 구룡마을 재개발 건이 공고된 이래 하루도 빠짐없이 시위가 일었다.

　언론에서도 논란이 되었듯 이들의 시위가 결코 순수하지 못하다는 것을 모두가 알았고 또 그래서 고운 눈길이 가지 않았지만, 이들도 멈출 수는 없는 사정이 있었다.

　국방부 시계가 돌듯 신청 마감 시한이 하루하루 다가온다.

　그때까지 아무도 신청하지 않으면 재개발은 끝.

　선례가 될 것이다. 후임 구청장도 곤란하면 따라 할.

　그게 답답했다.

　땅값이란 떨어지는 법이 없으니 점점 더 오를 테고 훗날 재개발 이슈가 나오더라도 이런 식으로 처리하면 누구도 말 못한다. 더구나 이보다 나은 조건은 나올 리 만무하다. 지금이 안 되면 나중에는 더 안 된다는 것.

　구룡마을의 미래는 그야말로 절망적이었다.

시위하는 이들의 얼굴에 이전에는 볼 수 없었던 다급함이 묻어나 있었다. 너도나도 개발 동의서에 도장을 찍었고 자발적으로 이주를 돕겠다 외쳤다. 강남구청의 조건보다 떨어져도 환영한다 외쳤다.

하지만 김문호는 매일 그 앞을 지나다니면서도 저들을 믿지 않았다.

재개발 이슈를 한두 번 겪나?

화장실 들어갈 때와 나올 때가 다르듯 지금은 저러더라도 누가 나서는 순간 틀림없이 많은 수가 변심하여 더 좋은 조건을 달라며 시위할 것이다. 그게 시위꾼의 속성.

"예, 며칠 있으면 오필승 바이오가 설립될 거예요. 컨소시엄을 형성하세요. 바이오에서 10조, 오필승 건설에서 5조. 예, 조 대표님은 지금처럼 전체를 봐주시고요. 나중에 연구소랑 공장 건설 때 봐주세요. 예. 예."

떡 본 김에 제사 지낸다더니 바이오 회사를 꾸려버린다.

장대운은 애초부터 구룡마을에 아파트촌을 지을 생각이 없었다.

하긴 대단위 아파트가 들어간들 투자금 회수가 가능할까?

절대 불가능이다. 그건 곧 온전한 손실을 뜻했고 이는 제아무리 좋은 뜻이라도 그룹을 이끄는 수장으로서 실격이었다.

'이참에 새로운 영역으로의 도전인가?'

바이오라고 했다. 생명공학.

생물의 유전정보, 성장, 번식을 통제하고 조작하는 기술을 연구하는 학문으로 생물학, 의학, 농학, 정보학에 뿌리를 두고 화학공학과도 연관성을 가진다.

김문호가 보기에 바이오의 핵심은 제약이었다.

터지는 순간 조 단위 숫자가 우습게 되는 시장성 말이다. 그런 일이라면 15조 원 투자가 이해된다.

'확실히 생각하는 규모부터가 감당이 안 돼.'

지켜보는 자신만 해도 그랬다.

당장에 전당 대회 준비나 무상 급식 정착, 환승 시스템 개발만 해도 머리가 복작복작할 지경인데.

도대체 어떤 정신세계길래 이 모든 걸 다 더하고도 사업까지 풀어내는 건지. 괴물은 괴물이었다.

"아, 왜 이래요?! 건드리지 마세욧!"

"거 좀 스친 것 같고 되게 깽깽거리네. 씨벌, 짜증 나게."

"일부러 만졌잖아요!"

"내가 언제?! 증거 있어?! 내가 만졌다는 증거 있어?! 이게 이쁘다 이쁘다 했더니. 죽고 싶어?!"

한 사흘 조용하다 싶었다.

결국 사고를 쳤다. 조마조마했던 게 억울할 만큼.

마리아는 한숨을 푹 내쉬었다. 도대체 저놈에게 무얼 기대했던가?

멀리서 어찌 된 일인지 살폈다. 성질부리면서도 입꼬리가 사악 올라간 게 보인다. 희롱한 게 틀림없었다. 이제 고3 올라가는 아이를 상대로.

나서려고 했다. 모른 척 놔뒀다간 더 큰일이 벌어질 테니까.

그 순간 조그만 그림자가 튀어나와 두 사람을 갈라놨다.

"누나 괴롭히지 마세요!"

"어쭈, 넌 또 뭐야?"

"정주호요. 누나 괴롭히지 마세요!"

"이 새끼가. 어딜 어른 앞에 나서고 그래?! 그래서 이 새꺄! 네 누나 괴롭히면 어떡할 건데?!"

"무, 문호 형한테 이를 거예요! 우리 문호 형이 지금……."

김문호의 이름이 나오는 순간 마리아는 급히 나섰다.

"그만!"

"원장 어머니."

"아이, 씨벌."

"원장 어머니, 저 아저씨가 누나 괴롭혔어요."

"알았다. 어서 누나 데리고 들어가거라."

"하지만……."

"어서!"

"예."

두 사람이 자기 방으로 돌아가자 마리아는 남자를 보았다.

"뭐요?"

"너 뭐 하는 거니?"

"제가 뭐요?"

"얌전히 있겠다고 하지 않았어?"

"제가 뭘 했다고 이러세요?"

"당장 나갈래?"

"어허이, 왜 그러세요? 진짜 지나가다가 스친 것뿐이에요. 별거 아니에요. 전 들어가 볼게요."

불리한 말이 나올까 얼른 들어가 버리는 남자를 마리아는 노려보았다.

남자도 들어가면서 흘깃 마리아를 쳐다봤다.

계속 노려보고 있다. 이크! 조심해야 한다.

비록 협박이 통해 들어오긴 했지만, 평소 온화한 마리아도 아이들 문제만큼은 만만치 않은 성격을 드러낸다.

"흥, 제깟 게 성질 부려 봤자지."

히죽인 남자는 침대에 누우며 자기 손바닥을 보았다. 탱글한 느낌이 아직도 살아 있다.

"고 기집애가 성깔머리하고는. 고분고분한 맛이 없어. 키키킥, 그래도 알찼어."

예전에 봤을 때 초등학교나 다니던 것이 언제 이렇게 키서 엉덩이를 씰룩이며 다니는지…… 이런 즐거움도 줄 줄 알고.

천장을 보며 쪼개다 또 벌떡 일어났다.

"쪼그만 놈이 감히 누구한테 까불어? 뒈지려고."

바락바락 대들던 조그만 놈이 떠올랐다.

조만간 손봐 주겠다 마음먹는데.

그 꼬마 놈이 말했던 누군가가 떠올랐다.

"그렇구만. 문호 새끼가 있었어. 개싸가지 새끼가. 하아…… 그놈은 만만치가 않은데. 고아 주제에 빌어먹어도 모자랄 놈이 서울대도 가고. 여기 자주 온다는 건가?"

남자는 김문호만 생각하면 이가 갈렸다.

보육원에 못 오게 된 것도 다 김문호 때문이었다. 그놈과 그놈을 따르는 개싸가지들로 인해.

하지만 지금은 사정이 다르다.

그놈들이 다 퇴소한 천사 보육원은 무주공산이다. 마음대로 지내도 누구 하나 건들지 못한다.

고삐리 몇몇이 보이긴 했지만, 위협이 안 됐고 남은 건 늙은 수녀뿐인데.

늙은 여자 하나 꼼짝 못 하게 하는 건 일도 아니었다.

다만 김문호는 달랐다. 자신이 여기 있다는 소식을 듣게 되면 반드시 찾으러 올 것이다. 따르던 개싸가지들과 함께.

일이 커지는 순간 자신도 좋은 꼴을 못 본다.

"그러면 나가린데."

가만히 앉아 중얼거리던 남자는 도저히 안 되겠는지 벌떡 일어났다.

"알아봐야겠어. 원장은 알려 주지 않을 테고. 그래, 그 꼬마 놈한테 물어봐야겠어."

저녁 시간이 지나고 눈치를 보다 꼬마 놈이 홀로 있는 걸 보고 다가갔다.

다가가려 하자 흠칫 놀라더니 도망가려 한다.

최대한 부드럽게 잡았다.

"아앗, 놔요! 놔요!!"

"거참, 그러지 말고. 뭐 좀 물어보려는 거야. 궁금한 게 있어서. 그것만 알려 주면 놔줄게. 됐어?"

"……뭔데요?"

"너 김문호 잘 알아?"

"문호 형이요? 잘 알아요. 왜요?"

"여기 자주 와?"

"예? 예."

아씨, 시간문제일 뿐 언제든 만나게 돼 있었다.

"그래? 요새 문호는 뭘 하고 다니는데? 직장 다녀?"

"그건 왜 물어요?"

"내가 인마 문호 형이다. 물어볼 수도 있지. 동생이 뭐 하는지도 못 묻냐?"

"……."

"이 형이 문호랑도 친해. 아깐 진짜 실수고."

믿지 않는 눈초리다.

"아이, 진짜 실수라니까. 딴 데 쳐다보다가 그 기집애 지나가는 걸 못 보고 부딪친 것뿐이야. 넌 그런 적 없어?"

"……있어요."

"문호랑도 친해. 밖에서도 자주 만나고."

"정말이에요? 정말 문호 형이랑 친해요?"

고새 넘어온다. 애들은 이래서 쉽다.

"그러엄. 아까는 진짜 오해였는데 그 씹…… 걔가 자꾸 소리
지르니까 나도 화가 난 것뿐이야. 너는 억울할 때 화 안 나냐?"

"화…… 나요."

거의 다 넘어왔다. 슬슬 마지막 카드를 펼 때.

주머니에서 만 원짜리 한 장을 꺼냈다.

피 같은 돈이라도 쓸 땐 써야지.

"이것 봐. 문호랑도 친하니까 너한테 용돈도 주는 거잖아.
자식아. 받아."

움찔. 내미는 지폐에 시선이 박힌다.

그렇지. 돈의 유혹을 이길 수는 없다. 애든 어른이든.

조심스레 받는다. 설마 하다가 진짜로 주니 경계가 한결
풀린다. 더 가까워진 느낌. 곁에 털썩 앉았다.

"요새 문호 뭐 하냐?"

"저기…… 국회의원님 비서가 됐어요."

"뭐?"

"장대운 국회의원님 비서예요."

"……!"

남자는 잠깐 사고가 정지되는 기분이 들었다.

"잠깐, 잠깐만. 장대운이라고? 사람들이 다 아는 그 장대운?"

"맞아요. 장대운 의원님이 막 컴퓨터도 사다 주시고 옷도
사 주시고 맛있는 것도 엄청 사다 주셨어요. 문호 형네 집도
엄청 큰 거로 얻어 주셨대요. 난 아직 못 가 봤는데. 헤헤."

"장대운이 여기도 왔다 갔어?"

"그럼요. 제 머리도 쓰다듬어 주셨는데요. 열심히 공부하라고."

헐~. 그냥 국회의원이라도 움찔할 판에 장대운이라고? 가만, 장대운이 언제 국회의원이 된 거지? 이거 도망가야 하나?

머리에 경고성이 울렸다.

잘못 걸리면 죽는다. 당장에라도 짐 싸서 나가야…… 일어나려던 남자는 다시 또 중간에 엉거주춤 멈췄다.

정치인과 재벌과는 연이 닿지 않는 게 장수의 비결 중 하나인데. 장대운은 중복이라 더 위험하긴 한데.

왠지 느낌이 좀 달랐다. 샌님 아닌가?

음악 하다가 운 좋게 돈 좀 벌어 기업도 일으키고 국회의원까지 됐다지만 살며 험한 꼴을 본 적 있을까?

이미지가 너무 깨끗하다.

그래, 그 깨끗하다는 게 아주 중요한 포인트였다.

그리고 상대는 장대운이 아닌 김문호였다. 국회의원의 비서.

"분란을…… 원하지는 않겠지?"

골이 똑바로 박힌 놈이라면 사고가 터지는 순간 잘린다는 걸 모를 리 없었다. 그런 면에서 김문호는 대가리가 아주 잘돌아가는 놈이고 그놈이 장대운 비서로 있는 한 반항은 없다고 봐도 괜찮을 것 같았다. 모두 망하는 꼴이 될 테니.

"난 잃을 게 없어."

여기까지 생각이 이르자 용기가 불뚝 솟았다.

장대운을 직접 건드리는 것도 아니고 비서를, 그 똑똑한 체하는 김문호랑 부딪치는 건데 장대운도 비서 따위에 이미지 더럽히는 건 원치 않을 것이다. 이러면 훨씬 가벼워진다.

"이거 재밌네."

"뭐가요?"

"아니다. 그런 게 있다. 야, 너 이거 누구한테도 말하면 안 되는 거 알지?"

"왜요?"

"그 돈 누가 줬어? 다시 뺏기고 싶어?"

"아니요."

주머니에 얼른 챙기는 꼬마 놈의 입에 검지를 가져다 댔다.

"조용히 있는 거야. 알았어?"

"예."

"그럼 들어가 봐. 그 돈으로 맛있는 거 사 먹고."

"예, 감사합니다."

쪼르르 달려가는 꼬마 놈을 보던 남자는 가볍게 입맛을 다셨다.

"중요한 건 알았고…… 남은 건 그놈이 어디에 사느냐는 건데……."

원장실이었다. 틀림없이 원장실에 단서가 있을 것이다.

"물어봐도 답해 주지 않을 건 뻔하고. 이런 일은 속전속결이지."

모두가 잠들기까지 기다린 남자는 몰래 원장실에 들어갔다.

서랍이나 좀 뒤져 볼까 자세를 갖추다 모니터에 붙은 포스트잇을 보곤 실소하였다.

김문호란 이름 아래 주소랑 전화번호가 다 적혀 있다. 끝.

다음 날 아침, 밤새 어제 일을 고민했던 마리아는 오늘만큼은 결단을 보겠다며 남자의 방을 찾았다.

"자니?"

문을 열었지만. 조용하였다.

온기도 없었다. 짐도 없고 사람도 없고 아무것도 없다.

설마…… 갔나?

서둘러 보육원 주변을 둘러봤지만, 그림자도 보이지 않는다.

갔구나.

"후우……."

긴장이 확 풀어졌다.

털썩 주저앉은 마리아는 자기 가슴을 쓰다듬었다.

꽉 막힌 체증이 한꺼번에 사라진 느낌이라.

세상이 다 감격스러울 정도.

이는 틀림없이 아버지가 기도를 들어주신 것이다.

그 자리에서 바로 감사 기도를 올리는 마리아 귀로 어느 샌가 하나둘 아이들의 목소리가 들리기 시작했다.

아이들이 일어났다.

아차! 아침 식사. 학교 가려면 밥을 든든히 먹어야 한다.

서둘러 기도를 마친 마리아는 식당으로 향했다. 식당으로 향하는 그녀의 발걸음은 아주 가벼웠다.

그러나 남자는 아예 사라진 게 아니었다. 오전 10시쯤 주소가 적힌 종이를 쥔 채 2층, 3층 주택이 밀집된 강남구 주택가에 모습을 드러냈다.

"졸라 헤맸네. 여기가 맞는 것 같은데."

어느 3층 주택 앞에 서서 주변을 둘러보았다.

"살 집까지 구해 줬다고 하더니 기똥차구만. 확실히 장대운이 돈이 많긴 많아."

아주 좋았다. 이런 집을 두고 보육원 귀퉁이 좁은 방에서 세월을 보냈다니.

"대문도 열려 있네. 잠겼어도 상관없지만."

담이 낮았다.

다짜고짜 안으로 들어간 남자는 현관 초인종을 눌렀다.

잠시 기다리니 안에서 '누구세요?'하며 문이 열렸다.

방가방가~~.

"어!"

"여어~ 서진이구나. 반갑다야."

들어가는데 뚝 막는다.

"네가 여길 어떻게……."

"아이씨, 짜증 나는 새끼가. 내가 네 친구냐? 형을 봤으면 인사부터 해야지. 싸가지 없이."

밀고 들어가려는데 다시 막는다. 생각보다 저항이 거셌다.

"네가 여길 어떻게 왔냐고?!"

이럴 때는 정신없이 휘둘러야 한다.

"옴마, 깜짝이야, 이게 형도 못 알아보고 소릴 다 지르네. 씨벌, 짜증 나는데 어디 한번 난장 까 볼까? 경찰 부르고 난동 부려 봐?! 앙?!"

움찔. 역시나 물러선다.

이럴 줄 알았다. 김문호와 같이 덤빌 때랑은 다르다. 우르르 나오는 애들까지 적극적으로 나서지 못하는 걸 보니 더 확신이 들었다.

- 이놈들은 일 커지는 걸 원치 않는다.

확 밀고 들어갔다. 아까와는 달리 쉽게 밀린다.

거실에 들어선 남자는 고개를 삐딱대며 하나하나 쳐다보았다.

"여어~ 미래도 있고 소희도 있고 민수에 순길이에 재진이, 넌 시원이냐? 여기 다 모여 있었네. 하여튼 문호 그 새끼가 재주도 좋아. 어떻게 장대운 눈에 들어 이런 대접을 다 받지?"

"누구야~?"

못 보던 꼬맹이도 한 명 나온다. 뭐지?

"아니야. 아니야. 괜찮아."

미래가 얼른 가서 앞을 가린다. 서진이 다시 나섰다.

"여기 왜 온 거야? 어떻게 알고 찾아왔어?"

"이 새끼가 끝까지 반말이네. 한번 죽어 볼래?"

"씨발. 똑바로 얘기 안 해?! 내가 널 참을 것 같아?! 나 박서

83

진이야!"

대차게 나온다. 안에 들어왔다고 살짝 안심했는데 여차하면 달려들 것 같았다. 뒤에 있는 놈들도 같이.

움찔한 남자는 약점을 다시 꺼냈다.

"이거 문호한테 전화해야겠구만. 동생 교육을 어떻게 시켰길래 씨벌, 형도 몰라봐."

"문호 형한테 전화해서 뭘 하려고?! 새꺄!"

"이제 막 나가겠다? 그래서 내가 전화하는 걸 막을 수 있겠냐? 슬슬 빡돌 것 같은데. 장대운 국회의원 사무실로 바로 찾아가도 될까?"

장대운이란 이름이 나오자마자 한 걸음 크게 물러서는 박서진이었다. 아이들도 다 같이 기겁한 표정을 짓는다.

요것 봐라. 열 받아서 내지른 것뿐인데.

김문호보다 장대운이 오히려 효과가 더 크다.

장대운이 이놈들의 약점이다.

강하게 나갔다.

"왜?! 덤비려고? 어디 쳐 보지. 손만 대봐. 바로 장대운한테 찾아갈 테니까."

"이 씨발너미. 진짜."

"그래, 쳐라. 쳐. 쳐 주면 나도 좋다. 마음대로 해라."

거실에 주저앉아 버리니 어쩔 줄을 몰라 한다.

으르렁댈 줄만 알지 이런 일은 겪은 적이 없다는 것.

아직 어렸다.

코웃음 쳐 줬다.

약점을 쥔 막가파가 얼마나 무서운지 이번 기회에 알려 줘
야겠다.

"씨벌, 여긴 가족이 왔는데. 물도 한 잔 안 가져다 주냐? 미
래야, 소희야. 앞으로 같이 살 오빠한테 이래도 되겠어? 이렇
게 막 나와도 되겠어? 앙?!"

서둘러 미래와 소희 앞을 가리는 놈들.

이러니 어리다는 거다.

약점을 드러낸 것도 모르고 허둥지둥 거리기나 하고.

남자는 아까 꼬맹이가 나왔던 맞은편 방을 찍었다.

"일단은 저 방으로 해야겠구만. 야, 비켜. 칠 거 아니면. 등
신 새끼가."

밀고 나갔다.

쉽게 밀린다.

뒤에서 씩씩댄들 지들이 어쩔 거냐.

잃을 게 많은 놈과 잃을 게 없는 놈이 만났는데.

"키키키킥, 새끼들아. 그만 좀 풀이라. 이깨 부리지겠다.
이 얼마나 좋냐. 너희들만 꿀 빨지 말고 나도 좀 편히 살아 보
자. 언제 이런 집에서 살아 보겠어. 안 그래?"

Chapter. 19

"컨택도 하기 전에 민족카드에서 먼저 연락이 왔습니다. 다짜고짜 제안서부터 보내왔는데 놀랄 정도입니다."

"조건이 괜찮나 보네요."

"할인 혜택은 둘째 치고 포인트 적립만 10%입니다. 어떤 용도로 써도 10%를 적립해 주겠다고 했습니다. 이런 조건은 세상 어디에도 없습니다."

다소 흥분한 도종현이지만 장대운은 놀라지 않았다.

곧바로 핵심부터 짚었다.

"한도도 없나요?"

"앗, 죄송합니다. 한도는 있습니다. 월 50만 원까지입니다."

"카드 하나당 월 5만 원 해 주겠다는 거네요."

"50만 원 이후부터도 월 5% 적립입니다. 이것도 엄청납니다. 이러다 적자 나는 게 아닌지 걱정될 정도입니다."

호들갑에도 장대운은 고요했다.

"의도는 알겠어요. 고객에게 무엇이 필요한지 고민할 시간에 돈으로 줄 테니 원하는 걸 찾아가라는 거네요. 신경 쓸 필요 없이 말이죠. 좋은 전략이에요."

"아, 예."

"근데 적립된 포인트는 영원히 귀속되는 건가요? 나중에 소멸되고 이러는 건 아니죠?"

"엇, 그건…… 알아보지 않았습니다."

"실컷 쌓아 놓은 포인트가 1년 만에 사라지거나 적립에 한도가 있거나 이런 건 없어야 합니다. 확실히 하셔야 해요. 나중에 정책 바뀌었다고 카드사가 제멋대로 굴면 곤란합니다."

장대운은 날카로웠다.

훗날 포인트를 남발한 카드사들이 이 포인트를 감당하지 못해 포인트 소멸 제도를 만들며 강짜를 부린 적이 있었다.

국민은 속수무책으로 당했고, 분명히 짚고 가야 할 문제였다.

그래서 김문호는 더 이상했다.

몰랐다면 모르되 며칠 전에 민족금융지주가 누구의 것인지 듣고 오지 않았나? 도무지 이해가 안 갔다.

적당히 해도 될 일일 텐데. 왜 이렇게까지 하는 걸까?

"죄송합니다. 더 디테일하게 들어갔어야 했는데 제가 먼저 흥분해서 중요한 걸 놓쳤습니다."

도종현이 정중히 허리를 굽혔다.

"아직 계약한 게 아니니까 차근차근 풀어 가자는 거예요. 나중에 고객들 뒤통수 후리는 일 없게."

"알겠습니다. 다시 한번 검토하겠습니다. 적대적으로."

"좋아요. 그렇게 가야 합니다. 적대적으로."

"옙."

"그럼 그 문제는 넘어가고 오필승 테크와의 협업은 괜찮나요?"

"개발은 끝났고 시범 가동 중입니다. 아직까지 한 건도 에러가 없는 걸 보아 긍정적인 편입니다."

"카드 계약 건과 같이 프로그램도 수십 번 테스트해도 부족하지 않아요. 뼈대부터 명확히 설계됐는지 계속 짚어 주세요. 필요하면 사람을 구해서라도요."

"알겠습니다. 이도 적대적으로 응하겠습니다."

이후로도 질의·응답 시간은 계속됐다.

장대운은 쉬지 않고 도종현을 몰아붙였고 조금의 방심이라도 나올라치면 득달같이 달려들어 헤집었다. 옆에서 보는 사람마저 아프게.

아마도 시행 시기가 다가올수록 더욱 지독해질 것이다.

장대운의 완벽성이라고 할까? 그건 아무리 도종현이라도 전부 받아 내기엔 무리가 있었다.

"좋아요. 이제 한 달도 안 남았습니다. 마지막까지 박차를 가해 주세요. 실수는 없어야 합니다."

"옙, 알겠습니다."

장대운의 시선이 정은희에게로 돌아가자 도종현이 남몰래 한숨 내쉬는 걸 봤다. 얼굴이 핼쑥해졌다.

"오늘 몇 시 도착이죠?"

"도착은 했고 조금 있으면 들어올 시간입니다."

"그런가요? 시간이 벌써 그렇게 됐나요?"

벽시계를 보는데 사무실 문이 열린다.

오늘은 미국에서 손님이 오는 날이다. 그들을 픽업하기 위해 조형만이 갔다는데 역시나 백인 아저씨 두 명과 조형만이 들어왔다.

키 큰 백인이 가장 먼저 다가와 장대운에게 손을 내밀었다.

"이렇게 만나 뵙게 되어 영광입니다. 존 콜 마이어입니다."

"어서 오세요. 장대운이에요."

"저는 레이 알링센입니다."

이번은 배가 조금 나온 백인이었다. 키가 작고 머리가 살짝 벗겨진, 누가 봐도 연구자 스타일.

"오시느라 고생 많으셨어요. 자자, 앉으세요."

잠깐 아이스 브레이킹 시간이 이어졌다.

차 한 잔을 두고 날씨가 어쨌느니, 한국이 이렇게나 발전했을 줄은 몰랐다느니, 비행기에서 나온 식사가 어쨌느니, 야구를 좋아한다느니…… 그 속에서 미국 텍사스 레인저스 구단주가 장대운이라는 놀라운 사실을 알았다.

이 두 사람이 앞으로 설립될 오필승 바이오의 두 축이라 했다.

CEO 존 콜 마이어, 연구소장 레이 알링센. 둘 다 스카우트 되어 온 자들답게 가진 경력이 대단했고 품은 기세 또한 어딜 가든 자기 자리 잡는 건 문제없을 만큼 뛰어났다.

김문호가 나름의 진단을 하는 사이 두 미국인이 본격적인 논의 전에 부지를 먼저 보자는 의견을 내비쳤다.

조형만의 차를 타고 구룡마을로 Go Go.

한 바퀴 돌며 오필승 바이오가 들어갈 자리를 확인한 두 사람은 만족한 듯 미소를 내비쳤다. 구룡마을의 황량한 광경은 눈에 보이지도 않는 듯.

사무실로 돌아와서는 컨소시엄 구성에 대해 논의했다. 1년 간 쓸 예산과 중점적으로 파고들어야 할 품목들을 정리하며.

얼마나 꼼꼼하고 또 전문적인지 곁에서 지켜보던 김문호 도 남몰래 혀를 내두를 만큼 두 미국인은 막힘이 없었다.

"오늘은 여기까지 하죠. 먼 길 오느라 수고하셨는데 바로 호텔로 갈까요?"

"아닙니다. 몇 군데 관광이라도 해 보고 싶습니다. 급한 게 없다면 먼저 한국을 알아보고픈 마음도 있고요."

"좋은 생각이네요. 그러면……."

이후 시간은 김문호가 가이드를 맡기로 했다.

도종현은 카드사와의 협상과 환승 시스템 때문에 여력이 없고 백은호는 장대운 붙박이, 정은희는 건들면 안 되고…… 짬도 밀리는 관계로 어쩔 수 없이 맡았다. 물론 정은희가 이 를 대비해 스케줄을 잡아 놨다고는 하지만.

이때는 몰랐다. 누군가를 안내하는 일이 얼마나 고된지.

"배고프시다고요?"

이동 중 튀어나온 갑작스러운 부탁에는 김문호도 흔들리지 않았다. 금강산도 식후경이니까 밥부터 먹는 것이 맞다 생각했다. 예약된 한정식집으로 Go.

식사 시간 내내 난리가 났다. 끝없이 깔리는 반찬 세례에 두 미국인은 기함하다 못해 어느 순간부터 감격한 표정으로 경건한 젓가락질을 하였고 끝없이 원더풀을 외치며 퍼먹다 소화 불량에 걸렸다. 그런 둘을 데려다 꾸역꾸역 소화제를 먹이고 호텔로 모실까요? 했더니 경복궁에 가잖다.

끙끙거리면서 기어코 경복궁에 갔는데 또 어디서 듣고 왔는지 여기서는 한복을 입어야 한다며 졸라 대길래 한복 대여점으로 가 임금과 동궁의 의복을 입혀주니 어린아이처럼 날뛰다가 다리가 삐끗해 주저앉았다.

그 다리를 가지고도 기필코 경복궁 내원까지 구경하고는 이제 좀 호텔에 갈까 했더니 명동으로 가잖다.

경복궁의 웅장함과 대한민국의 유구한 역사를 부러워한 건 보람찼지만, 그 사람 많은 명동엘 가자니 김문호는 눈앞이 깜깜했다. 어쨌든 쩔뚝거리면서도 명동에서 2시간을 보냈다. 팩이랑 양말은 왜 이렇게 많이 사는 건지.

몸이 축축 늘어지는 가운데서도 이제야 호텔로 갈 수 있겠구나 했는데. 갑자기 한국의 정수는 밤거리라며 한강 공원에 가자고 졸라 댄다. 어쩔 수 없이 김문호는 한강 라면과 핫바까지 맛봐야 했다. 다리는 괜찮냐고 물으면 쩔뚝거리면서도 안 아프다고 우긴다. 마치 내일 출국하는 사람들처럼 눈에 광기가 돌았다.

"아이고, 가이드 두 번 하다간 나 먼저 말라죽겠네."

호텔 가온에 인수인계한 후에야 겨우 허리를 폈다.

손님이 손님인 만큼 오늘은 어쩔 수 없었다지만.

너무 고되다.

"어서 들어가 쉬어야지."

집이 최고였다. 들어가자마자 샤워하고 맥주부터 한 캔 캬~.

"민석이는 오늘 잘 놀았으려나? 동물원 간다고 좋아했는데. 과연 누구랑 갔으려나?"

몸은 천근만근이나. 동생들만 생각하면 기분이 좋아졌다.

사랑하는 동생들과 편히 쉴 수 있는 공간이 있다는 게 얼마나 감사한지. 택시로 20분도 안 될 거리가 왜 이렇게 더딘지.

동네가 가까워질수록 그 마음이 더해갔다.

오늘 힘들어서 그런 건지 왜 이렇게들 보고 싶은지.

잔돈도 받지 않고 현관문부터 열었나.

"얘들아, 나 왔다~~."

너도나도 달려와 반기는 장면을 기대했는데.

"……!"

싸했다. 집안 꼴도 엉망이다.

"오빠~~."

미래가 울먹이며 뛰어온다. 다른 동생들도 왜 이제 왔냐며 걱정스러운 얼굴로 다가왔다.

뒷머리가 쭈뼛 섰다. 무슨 일이 생긴 거다!

누가 사고라도 당했나?

그때 방문이 열리며 못 보던 이가 나왔다.

"여어~ 왔냐?"

내 방이었다. 내 방에서 왜 낯선 사람이……!

어랏, 저놈은……. 저놈이 왜 내 방에서?

"김기태?"

"하여튼 싸가지가. 여튼 나도 신세 좀 지려고 왔다. 갈 데
가 없어서 말이지. 키키킥."

그러고 보니 김기태란 놈이 있었다.

인생에 하등 도움이 되지 않는 인간말종 놈.

전생에 어디서 양아치 짓 하다가 칼침 맞고 뒈졌다는 소리
는 들었는데. 회귀하고 나니 저런 것도 다 본다.

"니가 왜 여기에 있어?"

"하여튼 말뽄새하고는. 야 인마. 말 좀 곱게 못 하냐?"

기억났다. 보육원에서의 김기태. 보육원 퇴소 후의 김기태.

잊을 만하면 나타나 동생들을 때리고 발로 차고 희롱하고
원장 어머니 윽박지르고.

참다못해 여기 있는 동생들이랑 힘 합쳐 몰아냈다.

피투성이가 될 때까지 패 준 다음 날 홀연히 사라졌는
데…… 어디 숨어서 아이들 해코지할까 봐 한동안 삼인 일조
로 다닌 기억도 있었다.

가만, 저놈이 여기에 있다는 건.

"너…… 보육원에도 갔었냐?"

"갔지."

갔 댄다. 그려졌다. 거기에서 뭔 짓을 했을지.

원장 어머니가 우리 집을 말해 주진 않았을 테고 어쩌다 알게 됐을 거다.

어랍쇼. 그러니까 우리 집을 찾아왔다는 건 우리의 사정도 안다는 건데.

"너 내가 장대운 의원님 비서인 것도 아냐?"

"아니까 왔지. 야, 그러지 말고 같이 좀 먹고 살자. 형제 좋은 게 뭐냐? 서로 돕고 그러는 거지."

"같이 먹고 살자고?"

"나도 장대운 사무실에 꽂아 주면 더 좋고."

"니가 거길?"

제대로 미쳤구만.

"하아…… 말 좀 똑바로 안 할래? 이 형이 슬슬 열이 올라오거든. 어린 새끼가 말끝마다 반말하고."

"후우……."

더 얘기할 것도 없었다. 김문호는 손으로 현관문을 가리켰다.

"나가."

"뭐?"

"나가라고."

"내가 왜?"

"여기에 네 자리는 없어."

"거 씨벌 되게 지랄 거리네. 못 나가겠다면?"

"강제로 끌려 나가겠지."

"강제로? 네가? 쿠쿡, 쿠쿠쿠쿡."

웃는다.

그랬다. 저 비열한 웃음소리가 아주 듣기 싫었다는 기억이 수면 위로 떠올랐다. 이놈과 관련된 것이라면 무엇이든 혐오했다는 것도.

내 어린 시절 기억 속 이놈의 존재는 그야말로 악의 축이었다.

'이놈을 가만두면 온 집안이 평안을 잃는다.'

김기태의 팔을 잡아끌었다.

"나가."

"이 새끼가 감히 누구 몸에 손을 대!"

짝. 뺨이 확 돌아갔다.

소리가 어찌나 큰지 집 안 전체가 울렸다.

자기도 모르게 때린 김기태는 속으로 아차 싶었지만 이미 물이 쏟아진 것도 금세 깨달았다. 이런 식의 결말을 원하진 않았지만 선빵이 나간 이상 반격당하기 전에 먼저 공격해야 한다.

'젠장, 좋게 풀었어야 했는데. 이러면 실력 행사밖에 없잖아.'

손바닥이 주먹으로 바뀐다. 퍼퍽 퍽퍽퍽.

김문호가 쓰러졌다. 올라타 마구 휘둘렀다. 김문호가 일어서는 순간 나는 죽는다는 마음으로.

"문호 형! 이 새끼가."

"죽여 버려!"

"죽여!"

간과했던 건 이곳에 김문호만 있는 게 아니라는 것인데.

죽일 듯이 달려드는 걸 본 김기태는 직감했다.

여기도 끝장났구나. 씨벌.

흠씬 두들겨 맞을 준비를 하는데.

"안 돼!"

웬걸. 깔려 있던 김문호가 손으로 저지한다.

"안 돼. 너희는 끼지 마!"

"형!"

"왜?!"

"안 돼. 끼지 마. 너희는 절대 끼지 마."

살았다. 멍청한 김문호 덕에. 이유야 뻔하고.

"쿠쿡, 키키키키킥, 하여튼 교육의 보람이 없는 새끼들이
야. 여기서 날 건드리는 순간 무슨 일이 벌어질까? 씨벌, 피칠
좀 한번 해 봐?! 사건 터지고 기자들 몰려오고! ……이러면
장대운이 좋아할까?"

일어선 김기태는 주먹 쥐고 부들부들 떨고 있는 동생들과
시선을 마주치다 못해 얼굴도 가져다 줬다. 때리라고.

"못 참겠으면 시원하게 날려. 한 방 정도는 맞아 줄게. 대
신 나도 여기 사는 거다."

"이, 이이……."

"왜 그래? 잘도 덤비더니. 못 때리겠어? 당연히 못 때리겠지. 때렸다간 저 새끼부터 잘릴 텐데."

"나쁜 놈이……."

"그래, 나 나쁜 놈이다. 근데 날 때렸다간 너희도 나쁜 놈이 되겠지. 저 새끼가 짤리면 말이야. 아 참, 짤리면 이 집은 어떻게 되려나?"

"애들 그만 괴롭혀라. 거지새끼야."

"뭐야? 김문호가 말을 하네. 덜 맞았나 봐. 이 개새끼가."

일어나려는 김문호의 배를 발로 차 버리는 김기태였다.

"크억."

퍽 퍽 퍽 퍽. 계속 발로 찼다.

"으억, 으어어어억."

"죽어! 죽어~~!!!"

퍼벅 퍽 퍽 퍽.

흥성이 폭발한 건지 눈에 핏발까지 선 김기태였다.

그때 작은 그림자가 앞을 가로막았다.

"그만 때려요! 으아아아아앙~."

자는 줄 알았던 꼬맹이였다.

"우리 형 그만 때려요. 으아아아아아앙~~."

"넌 뭐야?! 이 새꺄!!"

짝. 있는 힘껏 휘두른 손바닥에 작은 몸이 날아가 버린다.

"민석아!"

"민석아!!"

모두가 달려들어 아이를 안아 들었다.

맞은 애가 정신을 못 차리고 경기를 일으켰다.

그걸 보고서야 김기태도 정신이 번쩍 들었다. 예전 기억이 떠올랐다. 그때도 아이를 때리는 바람에 고분고분했던 김문호가 눈이 돌았다. 전부 동시에 덤벼드는 바람에 맞아 죽을 뻔했다.

이대로 있다간 좋은 꼴은 못 보겠다 싶었던 김기태는 얼른 방으로 피신해 문부터 잠갔다. 그러든 말든 김문호는 민석이를 안아 들고 뛰었다. 동생들도 모두 뛰었다.

병원 응급실. 둘러앉은 형제들은 쌔근쌔근 잘도 자는 어린 민석이를 아무 말 없이 쳐다보기만 했다.

어린 것의 왼쪽 볼이 벌겋게 부어올라 있다. 보기도 끔찍한 손자국과 함께.

아무도 입을 열지 않았다. 참담한 심정에 고개만 숙이고 있을 뿐.

의사가 불렀다.

"보호자님?"

"아…… 예."

김문호가 돌아보니 의사가 먼저 놀란다.

"아이고, 보호자님도 보통 당한 게 아니네요. 대체 누구에게 폭행당한 겁니까?"

"그게……."

"아이고, 내가 지금 그게 중요한 게 아니지. 먼저 치료부터 받으시죠. 아이는 많이 놀라긴 했는데 괜찮을 겁니다."

"아, 예. 감사합니다."

그러고 보니 김문호도 눈썹 위가 찢어져 피가 흐르고 있었다. 얼굴도 점점 흉하게 부어올라 왔다.

"이쪽으로 오세요. 여기에서 치료하죠."

"예, 으윽."

일어나던 김문호가 배를 붙잡고 웅크리자 의사가 급히 옷을 들춰 확인했다.

"이거 발로 찬 것 같은데. 부어오르는 중이네요. 갈비뼈가 나간 것 같아요. 엑스레이부터 찍어 봅시다."

"저는 괜찮…… 으윽."

"뭐가 괜찮습니까. 검사부터 합시다."

억지로 끌려가 겨우 찍은 엑스레이 사진엔 금 간 갈비뼈가 정확히 찍혀 있었다.

갈수록 태산이라. 이 순간 김문호에게 가장 큰 걱정은 금 간 갈비뼈도 집 안에 웅크려 있는 김기태도 아니었다.

'내일 어쩌지?'였다.

얼굴이 너무 심하게 부었다. 눈썹 위 찢어진 부위야 어디에 부딪혔다고 하면 그만인데. 금 간 갈비뼈도 숨길 수는 있으나 얼굴의 피멍은 어떻게 해도 안 된다. 이대로는 곤란하다.

가슴이 답답했다. 운명에 암울이 드리우는 것같이.

"끝까지 좋은 이미지만 주고 싶었는데……."

심경이 복잡했다.

어쩌다 이런 놈이랑 엮인 건지.

"형, 어쩌죠?"

"⋯⋯."

"형⋯⋯."

불안한지 동생들도 울상이다.

하지만 이 녀석들을 기분대로 놔둬서는 안 된다.

명심해야 할 게 있었다.

"잘 들어. 이제부터 김기태가 뭐라든 너희는 절대 끼어들지 마. 알았어?"

"형⋯⋯."

"오빠⋯⋯."

"내가 다 알아서 할 거야. 그러니까 너희는 일체 관여 마."

"형 혼자 어쩌려고?"

"⋯⋯."

입원하라는 의사의 권유에도 김문호는 민석이가 깨어나자마자 집으로 향했다. 자고 있던 건 아닌지 김기태는 얼굴만 빼꼼 내밀고는 '애는 괜찮냐? 아씨, 나도 모르게 나간 거야. 때릴 의도는 없었다고.' 헛소리나 지껄이고 도로 들어갔다. 문도 철컥 잠근다. 쳐들어갈까 무섭기는 한 모양.

김문호는 부엌 식탁에 앉아 장고에 들어갔다.

아주 오랫동안. 조용히.

밤이 넘어 새벽이 밝아옴에도 김문호는 조금도 움직이지 않고 골몰히 생각만 했다. 동생들도 곁에서 떠나지 않고 그런 김문호를 지켜봤다.

'결국, 결착을 봐야겠지? 다른 방법이 없어. 김기태를 죽이든 내가 죽든지 둘 중 하나밖에.'

김기태는 작정했다. 이곳에서 지내며 장대운에게서 뭐라도 얻어 내기로.

저런 거머리를 아무런 피해 없이 떼어 놓는 건 불가능하였다. 즉 피를 봐야 하는데. 대선 경선 후보까지 올라 본 경험치마저 이런 경우에는 답이 없었다.

누구 하나는 죽어야 끝나는 악연.

만나지 않는 것이 제일 좋으나 만났다면 이보다 더 괴로운 인생이 있을까 싶을 만큼 삶을 고통스럽게 만드는 관계.

이미 깨닫고 있으면서도 김문호가 문을 부수든 김기태랑 결착을 내든 하지 않고 망설이는 이유는 오직 하나였다.

장대운으로 인해 엿본 꿈 때문이었다.

어금니를 악물 때마다 장대운과 함께 달릴 미래가 눈앞에 자꾸 아른거렸다. 고작 저런 쓰레기 때문에 그 꿈을 포기해야 하는 기막힌 운명이 너무나 야속해서.

'그래, 조금만 더, 조금만 더 깊게 생각해 보자. 최후는 정말 최후에나 쓰자.'

출근 시간이 다가올수록 김문호는 억울해서 미칠 것 같았다.

이런 식으로 거짓말하기는 진짜 싫었는데. 그 좋은 사람들을 상대로. 전화했다.

"죄송합니다. 제가 오늘 몸이 좀 안 좋아서요……."

◇ ◆ ◇

[죄송합니다. 제가 오늘 몸이 좀 안 좋아서요…….]

전화를 끊은 정은희는 걱정스러운 표정으로 장대운에게 갔다.

"예?! 문호 씨가 아파요?"

"예? 문호 씨가 아프다고요?"

"어제 무리했나? 낮까진 괜찮았는데. 어디가 아프대요?"

"허어…… 이거 걱정이네요. 그동안 무리긴 무리였나 봅니다."

다들 한마디씩 하며 장대운 주위로 몰려들었다.

"그렇긴 하네요. 우리가 너무 문호 씨를 부려 먹었나 봐요. 나이 생각 안 하고."

"맞습니다. 워낙 뛰어나, 뛰어나다는 것만 생각했지 부담스러울 거라는 건 전혀 떠올리지 못했어요. 이거 어쩌죠?"

"아아, 제 실수입니다. 사수라고 떠벌리기나 하고 정작 챙기지는 못했습니다. 괜찮다는 말을 그대로 믿고 말았네요."

"보통 뛰어났이야죠. 안 되겠어요. 제기 지금 문병 갈게요."

정은희가 나서자 도종현도 나섰다.

"제가 사수인데 제가 가야죠."

"아니에요. 이런 건 제가 챙겨야 해요. 도 보좌관님은 아픈 사람 챙겨 본 적 있어요?"

"제가 형제가 몇 명인데 그것도 안 해 봤겠습니까?"

"그래도 이런 건 여자가 잘해요. 제가 갈 거예요."

105

결국 장대운이 나섰다.

"두 분은 가만히 계세요. 문호 씨 병문안은 제가 갈 거예요. 아픈 것도 제 잘못이고 챙기지 못한 것도 제 잘못이에요. 그러니 제가 갈 거예요."

"으음, 의원님이 가신다면……."

"저도 데려가 주세요."

정은희는 졸랐으나 장대운은 이마저도 고개 저었다.

"나중에요. 우르르 몰려가면 더 부담스러울 수 있어요. 오늘은 저만 갈게요. 다들 이해해 주세요."

"그럼 내일은 제가 갈게요."

도종현이 급히 손들었다. 타이밍을 놓친 정은희가 째려봤으나 도종현은 승리의 미소를 지었다. 장대운도 할 수 없이 고개를 끄덕였다.

"그래요. 내일은 도 보좌관님이 가세요. 다음 날은 정 수석께서 가 보시고요."

"예. ……근데 사흘까지 안 좋을까요?"

"그러진 않겠죠."

"어쩌면 오늘만 아픈 거 아닐까요?"

"으음…… 역시 오늘 갔어야 했나요?"

"에효, 의원님, 대신 내일 아침에 잘 설명해 주셔야 해요. 저희가 걱정하고 있다고 꼭 전해 주시고요."

"알았어요. 안 그래도 한 번쯤 둘러보려고 했는데 겸사겸사할게요."

"예."

병문안에 대해 마무리 짓는데 사무실 문이 열리며 존 콜 마이어와 레이 알링센이 들어왔다.

며칠 관광이나 하라고 했더니 사무실엔 왜? 하며 모두가 쳐다보자 김문호를 찾는다. 어제 가이드 죽였다고.

밤에 한강 공원을 걸을 땐 정말 판타스틱했다고.

"마련된 스케줄이나 다니시지 우리 문호 씨를 데리고 명동도 모자라 밤에 한강까지 갔다고요?"

"예, 보스. 정말 최고였습니다. 알링센 연구소장이 속이 안 좋다고 하면 좋은 소화제를 찾아다 줬고 제가 다리를 비꿋했을 땐 발목에 압박붕대도 메 주기도 했습니다. 그 친구를 며칠만 더 빌릴 수 없을까요? 말하기도 편하고 한국 역사와 한국인의 방식을 쏙쏙 짚어 줘서 아주 재밌었습니다."

"허어……."

"이 양반들이……."

"문호 씨가 탈 난 이유가 있었구나. 얼마나 지독하게 굴렸으면 멀쩡하던 사람이 다 결근할 정도야."

말을 할수록 모두의 눈초리가 사나워지자 두 미국인도 눈치란 것이 있는지 무슨 일이 있냐고 물어 왔다.

어제 너희를 가이드했던 사람이 병났다고 알려 주니.

안타깝다며 그럼 다른 사람은 없냐고 다시 물어 왔다. 이들은 김문호를 흔한 수행원 정도로 생각하고 있었다.

첫 만남이었고 가장 젊은 사람이 붙었으니 그럴 만도 했다. 두 사람은 도리어 가이드 칭찬이 그의 커리어에 도움될 거라 여겼다. 젊은 수행원이 맡은 바 임무를 성실히 수행했다고 말이다.

하지만 그런 수행원이 미래 청년당 다섯 손가락 안에 드는 핵심 인재라는 얘기를 듣고는 두 미국인도 입을 떡 벌렸다.

장대운, 정은희, 도종현, 백은호, 권진용, 김문호. 장대운을 제외한 다섯뿐인 미래 청년당이니 틀린 말도 아니지만 두 미국인에게는 충격적인 일이었다. 정당의 핵심 간부는 기업으로 치자면 부대표급 이상의 대우를 받는다.

김문호는 딱 봐도 20대였다.

"아……."

"아아……."

어쩐지 입안의 혀처럼 편하다고 했다. 그런 능력자이니 그런 퍼포먼스가 가능했다. 그런 중요 인재를 자신들에게 붙여준 건 보스가 그만큼 성의를 표했다는 것인데 병나게 만들어 버렸다. 이러면 보스의 성의를 무시한 꼴이 된다.

하물며 이따 보스가 직접 병문안까지 간단다. 그건 김문호가 미래 청년당의 핵심 중 핵심이라는 뜻.

두 미국인의 머리에서 김문호의 포지션에 대한 급격한 변동이 생겼다. 이도 물론 미국 세계관과 한국인의 세계관이 다른 점에서 출발하지만 어쨌든.

김문호란 이름 아래에 자신들과 동급 혹은 그 이상이라는 레벨이 새겨졌다.

"……!"

"……!"

무례였다. 최소 이사급을 일개 수행원으로 취급했다니.

김문호란 젊은이도 대단했다. 전혀 싫은 내색 없이 맡은 바 미션을 수행하였다.

두 미국인은 급히 사죄를 표했다. 그런 사정도 모르고 편한 친구처럼 대했다고. 다시 만나면 꼭 사과하겠다고.

원래도 적극적인 두 미국인이었지만 더욱 적극적이 된 두 사람과 연락받고 도착한 조형만과 김앤강이 일로 다시 버무려졌다.

자본금은 충분하다 못해 넘쳤고 그렇다면 과연 어떤 식으로 컨소시엄을 짜고 분배를 하고 그것이 또 현행법과 상충되지는 않는지 검토하고, 일을 진행함에 있어 걸림돌은 무엇인지, 어떻게 해야 걸림돌을 합법적으로 제거하며 진행할 수 있는 건지에 대한 논의가 번개처럼 이뤄졌다.

다시 한번 구룡마을을 돌았다. 사무실로 돌아와 나열되어 정리된 기획안을 내일 또 만나 세세히 분해해 보자고 서로 간 과제를 내주고는 헤어졌다. 방향성에 대한 진지한 고찰을 하자고. 혹여나 튀어나올지 모를 버그에 대한 사전 정지작업을 확실히 짚어 가자고.

사업의 정석이었다. 이런 식으로 완벽을 기하며 며칠 혹은 한 달 동안 기획안을 공격하다 보면 완성이 된다. 군살이 제거된 진짜 사업 기획안이.

엄청난 속도였다. 자본금과 기업 간 합의가 끝났기에 망정이지 그것이 선행되지 않았다면 지루한 협상의 길만 6개월 혹은 1년짜리. 그 기간 동안 협상이 결렬되는 경우도 수도 없었다.

"오후 4시라. 시간이 꽤 남네요."

"퇴근 안 하시고요?"

"다른 스케줄도 없는데 바로 병문안 가는 건 어떨까요?"

"그도 업무의 연장선이죠."

"맞아요. 으음, 그렇다면 뭐라도 들고 가야겠는데. 동생들이 많다 했죠?"

"도합 여덟에 민석이까지 아홉이네요. 이 정도면 먹는 게 좋지 않겠습니까? 병문안이고 간 김에 모두와 같이 저녁을 드시는 건 어떨까요?"

"외식은 아닐 테고 포장인가요?"

"회복도 해야 하니 곰탕은 어떠신지요? 수육이랑 같이."

"오오, 좋죠. 근데 민석이도 곰탕 괜찮을까요?"

"의원님, 곰탕, 수육은 남녀노소를 가리지 않습니다."

"그럼 오케이입니다. 양손 무겁게 가죠."

"옙."

곰탕집에 들러 넉넉하게 주문해 차에 싣고는 김문호가 끙끙대며 앓고 있을 집으로 갔다.

장대운은 넘어가면서도 안타까웠다.

이틀 밤을 새워도 끄떡없을 나이란 것만 믿었다. 그동안 너무 시험하고 너무 몰아세웠다.

김문호는 이제 겨우 23세. 가진 기량이 40, 50대를 웃돈다 한들 그걸 정면으로 맞서는 건 엄청난 심력을 소모하기 마련이다.

정은희의 말대로 너무 무심했다.

23세 나이에 동생들 돌보고 보육원까지 신경 쓰는데 정치권 능구렁이들을 압도하는 정책마저 커버 한다. 30년 구력이 있는 것도 아니고 이제 갓 2개월 차가 말이다.

'말도 안 되는 짓을 해 댔어.'

진정 오랜만에 진심으로 후회한다.

장대운은 차라리 오늘의 후회를 어떤 징조로 여기는 게 좋겠다고 판단했다. 김문호가 진짜 다치기 전 예방하는 차원으로.

그게 옳았다. 이런 식의 소모는 언젠가는 사달을 부를 테니.

'아껴야 했어.'

소중한 사람이다. 꿈을 공유한 동지다.

돈 좀 넉넉하게 챙겨 줬다고 전부가 아니다.

아니, 김문호는 돈이 있다 한들 인연이 없으면 절대 만날 수 없는 인재였다. 그런 파랑새가 하늘에서 날아와 자신에게 안겼는데.

"뭘 하고 다닌 건지. 둥지를 텄다고 너무 마음 놓았어."

"예?"

"아, 아니에요."

"그럼 초인종을 누르겠습니다."

"예."

띵동.

누구세요? 하며 문을 여는데 얼굴을 보니 박서진이라는 친

111

구였다. 김문호의 동생 중 하나.

단박에 얼어붙는 것도 놀라서라고 여겼다.

"문호 씨 집에 있죠?"

"아, 아예. 어서 들어오세요. 이리로."

서둘러 곰탕과 수육을 받아 들고 소리쳤다.

"형! 형! 의원님 오셨어."

"뭐?!"

답은 방이 아닌 부엌 쪽에서 나왔다.

서둘러 달려오는 이는 분명 김문호인데.

얼굴이…… 이마에 붕대가, 시뻘겋게 부어오르다 못해 곳
곳이 피멍투성이다.

이런 상처는 절대 사고로 생기지 않는다. 폭행이다.

장대운의 호의 가득한 발걸음이 우뚝 멈췄다.

"의원님……."

쩔쩔매며 나오던 김문호가 앞에 서다 옆구리를 부여잡고
웅크린다. 갈비뼈도 나갔다고?

"야, 누가 왔다고? 술 사 오란 놈은 왜 아직인 거야?!"

방문이 열리며 못 보던 이가 나왔다.

"어, 장대운?"

장대운?

못 보던 얼굴이 맞다.

새로 들어왔다던 이시원은 저런 얼굴이 아니다. 그리고 저
관상은 아주 좋지 않다. 시기심의 표본 같은 것.

누구 잘되는 꼴은 절대로 못 보고 자기가 잘못한 것도 남 탓으로 돌리는…… 중간에 끼면 아랫사람 괴롭히고 윗사람 제치는 반역의 상. 현대의 언어로 공감 능력 떨어지는 소시오패스.

　　장대운의 시선이 다시 김문호에게 향했다.

　　"그 얼굴……."

　　"오빠는 싸우지 않고 맞기만 했어요!"

　　"맞아요. 의원님 생각하면서 꾹 참았어요!"

　　"의원님! 으아아아아아앙~~."

　　안방 문이 열리며 장민석이 울면서 뛰어왔다.

　　어린 것이 폭 안기는데. 얘도 얼굴이…… 왼쪽 얼굴이 벌겋게 부어올라 있다. 자세히 보니 손자국이다.

　　손자국……. 볼이 이 정도로 부으려면 그냥 때려선 안 된다. 성인이 있는 힘껏 오른손을 휘둘러야.

　　"으허어어어엉~~."

　　서러운 울음이 귓바퀴를 마구 때렸다.

　　장대운은 휘청했다. 끊어질 뻔한 이성을 간신히 부여잡았다.

　　고시리 같은 손이 한 방향을 가리킨다.

　　"으허어어어엉, 저 아저씨가 형을 막 때렸어요. 말리는데 저도 때렸어요. 병원도 갔어요. 형들 누나들한테 막 욕했어요. 으허어어어어어엉~~~~."

　　얼마나 서러웠는지 몸이 벌벌 떨린다.

　　역시나 저놈. 쳐다보니.

　　"커으음, 거 실수 좀 한 거요. 형이 동생 교육시키다가 조금

113

세게 나간 것뿐입니다. 그렇게 노려볼 것 없어요. 신경 쓸 것
도 없고요."

별일 아니라는 듯 다가오려 한다.

손을 뻗어 저지시켰다. 김문호를 다시 보았다.

"왜…… 나에게 알리지 않았나요?"

"그게…… 죄송합니다."

김문호는 고개를 푹 숙였다.

"혼자서 해결하려 했나요?"

"……예."

"누구입니까?"

"보육원에서 먼저 퇴소한 형입니다."

"저 말대로 우발적인 건가요?"

"아닙니다."

"다시 묻겠어요. 우발적이지 않다고 했습니까?"

"예."

역시나 생겨 먹은 대로였다. 평소에도 이렇다는 것.

어린 민석이의 얼굴을 이렇게 만들 정도라면 보육원에서
는 어땠을까? 갱생의 여지가 없다.

"문호 씨가 나의 비서인 것도 알았나요?"

"예."

"알면서도 두려움 없이 이런 짓을 했다는 거네요."

"의원님을 소개시켜 달라고도 했습니다."

"나를요? 주제도 모르고?"

"죄송합니다."

그러나 장대운의 가슴을 더욱 아프게 하는 건 고개 숙이는 김문호의 눈빛이었다.

기죽은 눈빛이 아니었다. 무언가 각오한 듯 강렬한 빛이 났다. 마치 전쟁터에 나가는 전사처럼. 아주 비장하게.

저 눈빛의 의미를 모를 장대운이 아니었다.

"문호 씨는 저놈을 죽일 생각이었군요."

"……!"

"우리의 꿈마저 저버릴 만큼 절실했습니까? 겨우 저깟 놈 때문에 어이없이 산화할 만큼?"

"……죄송합니다. 정말 죄송합니다. 저는…… 동생들을 보호해야 했습니다."

눈물이 주르륵.

곁을 지키던 동생들도 운다. 서러움에 북받쳐.

"그렇군요. 저놈이 모든 일의 화근이라는 거군요."

"어허이, 놈이라니요. 거 무슨 말씀을 그렇게 막 하십니까? 처음 보는 사이에. 이거 이러시면 나도 가만히 안 있습니다."

김기태가 분위기 파악 못 하고 으름장을 놓자 장대운이 피식 웃었다. 얼음장처럼 차가운 눈빛이 쏘아졌다.

"역시나 천지 분간을 못 하는 놈이군요. 그러니까 이런 짓을 벌였겠죠. 감히 나의 사람들에게 상처를 입히고."

"뭐, 뭐요? 감히? 자꾸 그딴 식으로 하면 나도 일을 키웁니다! 어디 한번 기자 불러 봐요?"

그럴수록 장대운의 눈은 침잠하듯 가라앉아 김기태를 살폈다. 단호하게 그었다.

"한 번의 기회를 주겠다. 딱 5분이다. 도망쳐라. 도망쳐서 안 잡히면 산다."

"뭐, 뭐라고?!"

"백 비서관님."

"예."

"강남경찰서장 오라고 하세요."

"옙."

전화한 지 5분도 안 돼 초인종이 띵동띵동 울렸다.

뻗대며 코웃음 치던 김기태도 새롭게 등장하는 인물과 또 그 인물을 보좌하는 이들을 보곤 침을 꼴깍 삼켰다. 급 후회의 기색. 살살 눈치를 살피는 것이 도망칠 궁리에 바쁘다.

그러든 말든 가장 앞선 자가 90도로 허리를 굽혔다.

"강남경찰서장 송호림입니다."

장대운은 조용히 몸을 돌려 인사하는 이를 쳐다봤다. 대나무처럼 꼿꼿이 서서. 손만 내밀었다. 일말의 의심조차 없는 자기 확신으로 가득 찬 눈길로.

"장대운입니다. 처음 뵙는군요."

송호림은 그 손을 허리를 굽힌 채로 잡았다. 공손히 황송하게 두 손으로.

"예, 만나 뵙게 되어 영광입니다."

한순간에 드러난 고하.

저 위세 좋은 강남경찰서장마저 장대운 앞에 완전한 굴복을 보인다.

지켜보던 김기태는 그만 딸꾹질을 하고 말았다.

딸꾹.

◇ ◆ ◇

돌아가는 차 안.

창밖만 무심히 쳐다보던 장대운이 입을 열었다.

"천사 보육원 퇴소생들에 대한 전수 조사를 해 주세요."

"퇴소생들 말입니까?"

"예."

"으음…… 그런 놈이 더 있는지 살필 생각이시군요."

"예."

"알겠습니다. 리스트를 정리해 놓겠습니다."

"……예."

돈이 도는 곳엔 언제나 그렇듯 사람이 모인다.

그렇기에 또 온갖 군상들을 다 만나게 된다.

화려함에 혼을 빼앗겨 부나방처럼 달려드는 놈들…….

그 목적도 생겨 먹은 만큼 하나하나가 다양했다. 남의 자리를 빼앗으려는 놈들, 쉽게 편승하려는 놈들, 음해하려는 놈들, 사기 치려는 놈들…….

강해야 했다. 잘못 까불다간 험한 꼴을 당하게 된다는 걸 보여 주지 않으면 끝없이 주변을 맴도는 날파리들에 괴로워서 살 수가 없다.

네 것이 좋아 보여서. 네가 만만해 보여서. 네 것을 갖고 싶어서.

너는 사라져라.

출발부터 정상적이지 않은 놈들이 상식적인 방법을 사용할 리 없었다. '설마 이렇게까지 하겠어?'란 방심은 반드시 파탄을 불러온다. 처절한 피눈물과 함께.

삭초제근(削草除根)이었다.

뿌리부터 훑어 근절시키지 않으면 내가 먼저 당한다고 생각하는 게 편하다.

명심해야 했다. 어슬렁거리는 순간 경고가 들어가야 한다.

본보기를 보인다. 마침 좋은 교보재가 왔다.

백은호가 물어 왔다.

"어디까지 보시겠습니까?"

"음……."

"아직 결정하지 않으셨습니까?"

"아니에요. 결정했어요."

"예."

"죽이지 마세요."

"알겠습니다. 죽이지는 않겠습니다. 살아 있는 게시물로 만들어 버리죠."

◇ ◆ ◇

∽ 일주일 더 쉬다 나오세요.

∽ 하지만 의원님.

∽ 그 몸으로 대체 무슨 일을 하겠다고 고집 피우는 건가요.

∽ ……죄송합니다. 제가 너무 큰 물의를 일으켰…….

∽ 앞으로도 수많은 일이 벌어질 거예요. 나와 다닌다면 이렇듯 평범한 삶은 포기해야 해요. 날이 갈수록 문호 씨의 이름값은 높아질 테고 그런 문호 씨를 노리는 승냥이들도 점점 더 강해지고 비열해질 거예요. 언제까지 이 평안함이 유지될 거라고 본 겁니까?

∽ …….

∽ 그들에게 만만히 보여선 안 됩니다. 그것이 형제든 누구든 상관없어요. 이 세계는 비정하고 오직 승자만이 살아남습니다. 늑대가 되지 않겠다면 여기에서 멈추는 것도 좋은 방법이겠지요.

∽ …….

∽ 내 보기에 문호 씨는 절대 순한 양이 아니에요. 그러니 틈만 보이면 물어뜯는 연습을 하세요. 자기의 본성을 누르는 건 좋지 않습니다. 그 대상이 설사 나라도 마찬가지예요. 어차피 죽고 죽이는 세계라면 죽이고 살아남으시라는 겁니다. 어설픈 동정, 한 푼 가치도 없는 인류애 따윈 버리세요. 그것이 문호 씨가 살아남을 방법입니다.

김문호는 한숨이 나왔다.

나름대로 야생의 세계에 적응했다 생각했고 꽤나 단단해졌다고 여겼는데 장대운은 오히려 한술 더 떠서 가족이라도 물어뜯어 버리라고 하였다. 자기에게 덤비면 누구라도 가차 없이.

기가 막힌 건 틀린 말이 하나도 없다는 것이다.

김기태가 이런 식으로 나올 수 있었던 건 내가 만만해서였다. 눈길만 마주쳐도 바지에 지릴 정도로 잡아 놨다면 집에 올 생각은 꿈에도 못 꿨을 것이다.

너무 차곡차곡 계단을 밟아 걸으려 했던 조심성이 발목을 잡았다. 자칫했으면 꿈까지 잃어버릴 만큼 치명적으로.

'따귀 맞은 순간 박살 냈다면 일이 이렇게까지 커지지 않았을 거야.'

설사 문제가 됐어도 장대운이라면 어떻게든 해결해 줬을 것이다.

맞다. 조금 더 영민하게 굴었어야 했다.

조금 더 강하게 나갔어야 했다.

∞ 후우…… 그래도 무사히 끝났구먼.

∞ 예?

∞ 의원님 말일세. 아까 민석이가 의원님을 안고 있지 않았다면 아주 큰일 날 뻔했어. 의원님이 이토록 화낸 건 나도 오래간만이네. 뒤에서 얼마나 조마조마했는지.

∞ 예?

∞ 김기태라고 했나?

∞ 예.

∞ 오늘 여기서 송장 치를 뻔했어.

∞ ……?

∞ 자넨 모르겠지만, 의원님은 엄청난 강자일세. 그런 놈 열 명이 덤벼도 옷깃 하나 스치지 못할 만큼. 이 나도 승부를 장담 못 할 만큼 강하시지. 최상급 격투가가 부럽지 않을 정도로. 후후후.

∞ ……!

∞ 역시 몰랐구먼. 하여튼 오늘 위험했네. 민석이 덕에 간신히 절차대로 간 거야. 그것만 알고 계시게. 의원님이 오늘 무척 인내하셨다는 걸.

장대운을 따라 몸을 돌리던 백은호가 돌아와 해 준 말이었다.

이 말에 또 얼마나 놀랐는지 모른다. 늘씬한 핏 아래 그런 투기가 숨겨져 있었는지.

김문호도 언젠가 들은 적이 있었다. 최상급 격투기의 무서움을.

K-1의 제왕 피터 아츠가 친구랑 둘이서 동남아 여행 중 만난 갱 40명이랑 붙어 깨부순 이야기.

원샷원킬이었단다.

그런 의미로 봤을 때 최상급 격투가가 부럽지 않다는 말은 장대운도 피터 아츠 같은 퍼포먼스가 가능하다는 얘기였다.

국회의원과 피터 아츠라니.

이 무슨 말도 안 되는 매칭인지.

그러면서도 도저히 부인할 수 없는 건 그 말을 한 이가 백은호란 사실이었다. 삶 자체가 무게감인 양반이 이런 일로 헛소리할 리 없으니까.

"형⋯⋯."

"으응? 왜?"

"이거⋯⋯."

동생이 한쪽에 치워 둔 봉지 뭉치를 가리킨다.

장대운과 백은호가 두 손 전부를 써서 가져온 먹거리였다. 냄새만 맡아도 무엇인지 알 만큼 고소한.

그러고 보니 이제야 냄새가 느껴진다. 거실 온 천지가 곰탕 냄새인데. 동생들은 물론 민석이도 쳐다보고 있었다. 어떡하냐고? 침을 꿀꺽 삼키며.

"뭘 어찌해? 먹어야지. 먹자, 얘들아. 자리 깔아라."

식은 음식을 그냥 먹을 수 없으니 다시 끓이고 수육도 뜨거운 수증기를 맡게 해 줬다.

옹기종기 모여 진한 국물을 한술 뜨는데 갑자기 누군가의 얼굴이 번뜩 떠올랐다. 김문호는 너무 어이가 없어 웃어 버렸다.

김기태였다. 강남경찰서로 끌려간 망종 새끼.

어째서 그놈 얼굴이 떠올랐을까? 아니, 왜 이렇게 불쌍해 보이는지 모르겠다.

맛있게 먹는 동생들을 보았다.

우린 평화를 찾았는데. 그놈은 이제 시작이다.

진짜 시작.

'그러네. 장대운의 화를 샀으니 곱게 살긴 글렀을 거야.'

◇ ◆ ◇

강남경찰서.

조서를 꾸리던 형사가 타자 치다가 순간 기가 찬지 헛웃음을 내뱉었다.

"야! 너 대체 무슨 생각으로 거길 간 거냐?"

"……예?"

"장대운 의원 비서 집으로 갔다며? 서장이 직접 출동했어. 너를 넘기면서 장대운 의원 건이라고 특별 지시를 내렸어. 제대로 조사하라고. 대체 거기서 뭔 짓을 했길래 경찰청장이 와도 시큰둥한 서장이 다 긴장을 하냐?"

"그게……."

머뭇대는 김기데를 보다 형사가 다시 한숨을 푹 내쉬었다.

"어휴~ 그나저나 너 어쩌려고 장대운 의원을 건드렸냐? 장대운 의원 몰라?"

"……?"

"모르네. 얘 아무것도 모르네. 그러니 용기백배해서 건드렸겠지. 그룹 회장들도 그 양반 앞에서는 오금을 제대로 못 펴는데. 너 인마 좆됐어. 어휴~ 앞으로 어떻게 사냐. 나 같으

123

면 한국을 뜬다."

"……!"

"가만, 이거 한국 뜨는 거로도 모자란 거 아냐? 어이, 김 형사. 장대운 의원 건드리고 도망갈 수 있는 나라가 있냐? 나는 아무리 생각해도 없는데."

"장대운 의원이요? 아이고, 생각만 해도 눈앞이 깜깜해지네요. 없어요, 없어. 중국도 장대운 이름 뒤에 '공'을 붙여요. 미국은 대통령부터 쩔쩔매고 일본은 뭐. 유럽도 그렇고…… 아! 한 군데 도망갈 데가 있다."

"어디? 어디?"

"북한이면 괜찮지 않을까요? 거긴 좀 그렇잖아요."

"그러네. 북한이라면 가능할 수 있겠어. 어이, 내가 충고하나 해 줄게. 월북해. 어쩌면 그게 살아남는 길일지도 몰라. 진지하게 고민해 봐."

조서 작성이나 똑바로 하지 무슨 개소리인지…… 김기태는 아무리 생각해도 장대운이 그 정도는 아닌 것 같았다.

'샌님으로 보였는데.'

뭐라도 물어보려던 김기태 뒤에서 누군가가 다가왔다. 강남경찰서장과 함께 왔던 중년인이었다.

"장 형사."

"아엡, 형사과장님."

"이 새끼 바로 올려. 중앙지검에서 전화 왔다. 넘기라고."

"벌써요? 아직 조서도 안 꾸렸는데요?"

"그냥 올리래. 시간 끌지 말고."

"다이렉트로 간대요?"

"우리야 알 게 뭐야? 어차피 거기서 결정짓잖아."

"그렇긴 하죠. 알겠습니다. 어이, 김기태, 너 진짜 좆된 것 같다. 바로 검찰 가네. 이 악물고 잘 버텨 봐라. 파이팅."

서울 중앙 지검 형사부 취조실.

검사와 마주 앉은 김기태였다.

삐딱한 자세로 자료를 훑어보던 민성준 검사는 정말 모르겠다며 고개를 갸웃댔다.

"너 뭐냐?"

"예?"

"폭행전과 3범. 절도 1범. 폭행도 자잘하게 술집에서 시비 붙은 거고 그냥 잡범이잖아. 근데 왜 김앤강이 널 죽이려고 난리 치냐?"

"예?!"

"영문을 모르겠네. 후안무치 강력범도 아니고 대체 왜 날뛰는 거야? 너 씨발 누굴 건드린 거야? 누굴 건드렸길래 김앤강이 저 지랄이냐고?!"

"……"

경찰서까지는 어째어째 버티던 김기태도 검찰마저 같은 소리를 하니 얼이 나갈 것 같았다.

하지만 검사는 매정하게도 더 캐묻지 않고 자기 마음대로 무언가 작성하더니 다음 날 바로 선고해 버렸다. 증거가 속속

들이 도착해서 더 살펴볼 것도 없다며.

그러면서 넌지시 이랬다.

하아~~ 하필 그 양반이랑 척을 졌냐? 불쌍한 놈아.

그래도 고맙다. 네 덕에 그 양반과 연이 닿았다.

서울 중앙 지방 법원.

판사는 아예 얼굴도 보지 않고 판결문을 읽더니 망치를 휘
두른다. 땅 땅 땅.

"……폭행하였고 이에 3년 징역형에 처한다."

항소는 없었다. 교도소로 슝. 줄줄이 비엔나처럼 엮여 내
부로 들어가는데 갑자기 누가 앞을 가로막는다.

무시무시한 교도관 중에서도 홀로 여유로운 노인네였다.

교도소장 각이다!

"너구나. 김기태란 놈이. 너 인마. 대체 사회에서 무슨 짓
을 저질렀길래 법무부에서 오더가 떨어지냐?"

답할 새도 없었다. 바로 끌려가 물품 지급받고 325호에 슝.

폭력 관련 죄목만 모인 사동에서도 같은 조직끼리 뭉쳐 있
는 호실로.

"신입이다."

교도관의 외침에 내부에 있던 재소자들이 벌떡 일어나 반
겼다. 그중 가장 험악하고 무겁게 생긴 남자가 교도관에게 친
근하게 물었다.

"야가 그 김기태란 아그요?"

"그렇다고 하네."

"거참, 이거 웃어야 하는 건지 말아야 하는지. 여튼 알겠소. 우덜이 알아서 이뻐해 주면 되는 거 아니오. 대신 약속은 꼭 지키쇼."

"걱정 마라. 저 하늘 꼭대기에서 내리꽂혔다. 죽이지만 말라신다."

"옴마, 화끈하구만. 야들아, 우리 복덩이 좀 환영해 주거라."

"""""옙, 형님.""""""

우르르 달려든다. 시커먼 먹구름이 몰려드는 것처럼.

김기태는 하루 사이 사라졌던 딸꾹질이 다시 돋았다.

딸꾹.

악몽은 그때부터 시작이었다.

밥 먹는 시간이든, 화장실 가는 시간이든, 씻는 시간이든, 어느 한순간도 괴롭지 않은 날이 없었다. 조금만 눈이 마주쳐도 주먹질에 구타가 이어졌고 욕지거리는 기본, 온갖 가혹 행위에 눈물짓지 않은 닐이 없있다. 그럴수록 325호실 새끼들의 식사는 휘황찬란해졌는데. 무슨 이유일까?

그나마 쉬는 운동장 나가는 시간도 결코 아름답지 않았다.

가만히 구석탱이에 숨어 있어도 누군가가 찾아왔다.

너 애기 때려서 들어왔다며? 이 개새꺄. 뒤통수 갈기고 발로 차고 침 뱉고…… 차라리 누구 하나 긋고 징벌방으로 들어가는 게 평화일 만큼 교도소 생활은 최악이었다.

127

그러나 의지의 김기태는 인동초를 진액으로 마신 것처럼 끈기를 잃지 않았다. 죽지 않고 끝내 버텼다. 3년이다. 조금만 더 버티면 다시는 이쪽으로 오줌도 누지 않으리라. 맹세를 수백, 수천 번 되뇌며 바위가 됐다.

그리고 드디어 그 날이 왔다.

"기태야, 출소다."

해방이었다. 3년 내내 처맞느라 심신은 걸레가 됐지만, 출소 하나만 보고 견뎠다.

아아, 너무 행복하다.

다시는 죄짓지 않으리라. 어디 공장에라도 들어가 성실히 살리라. 누가 때려도 절대로 반격하지 않으리라.

철문이 열리며 서광이 비치는 듯했다. 아무도 반기는 사람이 없어도 상관없었다. 이 빌어먹을 곳만 아니면 된다.

김기태는 조금 떨어진 버스 정류장에 앉아 따스한 햇살을 만끽했다.

아아, 진짜 행복하다.

시내로 들어가는 버스가 도착하고 공손하게 버스비를 물어 올라탄 김기태는 습관적으로 주변을 둘러보며 위험 인자가 없는지 살폈다. 교도소에서 생긴 습관이었다. 어디를 가든 무엇을 하든 근처에 누군가 있다면 반드시 경계해야 한다.

'앞자리에 두 사람, 건너편 옆자리에 한 사람.'

조심할 건더기는 없어 보였다. 건너편 옆자리는 꾸벅꾸벅 조느라 바쁘다.

클리어. 그제야 안심하며 자리에 앉았다.

창밖을 보며 희망찬 앞날을 그리려 하는데.

툭. 무언가 떨어지는 소리에 눈이 기민하게 반응했다.

'으응? 저건……!'

지갑이었다. 무엇을 담고 있는지 아주 뚱뚱한 지갑.

애써 눈을 돌리려 했지만, 손은 어느새 그것을 주워 주머니에 넣고 있었다.

미친! 다시는 죄짓지 않으려 했는데 이거 어쩌지?

욕심이 드글드글 끓었지만 애써 누르고 돌려주려 했다. 옆자리 사람을 깨우려는데. 이미 깼는지 주변을 두리번거리고 있었다. 목적지에 왔는지 확인하는 것처럼.

그러다 열린 가방을 발견, 급히 안을 뒤져 본다. 지갑이 없다는 걸 깨달았는지 속 안까지 뒤집는다. 눈이 마주쳤다.

"이봐요. 아저씨. 아저씨죠?"

"뭐……요?"

"내가 버스 타고 가방에 넣어 놨는데 자다 깼더니 지갑이 없잖아요."

"그걸 왜 나한테 말해요."

"아저씨가 맞잖아요. 여기 누가 있어요?"

"지갑을 안 가지고 탄 건 아니고요?"

"지갑에 버스 카드가 있는데 무슨 개소리야. 너 맞지?!"

갑자기 다가와 품을 뒤지려 한다. 김기태는 얼른 밀었다.

"저리 안 꺼져! 이 새끼가 내가 누군지 알고 개수작이야!"

이제부턴 어쩔 수 없다. 버텨야 한다. 무조건.

아니, 빨리 내려야 한다.

"기사 아저씨, 차 좀 세워요!"

"안 돼요. 이 새끼 도둑놈이에요! 절대로 문 열어 주지 마세요!"

다시 달려드는 놈을 발로 차서 넘어뜨렸다.

"으악. 이 도둑놈 새끼가 사람도 쳐!"

"이 새끼가 지랄을 하네. 누가 도둑놈이야! 증거 있어?!"

"니 주머니 불룩한 게 증거다 개새꺄!"

또 달려드는 놈을 가방으로 후려쳤다.

그 광경을 앞좌석 두 사람이 찍고 있다는 걸 김기태는 전혀 몰랐다. 버스 기사마저 씨익 웃고 있는 걸. 맞아 넘어진 남자도 웃고 있다는 걸.

다시 서울 중앙 지검으로 끌려온 김기태.

이제는 부장 검사가 된 그때 그 젊은 검사가 앞자리에 앉았다. 이름이 민성준이었던가? 나를 많이 불쌍해했던 것 같은데.

"뭐야? 또 너야? 하아…… 그것참. 네 덕에 올해 부장 검사 달았는데. 또 날아왔네. 대체 얼마나 끌어올려 주려고 이렇게까지 도와주냐?"

"……"

조서를 뒤적인다.

"어랍쇼! 너 아주 악질이구나. 어떻게 출소하자마자 강도질부터 하냐."

"아, 아니에요. 전 억울해요. 돌려주려 했단 말이에요!"

"그럼 얌전히 돌려주면 되지 피해자는 왜 패?"

"그건⋯⋯."

김기태가 대답을 못 하자 민성준은 노트북의 영상을 재생시켰다.

"여기 봐라. 떨어진 지갑을 니가 주워 주머니에 넣는 거 보이지? 이거 니가 봐도 절도잖아."

"⋯⋯."

"그때라도 돌려줬으면 사과나 하고 끝났을 일을 피해자를 왜 발로 찼어? 이러면 폭행이 추가되잖아. 일이 점점 커져. 절도에 폭행이 믹스되면 뭐가 되는지 몰라? 강도야. 인마. 범죄의 질이 달라진다고."

"⋯⋯!"

"어랏, 가방으로까지 친 거야. 무기를 휘두른 거네! 이러면 보통 강도도 아니고 앞에 '특수' 자가 붙는데. 이거 아주 골 아프게 생겼잖아."

"아니, 이렇게 그게 그렇게⋯⋯."

김기태는 미칠 것 같았다. 실랑이하다 보면 충분히 있을 수 있는 일인데 갑자기 특수 강도라니.

"안타깝다야. 안 그래도 김앤강에서 그러더라. 애초에 버스 탄 것부터가 의심스럽다고. 거기 강도질하러 들어간 거 아니냐고."

"그건 아니잖아요! 그럼 시내에 어떻게 갑니까? 버스 탈 수밖에 없잖아요."

"그건 내 알 바 아니고. 뭐 걸어가도 되잖아. 두 다리 튼튼
한데. 하여튼 이번엔 좀 세지겠는데. 아무리 나라도 낮출 방
법이 없어."

"검사님, 제발요. 전 정말 열심히 살아 보려 했단 말이에요!"

"그걸 내가 어떻게 알아, 인마?"

김기태는 얼른 꿇고 민성준의 바지춤을 잡았다.

"아니에요. 저 좀 살려 주세요. 전 정말 열심히 살아 보려
했습니다. 검사님!"

"이 새끼가 어딜 잡아! 자리 안 앉아?! 공무 집행 방해까지
얹는다."

"······!"

"어디 보자. 증거는 빼박이고. 단순 강도라면 징역 3년부
터라 어찌 조금 줄여 볼 만한데 특수 강도가 됐잖아. 특수부
터는 징역 5년이 시작이야. 근데 넌 출소하자마자, 철문을 나
서자마자 또 범죄를 저지른 거잖아. 누가 봐도 갱생의 여지가
없어. 판사도 아무런 이의가 없을 테고. 어떡하냐? 나도 이렇
게까진 하고 싶진 않은데, 네가 괴로울수록 내 인생이 펴진다
는 걸 깨달아 버렸거든. 어쨌든 고맙다야. 내가 최대한으로
오래 살게 해 줄게. 고마워. 기태야, 정말 네 은혜가 크다."

서울 중앙 지방 법원.

판사가 방망이를 휘둘렀다. 땅 땅 땅.

"······심히 교화의 가능성이 의심되는바 최대한 사회와의

격리가 필요하다는 검사 측의 주장을 인정한다. 이에 피고를 징역 12년형에 처한다."

교도소.

하필 또 같은 교도소에 들어갔다. 설마 하면서도 물품을 지급받고 들어가는 방향을 보며 김기태는 전신이 싸해졌다.

저쪽은 안 되는데. 정말 저쪽은 안 되는데……

325호였다.

"신입이다."

"어! 또 왔어? 이여~ 우리 복덩이가 다시 돌아온 거여? 행님들이 그렇게 보고 싶었어? 오냐오냐. 아주 이쁘게 잘 대해 줄게. 기특한 것."

다가온다.

김기태는 소리쳤다.

"아, 안 돼~~~~~~~~~~~~~~~. 난 강도로 들어왔다고 ~~~~~~~~~~ 옮겨 줘."

"그런데 전 주소지가 구룡마을이더군요……."

민석이의 전학 절차를 밟고 혹시 몰라 교장실에 찾아갔더니 하는 소리였다. 뒷말은 삼켰지만, 맥락은 충분히 알아들을 수 있었다.

김기태 사건 이후 군말 없이 일주일간 휴식을 취하며 김문호가 제일 집중한 것은 얼굴의 회복이었다.

국회의원은 일종의 서비스직이었다.

외부에 투영되는 이미지 즉 브랜드의 가치가 굉장히 중요했기에 외모 또한 무시 못 할 큰 요소였다. 이럴 때 7급 비서란 놈의 얼굴이 어디서 쌈박질이나 하고 다닌 것처럼 보인다면 이보다 우스운 것이 없기에 조용히 집과 병원만 오가며 회복에 주력했다.

다행히 닷새쯤 지나니 얼굴에 드리웠던 붉은 기운은 사라지고 찢어진 이마의 상처도 밴드로 가릴 정도가 됐다.

다음 진행한 건 민석이 전학이었다. 계획보다 닷새 정도는 늦은 것 같지만 어쨌든…… 민석이가 구룡마을 출신이라는 걸 건드는 교장을 보고 있노라니 김문호는 피식 웃음이 나왔다.

태클이야?

"그 웃음의 의미는 뭡니까?"

"뭐, 별거 아닙니다. 난쟁이끼리 서로 자기가 키 크다고 아웅다웅하는 것 같아서요."

"난쟁이요?"

이도 뒷말은 안 했지만, 교장은 무슨 뜻인지 알아들었다는 듯 불쾌한 표정이 되었다. 감히 구룡마을 출신 주제에 하고 말이다. 이래서 담임과의 인사만으로 만족하지 않고 교장실로 올라온 것이다.

김기태 사건 이후 김문호는 깨달은 것이 참 많았다.

가만히 있으면 가마니가 된다는 것 정도는 이미 알고 있었지만, 그 시기에 대해서만큼은 감을 못 잡고 있었다.

두 달 남짓한 경력의 7급 비서.

능력을 인정받았다고는 하나 벌써부터 까분다면 아무리 호의라도 좋게 볼 위인은 없다고만 생각했다. 그래서 조심했는데.

포지션의 재정립이라고나 할까? 장대운을 직관하며 감각

적으로 친 울타리 내에서만큼은 이빨을 숨기지 않기로 했다.

'호가호위(狐假虎威)도 필요하면 해야지.'

일반인은 모를 것이다.

국회의원 곁을 보좌하는 보좌진들이 누리는 권력이 어떠한지. 그도 물론 모시는 국회의원의 힘에 비례하긴 하지만 그걸 둘째로 제쳐 놓고서도 실무를 파고드는 전위 부대로서의 비서직은 현장에서는 오히려 국회의원의 권력을 압도한다.

국회의원은 너무 바빴다. 만나야 할 사람도 많고 참석해야 할 행사만 해도 끊임없다. 또 자신의 영달을 위해 당 내부 정치에도 관심을 가져야 한다. 트렌드도 캐치해야 하고.

그렇기에 지역구 애로 사항은 대체로 보좌진들이 맡는다. 구의회, 구청, 지역 건설사, 지역 소상공인 협의회, 노조, 지역 단체 등등 전국적 이슈가 될 만한 것 외 거의 모든 것이 보좌진들에 의해 처리된다는 걸 봤을 때 틈새 권력이 발생하는 것이다. 국회의원과 동일시되는.

'나는 국회의원 장대운의 비서다.'

감히 어떤 나부랭이가 이 명함 앞에서 강짜를 놓을까.

인생 뒤틀리고 싶지 않다면 고개 숙이고 조공해도 모자랄 것이다. 하물며 장대운은 그와 연관된 이를 끔찍이 챙기는 스타일이다. 건드렸다간 김기태 꼴이 난다.

김문호는 별말 없이 명함을 꺼내 탁자 위에 탁! 내려놓고는 교장에게 스윽 밀었다.

받아 본 교장의 쩍 벌어진 다리가 절로 오므라진다.

"어! 아이고, 장대운 국회의원님의 비서셨군요."

언제 난쟁이 언급하며 찌푸려졌냐는 듯 표정에 겸손함이 깃든다. 이게 호가호위였다.

"미리 말씀드립니다. 민석이의 후견인이 바로 저희 의원님이십니다."

"아…… 그렇군요. 이거 큰 결례를 범할 뻔했군요."

소파에 묻혀 있던 허리도 앞으로 팽팽히 당겨진다.

아마도 등골로 식은땀이 흐르고 있겠지.

김문호는 방점을 찍었다.

"민석이한테 무슨 일이 생기는 순간 서로에게 좋지 않은 일이 생길 것 같습니다. 이해하시죠?"

"아, 예예. 그럼은요."

"아마도 전 교육청으로 달려갈 테고. 차라리 거기에서 끝나는 게 낫겠죠. 의원님의 분노라도 사는 날에는……."

마주친 눈에 힘을 딱 주니 얼른 피한다.

"서로를 위해서라도 부디 우려하는 일이 벌어지지 않았으면 좋겠습니다."

"물……론입니다. 저희 학교는 주변 학교 중에서도 깨끗하고 소란 없기로 유명합니다. 걱정 마십시오. 담임 선생님께 따로 언질을 주고 저도 지속적으로 살피겠습니다."

"물론 저는 교장 선생님을 믿습니다. 방금 전의 말씀은 만에 하나를 모른다는 얘기니 오해 없으셨으면 좋겠습니다."

"아유~ 무슨 오해가 있겠습니까? 이렇게 민석 군의 후견인이 누구신지 알려 주신 것만도 큰 도움이십니다."

"그러면 안심이군요. 그럼 앞으로도 교장 선생님을 믿어도 되겠습니까?"

"믿어 주십시오. 민석이의 학교생활은 아무런 문제가 없을 겁니다. 제가 장담합니다."

"역시 교육자로서 모범적인 분이시군요. 의원님께는 제가 따로 잘 말씀드리겠습니다."

"아이고, 그래 주시면야…… 김문호 비서님, 감사합니다."

"예, 그럼 저는 돌아가겠습니다."

"예, 조심히 돌아가십시오."

교장이 굽신거리며 정문까지 배웅한다.

이게 권력이었다. 이게 호가호위였다.

◇ ◆ ◇

모처럼 출근하자 모두가 다가와 환영해 줬다.

고생 많았다며 미리 돌봐 주지 못해서 미안하다고. 시끄기 끊임없이 이어졌고 아니라고 물의를 일으켜 죄송하다고 해도 듣지 않고 곁에서도 떠나지 않았다.

그때 존 콘 마이어와 레이 알링센 두 미국인이 들어왔는데 애들도 조심스러운 표정으로 와서는 사과하였다. 자기들이 미스터 김의 위치를 모르고 일개 수행원처럼 대했다고. 그 때문에 병까지 얻게 된 걸 알았다며 진심을 다해 허리를 굽혔다.

"......?"

뭔가 했더니 장대운이 윙크한다. 대충 받으란 뜻이다.

사과를 받아 주며 천천히 얘기를 들어 보자 순전히 오해였다. 일개 수행원이 맞았고 기업 이사급은 더더욱 아니다.

그게 이상했다. 장대운이 모를 리 없을 텐데 받으라 하다니.

'설마 앞으로 세워질 오필승 바이오의 CEO와 연구소장과 동급으로 인정하겠다는 건가?'

헐~. 김문호가 속으로 혀를 내두르고 있을 때 조형만과 장대운이 회의를 이끌었다.

"재개발 동의서는 다 받았나요?"

"대부분 받았다 카는데 아직 열 몇 개는 못 받았다 캅니다. 거부하는 곳도 있고 연락이 안 닿은 곳도 있고."

"연락이 안 닿은 건 그렇다 치고 거부는 버티겠다는 건가요?"

"자세한 건 지가 직접 봐야 합니다. 뭐, 그럴 수도 있고 해외에 있거나 해서 모를 수도 있고 경우는 많심더."

"허어…… 당장 내일이 마감 시한인데 어떻게 할 생각인가요?"

"사실 이만큼 받아 낸 것도 훌륭합니다. 재개발하겠다 카믄 온갖 잡벌레들이 다 꼬입니다. 아주 독이 바짝 오르지예. 여튼 최대한 땅겨 보고 안 되믄 그대로 집행하믄 됩니더."

밀어 버린다는 얘긴가?

"그냥 집행한다고요? 그게 돼요?"

"십수 년간 이런 일만 줄창 해 댔던 놈이 이 조형만이입니더. 고마 냅두소."

"그래요? 그렇다면 일단 가 보죠."

다음 날 구룡마을 재개발 마감 시한 직전 오필승 컨소시엄이 신청서를 제출하러 간다는 소식이 터지자 기자들이 우르르 몰려들었다. 시위대는 카메라 앞에서 만세를 불렀다.

오필승 만세! 오필승 만세!

2002년 월드컵 이후 이런 연호는 또 오랜만이라 정은희가 흐뭇해하는 가운데 사업 시행한 지 일주일도 안 돼 조형만이 툴툴대며 들어왔다. 중간보고였다.

"거의 다 좋은 말로 해결됐는데예. 다섯 건만 강성입니더."

"알 박기로 버티겠다는 건가요?"

"지까짓 게 버텨 봤자지예. 최후통첩은 했습니더. 내용증명 보냈고예."

"합의 금액은 얼마로 제시했나요?"

"거의 대부분이 2천에서 3천 사이에 들어왔길래 2억 준다 캤심더. 이것도 내용증명에 첨부했고예."

"10배 수익인데도 거절이라…… 강성들은 얼마를 달래요?"

"20억 달랩니더."

"미친 거네요. 그래서 어떻게 하시려고요?"

"팔기 싫으면 말라 카이소. 그쪽으로 진입 안 하믄 됩니더."

"예?"

"길을 딴 데로 내면 끝이라는 거지예. 쿠쿠쿡. 땅이 모자란 것도 아니고 그 새끼들 땅 맹지로 만들어 뿔믄 끝납니더. 그 땅은 앞으로 쓸모없는 불모지가 되는 기라예."

고립시키겠다는 것이다.

맹지는 길이 닿지 않는 땅을 말했다. 길이 없기에 차도 못 들어가고 장비도 못 들어가 개발이 안 되는 땅.

모두가 입을 떡 벌리며 고개를 끄덕였다.

어차피 오필승 컨소시엄은 구룡마을과 그 일대 전체에 대한 개발권을 가져왔다. 그러니까 개발 계획 중 도로와 길만 살짝 수정해 비껴가면 아무도 손 못 댄다는 것이다.

조형만은 그동안 악성 알 박기를 이런 식으로 해결했나 보다.

"안 그래도 주변 부동산 중개인들한테 일러뒀심더. 거긴 이제 맹지가 될 테니 함부로 팔지 말라고예. 이 사실을 숨기고 팔았다간 사기죄로 오필승의 소송을 받게 될 거라고예."

갈아타지도 못하게 해 놨다고. 조형만이 씨익 웃었다.

"이카믄 시일 내에 한두 놈은 더 달려옵니더. 도장 들고."

"받아 주고요?"

"쉽게 받아 주믄 조형만이가 아니지예. 2천만 원만 줄 낍니더."

"2억이 아니고요?"

"맹지 아입니꺼. 맹지를 누가 그 돈 주고 삽니꺼. 하하하하 하하하."

최후통첩 시간이 끝나는 순간 그리된다는 것이다. 이미 재개발 계획을 수정하여 진행 중이라 하면 방법이 없었다. 일개 개인이 무슨 수로 컨소시엄이랑 싸울까?

모두의 얼굴이 확 펴졌다. 알 박기로 행여나 공사에 차질이 가면 어쩌나 했더니 이런 식이라면 걱정이 없었다.

하지만 장대운은 장대운이었다. 꼼꼼하다.

"근데 그 건물들 말이에요. 안 그래도 노후화가 됐는데 나중에 손쓸 도리가 없는 거 아니에요? 아주 흉하게요."

"에이, 그 정도도 해결 못 하겠습니꺼? 넉넉하게 짜서 방벽을 두르믄 됩니더. 눈에 안 보이게."

"다 가린다고요?"

"몇 채나 된다고예. 높은 층수도 없어예. 싹 다 가리고 출입문 하나만 달아 두면 끝이라예. 그것도 잠가 놔야겠지만서도."

"잠가요? 잠그면 주인이 못 들어가잖아요."

"쉽게는 못 들여보내 주지예. 그놈들 때문에 쓸데없는 돈이 들었는데 안 그렇습니까? 뭐, 들여보내 달라 카믄 관리인한테 문의하고 예약 받고 인건비 내고 그래야 할 낍니더."

"허어…… 그렇게도 가능해요?"

"거기 갈라믄 누구 땅 밟고 가야 하는데예?"

구룡마을에 들어오는 순간부터 오필승의 땅을 밟는다.

"아아…… 그러네요. 나중에 지랄하든 말든 알 박기 했다고 증거 제출 하면 문제도 없을 거고. 증기는 다 가지고 있죠?"

"20억 달라는 통화 내용까지 다 갖고 있습니더. 이런 건 또 지가 꼼꼼합니더."

"나중에라도 혹시 판다고 하면요?"

"넉넉하게 빼놨으니 근린공원 만들믄 됩니더."

"하하하하, 그러네요."

조형만의 말을 듣고 있노라면 도통 어려운 게 없었다.

저런 게 자신감인지. 보통 재개발이란 말이 나온 순간부터 10년 이상 지루한 싸움이 이어지는 걸 생각하면 환경이 만들어졌다 하더라도 이해할 수 없는 속도감이었다.

오필승이라서 쉬운 건지 조형만이라서 쉬운 건지.

어쨌든 장대운의 용건은 이것만이 아니었다.

"부산 분양가 상한제 시행은 어떻게 되고 있나요?"

"말도 마이소. 입이 댓빨 나와 가꼬 지랄들을 해 대는데. 센텀에 들어가는 건설사들 때문에 한동안 시달렸심더."

"취소는 없고요?"

"아직 한 건도 없심더. 오필승이랑 척질라믄 무슨 짓을 못하겠심니꺼. 그래도 지가 쫓아다니며 달래 놨습니더. 건설사들에게 돈 뜯어 간 놈들 명단도 다 받아 놨고예. 거기에 무슨 저축 은행인지 뭐시기도 끼어들어 있던데예. 그놈들은 함 어르신에게 부탁해 놨심더."

함 어르신이라면 민족은행 함흥목?

"작살이 나겠네요. 그 양반 성격에. 아주 잘근잘근."

"키키키킥, 맞지예. 제1금융권 놈들도 걸리는 족족 피 토하고 목이 잘렸는데 제까짓 저축 은행이 무슨 수로 버티겠습니꺼? 아 참, 그 동네 시장이랑 국회의원들 명단도 있는데 어떻게 할까예?"

"뭘 물어요? 쳐내요."

"쳐냅니꺼? ……근데 쳐내도 또 생기지 않겠습니꺼?"

"원래 김매기는 매일 해야 하는 거예요."

"매일……이요?"

"예, 매일."

"아아, 알겠다. 그러니까 나오는 족족 쳐대믄 나오는 놈들도 결국 다리 절 꺼란 얘기 맞습니까?"

"맞아요. 굳이 아껴두고 몸통 노릴 필요 없어요. 잔가지도 계속 쳐대면 누가 그 몸통에 붙어 있으려 하겠어요? 보호가 안 되는데."

"캬아~ 역시 우리 의원님. 다들 몸통 쳐야 한다고 묵혀 두라 캤는데. 확실히 다릅니더. 지는 의원님 말씀만 따르겠심더."

조형만이 감탄하며 머리를 조아렸다. 그 모습이 천진난만하게 보인다. 이것도 만류귀종인지.

사람이 경지를 넘어서면 아이처럼 보인다고 했는데.

괜히 그런 조형만이 좋아지는 김문호였다.

"그럼 센텀에서 손해 본 건설사들이 구룡마을에 들어오는 거겠네요."

"맞습니더. 일 시킬라믄 밥부터 잘 줘야지예."

"너너히 챙겨 주세요. 오필승의 말을 잘 들으면 자다가도 떡이 생겨야 합니다."

"이야~ 그렇게나 많이 주십니꺼?"

"예."

"오호호호호호, 그라믄 지도 어깨 좀 피겠는데예. 돈질 좀 해도 되겠심니꺼?"

"뭐 하세요? 얼른 나가 보세요. 돈 쓰러."

"캬하하하하하하, 콜. 뒤는 의원님께 맡기겠심더."

조형만이 기분 좋은 웃음을 터트리며 튀어 나가자 마치 바통 터치하듯 권진용 구청장이 들어왔다. 당황스러운 얼굴로.

"어!"

"구청장님이 웬일이세요?"

"무슨 그런 섭섭한 말씀이십니까. 저도 미래 청년당입니다. 당연히 회의에 참여해야지요. 매일은 못 하지만."

"어서 오세요. 예정에 없던 거라 의외라서 그랬습니다."

장대운이 직접 자리를 마련해 주자 권진용은 그제야 얼굴이 풀린다.

"근데 무슨 일로 오셨습니까?"

"하아…… 그게…… 일을 저지르긴 했는데…… 죄송합니다. 감당이 좀 안 됩니다."

"감당이 안 된다고요?"

"10조 원 말입니다."

무슨 말인지 알겠다는 듯 모두가 고개를 끄덕였다.

일단 일을 저지르고 돈까지 받긴 했는데 10조 원이었다.

곤란할 수밖에 없었다. 대한민국 국가 예산의 10%나 되는 큰돈이 아닌가.

장대운 국회의원 사무소에서는 별일 아니라는 듯 하나의 사업처럼 대하지만 10조 원이 어디 동네 애 이름일 수는 없었다.

바깥도 난리가 났다. 빅딜의 성사로. 그도 자그마치 10조 원짜리 대박 사건으로. 개발 비용까지 치면 20조 원이 넘을

지도 모르고 향후 발전 가능성까지 치면 200조 원을 간단히 넘길 수 있다는 거대한 사업으로 말이다.

호사가들 사이에서는 벌써 강남구가 서울시를 잡아먹을지도 모른다는 소문이 돌았다. 전국 구청계의 핵폭탄이 떨어졌고 대박을 터트린 권진용은 일약 스타덤에 올랐다. '자고 일어났더니 세상이 달라졌어요.'처럼 말이다.

얌전한 행정통인 권진용이 적응 못 하는 건 당연했다. 더구나 개인적으로는 온갖 더러운 꼴을 보는 이혼 소송 중이다. 이혼 소송이야 뭐, 김앤강이 알아서 해 줄 테지만 어쨌든 권진용은 지금 기댈 곳이 필요했다.

김문호도 순순히 인정했다.

'반 정치인이라고는 하나 아직 일반인 탈을 쓴 권진용에게는 무리지. 10조 원과 대통령을 넘어서는 세간의 관심이란.'

이런 규모를 운용해 본 경험치는 대한민국에서도 몇 없었다.

즉 오필승은, 장대운은, 규격 외였다.

"저 어떻게 해야 합니까. 의원님?"

"으음, 강남구에 개발할 곳이 몇 군데 있다고 하지 않았나요? 거기에 투입하세요."

"그렇긴 한데…… 돈이 너무 많이 남습니다."

"필요해서 그 가격을 제시한 거 아니세요? 돈 남아서 문제 될 건 없잖아요."

"의원님, 그만 놀리십시오. 저 정말 혼란스럽습니다."

"아이고, 들켰나요? 죄송합니다. 너무 부담 갖지 마세요.

돈이 10조 원이라지만 그것도 쓰다 보면 어느새 훅 사라져요. 개발할 데 개발하시고 강남구민들에 생색낼 만한 정책 한두 가지 정도 펼쳐 보세요. 돈 때문에 못 했던 것들 위주로요. 그러고 남는 돈은…… 펀드를 만드시는 건 어때요?"

"펀드요?"

"국부 펀드 같은 거죠. 사우디 왕가의 펀드처럼요. 운용사를 찾으신다면 구해 드리고요."

"아, 펀드군요. 제가 왜 이걸 생각 못 했을까요? 그 큰돈을 은행 예금 창구에만 둘 순 없을 겁니다."

"예. 구민들 분위기가 좋을 때 투표로 동의받으시고요. 어떻게 운용사를 찾아 드려요?"

"민족은행으로 하면 되지 않겠습니까?"

"그것도 나쁘지 않죠. 토종 자본으로 설립한 은행이니 거기서 포트폴리오를 받는 것도 괜찮을 겁니다. 하지만 펀드는 분산할수록 안정되겠죠."

"아…… 알겠습니다. 이제야 좀 머리가 개는 것 같습니다. 진작 찾아올 걸 그랬습니다. 이토록 시원한 걸 말입니다."

권진용은 또 용무를 마친 듯 개운한 표정으로 돌아갔다.

장대운은 슬슬 회의를 정리했다.

남은 안건이라고 해 봤자 전당 대회인데 아직 한 달이나 남았고 김기태도 구속됐으니 진행 상황만 체크하고 끝냈다.

김문호도 이제야 김기태란 암운을 거두고 일상으로 돌아가는가 싶었다.

하지만 평온은 며칠이 가지 않았다.

뉴스가 하나 터졌다.

특종이라며 단독 보도한 언론의 잉크가 채 마르기도 전에 부산 마린시티, 센텀시티 개발을 두고 부산시장, 부산시 국회의원, 부산시의회가 관련된 초대형 비리 사건이 전국을 수놓았다.

뉴스를 본 누구라도 입을 떡 벌릴 만큼 대차게 해먹은 놈들이 수두룩.

해마다 집값, 분양가가 터무니없이 솟았던 이유가 땅값에 자재값, 인건비 같은 건축 비용 때문이 아니라 정치하는 놈들 입으로 들어간 떡값이 주원인이었다는 소식에 국민이 들고 일어났다. 부산시민들, 특히나 마린시티 입주자들은 부산 지방 검찰청까지 쫓아가 환불 시위를 벌였다.

이 일은 단지 부산에서만 끝나지 않았다.

전국의 아파트가 술렁였다.

- 아파트값에 기생충이 끼어 있을지도 모른다?

몇몇 언론마저 기다렸다는 특정 아파트를 지목하며 정치인과 공무원이 결탁했다는 보도를 냈고 하루 이틀 몇 번 더 중복으로 기사가 오르자 다시 한번 전국이 뒤집혔다. 아파트 단지마다 분양가 조사단이 꾸려지며 자체 조사는 물론 공신력 있는 기관에 외부 감사를 받으며 진짜 감정가를 내놓기 시작했다.

각지에서 소송이 벌어졌다. 건설사들의 폭리와 부당 이익에 대한 환수소송이.

이쯤 되자 건설사들도 부글부글 끓기 시작했다.

처먹을 땐 간이고 쓸개고 다 빼 줄 듯하더니 막상 일이 터지자 모르쇠 하는 놈들.

이 와중에도 센텀시티 주민들은 조용했는데 폭풍의 중심에 있으면서도 평온한 이유가 분양가 상한제 때문이었다는 소식이 알려지며 오필승 건설이 순간 검색어 1위를 차지했다. 오필승 건설이 분양가 상한제를 건설사들을 상대로 강제로 집행하여 합리적인 가격을 형성했다는 내용이 언론 보도로 이어졌는데 불똥이 또 엉뚱하게 정부로 튀었다.

- 일개 기업도 이렇게 노력하는데 너희는 여태 뭐 했냐?

재밌는 건 청와대의 반응이었다.

하루도 걸리지 않아 춘추관으로 나온 대변인이 분양가 상한제는 본래 현 정부의 주요 목표 중 하나였는데 대통령이 탄핵으로 직무 정지를 당하는 바람에 아무것도 못 했다는 변명을 하며 야당이 이제 막 임기를 시작하는 대통령을 탄핵한 진짜 목적도 분양가 상한제 등 국민 권익 향상을 위한 제도 정비를 막기 위함이었다며 뻔뻔하게 화살을 돌렸다.

한민당에 또 폭탄이 떨어졌다.

가뜩이나 몇몇 국회의원들이 잡혀가며 잔뜩 위축된 가운데 청와대마저 모든 원흉이 한민당이라고 콕 집자 주시정을 비롯한 당 최고의원들이 벌떼처럼 일어나 절대 그런 일 없다며 이는 몇몇 의원들의 일탈이고 한민당이 먼저 나서서 이들에 대한 징계를 논하겠다며 오페라를 부르고 삭발 시위를 벌이나 언 발 오줌 누기였다. 누구도 믿어 주는 사람이 없었다.

대한민국에서 가장 민감한 문제 중 하나가 바로 부동산이라.

내 집 한 채 갖고 싶어 군말 없이 매일 새벽을 여는 이들에게 전직 검찰 총장, 전직 국세청장, 현직 국회의원, 공무원, 변호사를 앞세워 기획 부동산 짓을 해 댄 게 어떻게 보일까?

콘크리트 층 지지자들도 외면할 만큼 거대한 태풍이 불었다.

하루가 다르게 올라오는 증거들 앞에 한민당 당 지도부들은 결국 국회 앞에서 무릎 꿇고 사죄를 청했다. 아이러니한 건 그럼에도 누구 하나 제명 같은 중징계를 받은 자가 없다는 것이다.

또 여기에서 가장 의외인 건 장대운이었다.

이런 호재 속에서도 장대운은 꼼짝 않고 지켜보기만 했다. 득달같이 달려가 물어뜯어도 좋을 판임에도.

무슨 이유에서인지. 아주 조용했다.

"드디어 오늘이네요. 좀 긴장됩니다."

"저도요. 제발 많이 오셨으면 좋겠는데."

"준비는 완벽히 된 건가요?"

"어제 리허설 하면서 다시 점검했는데 문제점은 없었습니다."

김문호의 답에 장대운은 고개를 끄덕였다.

"김연 대표는 어떤가요?"

"막힘이 없으십니다. 음향부터 조명, 전광판, 특수 효과, 관
객과의 소통 거리, 혹여나 모를 불의의 사고까지 대비하고 계
십니다."

오늘은 제1회 미래 청년당 전당 대회가 있는 날.

총인원 6명의 미래 청년당 지도부가 자체적으로 벌이기엔
너무도 큰 행사라 오필승 엔터테인먼트 김연 대표를 급히 섭
외했다. 그의 주도하에 모든 준비를 하였다.

"김연 대표님이 나섰으니 큰 문제는 없을 거예요. 있다 하
더라도 금방 해결될 거고요."

"예, 저도 따라다니며 많이 배웠습니다."

"초대는 확실히 했죠?"

"2주 전을 기준으로 미래당원 213,221명에 일괄적으로 보
냈습니다."

"확인 작업은요?"

"입구에서 본인 확인 절차만 밟을 겁니다. 초대받지 못한
사람은 들어올 수 없게."

"괜찮겠죠?"

미래당원만 부른 게 괜찮겠냐는 뜻이다.

전에 마무리 지은 논의이긴 하나 확신을 원한다는 것.

김문호는 자신 있게 대답했다.

"처음이라 기준 잡는 것에 다소 애로 사항이 있겠으나 이

도 정착시키면 일반당원들도 인정하게 될 겁니다. 미래 청년당 전통으로요."

"선물은요?"

"입구에서 본인 확인 후 나눠줄 겁니다."

"좋네요. 그럼 출발할까요?"

인력 대기까지 꼼꼼히 체크한 장대운은 외투를 집었다.

행사 시작 시각은 오후 6시였다.

아직 오전 10시였지만 마지막 리허설도 있고 현장 점검도 있으니 미리 가 있는 게 좋았다.

두 대의 차량이 사무실을 떠나 사이클 경기장으로 향했다.

잠실 올림픽 경기장을 지나자 올림픽 공원은 금방이었다. 사이클 경기장은 올림픽 공원 내 있다.

"어머, 저기, 저기 봐요."

정은희가 호들갑 떨며 가리키는 방향엔 사람들이 모여 있었다. 입장은 5시인데 벌써부터 입구 앞은 수백 명의 사람들로 북새통이다. 그리고 그들 모두 하나같이 노란색 옷을 입고 있었다. 입구 전체에 민들레가 핀 것처럼.

장대운은 지나치지 않고 차량을 멈췄다.

멈춘 차량이 장대운의 수행 차량임을 아는 이들은 어어! 하며 손가락으로 가리켰고 장대운이 내리자 꺄악! 소리치며 달려왔다.

수백 명이 달려오고 있음에도 장대운은 꿈쩍도 하지 않았다. 저러다 큰일 당하는 게 아닌지 김문호는 잠시 걱정하였지만 우려하던 일은 벌어지지 않았다. 달려오던 사람들이 3m 앞에 이르자 딱 멈추고는 동경의 눈길만 보냈다. 자기 좀 봐 달라고.

다가간 건 오히려 장대운이었다.

감사하다는 인사와 함께 수백 명을 다 일일이 허그하였고 원하면 사진도 찍고 사인해 줬다. 그러고 나서야 이따 다시 만나자며 경기장으로 들어갔다.

"후우……."

김문호는 당최 적응되지 않았다. 미래당원이라고는 하나 스스로 달려와 정치인과 허그하는 지지자들이라니.

두 눈으로 보지 않았다면, 그리고 그 대상이 장대운이 아니었다면 절대 믿지 않았을 것이다.

너무도 충격적이라 남모르게 안도의 한숨을 내쉬는데 누가 말했다.

"놀랍죠?"

정은희였다.

"예?"

"민들레가 원래 저래요. 의원님보다 의원님을 더 아껴요. 더 조심스러워하고요."

"예, 말로 듣는 것과 눈으로 보는 건 확실히 달랐습니다."

"엄숙하죠. 그래미 어워즈에서는 더했어요. 전 LA 슈라인 오디토리엄에서 본 광경을 아직도 잊지 못한답니다."

민들레 꽃길 위를 걷는 장대운.

장대운을 중심으로 동심원처럼 퍼져 나가는 민들레의 향기.

북받치는 울음소리.

"시상식은 하나도 중요하지 않았어요. 오직 의원님과 민들레밖에 없었죠. 엄숙하고 장엄한 그들만의 의식 같았어요. 서로 교감하고 사랑하고…… 그러고 보면 의원님도 쉽게 사시는 스타일이 아니세요. 그 사랑을 두고 이 메마른 황무지로 오셨잖아요. 오직 은혜 갚겠다는 일념으로."

"……."

"오늘 부디 이 경기장이 꽉 찼으면 좋겠어요. 잠시나마 그때로 돌아갈 수 있다면 의원님의 삶에도 큰 기쁨이 되겠죠. 안 그래요, 문호 씨?"

"……그렇습니다. 사랑하고 사랑받고 그걸 확인하는 건 무척 중요한 일이죠……."

"아 참, 동생분들은 어떻게 하고 있나요?"

"스텝으로 왔습니다. 민석이는 나중에 미래가 데리러 갈 거고요."

"준비는 완벽하네요."

"예."

정은희가 주먹을 내민다. 김문호도 주먹을 맞췄다.

"우리도 힘내서 오늘을 완성시켜 보죠."

"훌륭한 제안이십니다."

"호호호호, 그런가요? 문호 씨가 훌륭하다고 하니 왠지 힘이 나는데요. 자, 움직여 볼까요? 우리 의원님 어디 계시나? 어디 구석에서 울고 계시는 건 아닌지……."

두리번거리며 장대운을 찾아 나서는 정은희에게서도 지극한 사랑이 느껴졌다면 오버일까?

아닐 것이다. 장대운에 대한 사랑은 비단 민들레만의 것이 아니었다. 백은호도, 조형만도, 저기서 마지막 점검에 열을 올리는 김연도 모두 장대운을 사랑했다.

"나도 그런 것 같네요. 당신은 정말로 사랑할 수밖에 없는 사람이죠."

모두의 사랑을 받는 사람이라. 한때 대통령을 꿈꿨던 사람으로서 무척 부러우면서 배 아팠다.

지난 정치 인생이 그랬다. 2030이 전격적으로 밀어줄 때조차 사랑보다는 거래였다.

- 저놈보다 니가 덜 싫은 거다. 그래서 너를 미는 거다.

조금이라도 덜 싫은 자에게 표를 주겠다.

장대운과는 비교조차 할 수 없었다.

"그러네. 비교가 안 되네. 부러움조차 사치였어."

장대운을 사랑하는 사람들은 점점 더 늘어만 갔다.

오전 10시 30분까지만 해도 수백 명이었던 정문 앞이 12시가 되자 수천 명이 되었고 오후 3시가 다가오자 눈으로 셀 수도 없을 만큼 가득해졌다.

오후 3시엔 VIP가 도착했다. 여기에서 VIP는 정관계 인사가 아니라 오필승 그룹 임원진들이었다.

전당 대회 준비를 진두지휘 중인 오필승 엔터테인먼트 대표 김연을 위시한 오필승 그룹 기획실장이자 도종현의 형인 도종민, 오필승 테크의 이형준 대표와 무선 통신의 아버지 정복기 연구소장, 오필승 건설의 조형만, 오필승 재단의 성우진, 오필승 가드의 이주성, 오필승 디펜스의 조상기, 호텔 가온의 홍주명과 총괄 매니저 이민선, 민족은행장 함홍목과 김두헌, 오필승 바이오의 두 미국인 등등. 이들을 따르는 이사진까지 50명이 넘는 인원이 한꺼번에 들이닥쳐 인사를 해 대느라 정신없었다.

　"더는 시간 늦춰선 안 되겠습니다. 입장에도 시간이 걸립니다."

　"그럴까요?"

　대기 인원이 점점 더 많아지는 관계로 김연의 제안을 받아 입장 시각을 앞당겼다. 오후 5시에서 오후 4시로.

　"자, 들어오십시오."

　첫 번째 입장 당원이 문자로 받은 초대권의 바코드를 인식기에 콕 찍었다.

　삑. 긴니편 모니터에서는 방금 찍은 이가 누구인시 사동으로 떴다. 확인되는 순간 녹색 불이 올라왔고 옆에서 대기하던 동생들이 물과 간단한 요깃거리와 민들레를 형상화한 노란색 응원봉을 건넸다.

　그렇게 얼마나 지났을까? KN리서치 대표 황창현이 민들레 명단과 비교한 결과를 보여 주며 웃었다.

　"이야~ 이거 뭐 빼박이네요."

"그런가요?"

"현재 95%가 민들레예요."

"95%나 된다고?"

"그냥 민들레당이라고 해도 될 정도예요."

김문호도 일찍이 그럴 거라는 건 알고 있었지만, 눈으로 보니 더 기가 막혔다. 이런 식이라면 황창현 대표 말대로 미래 청년당을 민들레당이라고 부르는 게 낫겠다.

눈앞에 펼쳐진 풍경도 그랬다.

노란색의 물결. 민들레 응원봉 받고 기뻐하는 당원들은 거의 콘서트에 온 관객 같았다. FATE 콘서트에 온 것처럼 차근차근 질서 정연하게 자리를 찾아간다.

오후 6시가 되고……. 아직도 계속 입장하는 가운데 식순에 따라 국민의례가 시작됐다.

약 3만 명의 관객 앞에 나선 이들은 단 여섯 명.

장대운, 정은희, 백은희, 도종현, 권진용, 나.

마이크를 잡은 장대운은 3만 명 앞에서 성백선을 비롯 한민당 소속이었다가 미래 청년당으로 당적을 옮긴 강남구의원들을 일일이 소개하는 자리를 가졌다.

부끄러운 듯 한편으로는 벅찬 얼굴로 자기소개하는 이들을 향해 관객석 누군가가 '환영해요~'라고 소리쳤다. 그러자 모두가 '환영해요~~~'라고 해 준다.

안 그래도 열렬한 박수 앞에 움찔대던 구의원들은 거대한 환영 인사에 휘청였다.

실시간으로 충성도가 올라가는 게 눈에 보일 정도.

말단 정치인으로서 어디에서 이런 환영을 받아볼까?

"……그리하여 앞으로 우리 미래 청년당은 오직 국민만을 섬기고 국민이 사랑하는 이 나라의 영광을 위해 할 수 있는 모든 것을 다하겠습니다."

간단한 비전 선포와 함께 사업 설명회가 시작됐다.

첫 번째로 제시된 건 전국 환승 시스템 구축이었다.

대중교통 갈아타는 데 들어가는 비용을 최소화하겠다는 내용을 전문적이면서도 알기 쉽게 그림으로, 영상으로, 관객들 앞에서 설명하는 도종현은 무척 빛났다.

저게 바로 저 사람의 진가라 듯이.

우레와 같은 박수가 터졌다. 다음은 내 차례다.

본래 무상 급식은 권진용이 브리핑하기로 했는데 사흘 전에 틀었다. 목감기가 심하게 들어 어쩔 수 없다고.

어차피 PT 자료도 다 내가 만들고 스토리도 내가 만들었으니 어렵지는 않은 일이었지만 이게 또 막상 하려니 떨린다.

"……현재 속도라면 올 말까지 강남구 모든 초등학교에서 무상 급식이 실시될 예정이나 아쉽게도 서초구나 송파구 등 서울시 다른 구들은 내년이나 내후년을 기약해야 할 것 같습니다. 교육청까지 적극적으로 돕겠다는 사업임에도 서울시가 묵묵부답이기 때문입니다. 물론 이도 지속적인 독촉으로 해결하겠습니다만 여러분이 도와주신다면 더 빠르게 될지도 모르겠지요?"

"도와 드릴게요~~~."

"""""도와 드릴게요~~~."""""""

서로 도와주겠다며 좋아라 한다.

전당 대회 분위기가 이렇다. 정책을 정하러 온 건지, 놀러
나온 건지 구분이 안 될 만큼.

'기본적으로 미래 청년당에 호의를 가진 사람들이라 리액
션이 너무 좋아.'

정책 기안자로서 이토록 뿌듯한 일이 있을까?

그러나 미래 청년당 전당 대회는 여기에서 끝마쳐야 했다.

오늘 전당 대회는 재보궐 선거나 대통령 선거, 도지사, 군
수 선거 후보를 뽑는 목적이 아니었고 미래 청년당 소개와 함
께 앞으로 나아갈 바를 알리는 자리로 마련했기에 준비한 내
용은 이게 끝이었다.

빈약하게도……. 30분도 안 돼 끝났다. 정말 끝.

장대운도 마이크를 잡고 미래 청년당 전당 대회가 끝났음
을 알렸다. 하지만 관객들이 안 된다고 소리쳤다. 더 있자고
부탁했다. 어떻게 다시 만났는데 이렇게 허무하게 헤어지냐
고. 제발! 외쳤다. 사이클 경기장이 다 울릴 만큼.

거부했다. 그러나 그도 장대운이 손을 들자 딱 멈춘다.

"그럼요. 당연히 이렇게 헤어질 순 없겠죠. 한국말은 끝까
지 들어 봐야 하잖아요? 제가 끝이라고 한 건 1부가 끝났다는
얘깁니다. 여러분이 원하신다면 2부로 바로 들어갈까 하는데
어떠신가요?"

"""""좋아요~~~."""""""

끝날 판에 2부가 있다니 감지덕지하며 좋아들 하는데 갑자기 조명이 꺼지며 쿵 소리가 났다.

무대 양옆을 가리던 막이 치워지며 핀 조명에 드러나는 하얀색 피아노 한 대.

관객들은 설마~ 라며 입을 벌렸다.

침을 꿀꺽. 2부란 것이 설마 그것은 아니겠지?

그런데 장대운이 피아노에 앉는다.

음률에 맞게 뒤에 숨어 있던 세션이 전주를 시작하며 이 역시 윤수인이 등장하고 또 그 전주가 With Or Without You. 곧 1986년에 발매된 페이트 5집 : frontier의 수록곡임을 당원들이 깨닫는 순간.

"꺄아아아아아아아~~~~~."

"끼아아아아아~~~~."

"끼아아아아아앙~~~~~."

터졌다. 모두가 벌떡 일어나 민들레 응원봉을 높이 쳐들었다.

피아노 연주하던 장대운이 마이크에 입을 가져다 댔다.

"여러분이 너~무 그리웠어요."

"꺄아아아아아아아~~~~~."

"끼아아아아아~~~~."

"끼아아아아아앙~~~~~."

난리가 났다. 방방 뛰고 모르는 사람끼리 부둥켜안고 주저앉아 우는 이들도 생겼다.

이들이 과연 방금 전까지 얌전하던 그 사람들인지 의심스러울 만큼 사이클 경기장은 폭발적인 열기가 흘렀다. 환희의 도가니처럼.

With Or Without You 다음은 1987년 발매한 페이트 6집 : nominate의 수록곡 Step By Step이었다.

남경준과 뮤지컬 배우들이 칼각으로 퍼포먼스를 선보이자 관객들은 자지러졌다.

1989년에 발매한 페이트 7집 : oasis의 수록곡 Don't Look Back In Anger를 부르러 조용길이 걸어 나올 때는 드디어 떼창이 터졌다.

나만 혼자 즐기지 못했다. 나만 홀로 심각했다.

이 세상에서는 당연하겠지만 나만 아닌 것들.

지금 부르는 곡들은 세계 팝 역사에서도 이름 높은 명곡들이었다. 원래 주인이 따로 있는.

장대운의 존재가 그랬다.

회귀자인지 평행 세계인지 구분이 안 가는 사람.

그래서였다. 열광으로 사이클 경기장이 뜨겁게 달아오르고 모든 사람의 이성이 날아간 이 순간에도 나만 온전히 즐기지 못했다. 2부의 2시간을 나만.

◇ ◆ ◇

→ 나 오늘 쓰러질 뻔했음. 아직도 심장이 터질 것 같음. 언니들, 언니들 들으세요. FATE 님이 돌아오셨어요~~~.

ㄴ 예?! 장대운 의원님이 아니라 FATE 님이 돌아오시다뇨?
무슨 일 있었어요?

ㄴ 어머, 이 언니, 많이 늦네. 오늘 미래 청년당 전당 대회
있었잖아요. 거기 2부에서 FATE 님 콘서트가 열렸어요. 초대
권 받고도 참석 안 한 사람들 인생 후회각.

ㄴ 말도 안 돼! 콘서트라고요?! 나 오늘 거기 갈 뻔했는데!

ㄴ 에이, 거짓말이죠? ……제발 거짓말이라고 해 줘요. 나
도 초대권 왔는데 못 갔어요.

ㄴ 좀 있으면 뉴스 뜰 거예요. 방송사 취재도 장난 아니었
어요. 꿈처럼 황홀했어요. 직관한 1인.

ㄴ 맞아요. 정말 꿈결 같았어요. 1부 마치고 끝나는 줄 알고
뭐라도 제발 해 달라고 소리쳤는데. 2부를 시작한다잖아요.
너무너무 감사해서 감사 기도를 드리는 중에 조명이 딱 꺼지
는 거예요. 무대 위 베일이 벗겨지고 새하얀 피아노가 나타나
고 FATE 님이 거기에 앉는데 윤수인이 막 등장하고 With Or
Without You 전주가 나오는데…… 잠깐 멍해졌잖아요. 지금
보는 게 현실인지 꿈인지 하고 말이죠. 눈물이 주르륵 났어
요. 정말 많이 울었어요.

ㄴ With Or Without You라고요?! 아아악! 나 진짜 거기 가
려고 했는데. 빌어먹을 사장 새끼가 오늘따라 야근시키고.
복수할 꺼야~~~~~~~~~~.

ㄴ 그뿐인가요? 마지막 곡에 It's My Life 부르는데 저는 새
희망이 열리는 듯했어요. 기뻐서 마구 뛰었답니다. 비밀이지

165

만 제가 뛰었던 자리가 좀 깊이 패였답니다. 헤헤.

└ 저도 그랬어요. Don't Look Back In Anger가 나올 때는 다리에 힘이 빠지더라고요. 죽어도 원이 없다고 생각했어요.

└ 최고였어요. 어떻게 그런 선물을 생각할 수 있을까요? 누가 정당 전당 대회에서 콘서트가 열릴 줄 생각했겠어요? 소리치다 목쉰 1인.

└ 초대권 왔을 때만 해도 이런 걸 왜 보내나 했는데. 이런 반전이 숨어 있었을 줄 누가 알았나요? 오늘 모처럼 시간도 나서 뭐라고 하나 궁금하기도 하고 일찍 찾아갔다가 대박을 터트렸잖아요. 오전 10시에 있던 분들 전부 다 FATE 님과 허그했어요. 사진도 찍고.

└ 허그까지요?! 아아아악! 나는? 나는? 나는요~~~~~~ ~~~~~?!!

└ 오늘 대체 무슨 일이 벌어진 거예요? FATE 님 콘서트는 왜 갑자기 나오고요?

└ 윗분 아무것도 모르시네. 오늘 미래 청년당 전당 대회가 열렸잖아요. 거기 2부 순서가 FATE 님 콘서트였다고요.

└ 예?! 무슨 전당 대회에서 콘서트를 열어요? 그래도 되는 거예요?

└ 못 열 건 뭔데요? 아 참, 콘서트라고 하면 안 된 댔지. 미래 청년당 축제의 장이라고 했어요. 당원들끼리 축제를 연다고요. 그럼 괜찮은 거 아니에요?

└ 맞아요. 우리끼리 축제 좀 열겠다는데 누가 뭐래요? 우

리끼리 고스톱을 치든 술래잡기를 하든 FATE 님 콘서트를 열든 누가 뭐래요?

└ 우와~ 진짜 장난 아니네요. 이러면 무조건 참석해야 하는 거잖아요. 나도 초대장 좀 주세요.

└ 당연히 참석이죠. 전 초대권 받아 놓고 가지 않은 멍청한 1인이에요.

└ 근데 어떻게 해야 참석할 수 있죠? 댓 보니까 초대권 얘기가 나오던데. 초대권은 어떻게 받는 거죠?

└ 그러네. 저도 미래 청년당 당원인데 초대권 못 받았어요. 이거 랜덤인가요?

└ 통신사의 농간 아닐까요? 님은 안 된다! 같은?

└ 그건 아닌 것 같고 다른 이유가 있을 것 같은데. 누구 아는 사람 없나요?

└ 그거야 초대권 받은 사람들 공통점을 보면 되는 거 아니에요?

└ 민들레 출신만 줬나?

└ 나도 민들레인데 안 왔음. 지금 겁나 슬픔.

└ 나도 못 받았는데.

└ 왜 같은 당원인데 누군 주고 누군 안 주고 차별하죠?

└ 삼천포로 빠지지 마시고 제가 다른 당 전당 대회를 다녀본 경험자로서 설명해 드릴게요. 보통 전당 대회는 말이죠. 후원하는 당원만 초청하거든요. 당을 공식적으로 후원하는 당원들이 투표권을 갖게 되는데 선거 후보 뽑을 때 동원돼요.

초대권도 그런 형식 아닐까요?

└ 어! 저 초대권 받았는데 후원했음.

└ 맞아요. 저도 후원 중이에요. 초대권 인증.

└ 그러네. 저도 후원해서 받은 것 같아요.

└ 아아, 그러네. 저도 후원했어요. 초대권도 받고.

└ 그럼 거의 확실하네요. 후원자들에게만 초대권이 간 거네요.

└ 불공평해요. 같은 당원인데 후원 안 했다고 차별하기에요?

└ 윗분 말씀 이상하게 하시네요. 누가 차별해요. 정당 공통이라고 하잖아요. 후원자에게 투표권을 준다.

└ 맞아요. 월에 1,000원밖에 안 하는데 그것도 아까워 후원도 안 해 놓고 이제 와 무슨 말도 안 되는 얘기래요?!

└ 월 1,000원이라고요? 헐~ 그럼 초대받은 사람들 지금까지 2,000원 내고 FATE 님 콘서트 본 거예요?

└ 그러네. 우와~ 10년을 부어도 12만 원밖에 안 되잖아요. 지금 당장 후원해야겠음. 언젠가 한 번은 뽑히겠죠?

└ 이야~ 10년 후원해도 겨우 12만 원밖에 안 된다고요? 대~~~박. 이런데 FATE 님을 욕해요? 양심이 있어야지. 가수들 콘서트 한 번도 안 가 봤나 봐.

└ 맞아. 어중이떠중이도 아니고 FATE 님인데. 난 FATE 님이 콘서트 연다고 하면 100만 원이라도 볼 거예요. 제 생각엔 저기 미국 민들레, 유럽 민들레도 득달같이 날아올 것 같은데. 저만 그런가요?

└ 아아, 미국 민들레 장난 아니잖아요. 그래미 어워즈 때 하는 거 못 보신 분? 거기는 이 소식이 알려지는 순간 난리 날 거예요.

└ 엇! 그럼 우리가 뒤로 밀리는 거 아니에요? 그럼 안 되는데.

└ 걱정 마세요. FATE 콘서트는 미래 청년당 미래당원만 초대받을 수 있어요. 미국 민들레는 한국 국적이 아니라 가입이 안 된답니다. 호호호호호호.

└ 그러네요. 대한민국에서의 정당 가입은 대한민국 국민만 가능하잖아요. 가슴을 쓸어내리는 1인.

└ 맞아요. 미국, 유럽이 날뛸 거예요. 동남아는 어떨까요? 이럴 때 한국 민들레끼리 뭉쳐야죠. 방어해야 합니다!!

└ 근데 다른 사람들이 콘서트 못 하게 하면 어떻게 해요?

└ 누가 못 하게 해요? 누가?!!

└ 국회의원들 있잖아요. 막 트집 잡고 하면 FATE 님 곤란한 거 아니에요?

└ 어떤 새끼들이 우리 FATE를 욕해요?! 입만 뻥끗하기만 해 봐라. 달려가서 똥물을 피부어 줄 테다!!!

└ 맞아요! 얼마나 기다리고 기다린 FATE 님의 활동인데. 혐오 늙다리들이 감히 어딜 방해해요?! 가만 안 둘 거예요!

└ 나도요! 이번엔 절대 참지 않을 겁니다.

└ 나도요!

└ 나도 거들게요!

└ 나도요.

．．．．．．．

．．．．．．．

맘 카페가 대폭발하였다. FATE 관련 어떤 글이든 올라오기만 해도 댓글이 수백, 수천 개 달렸다.

동시에 미래 청년당 미래당원 수가 단 몇 시간 만에 20만에서 40만으로 늘었다. 9시 뉴스를 타고 전국으로 퍼지고 나서는 다시 하루 만에 60만, 80만으로 넘어갔다. 100만을 찍었다. 당원 집계도 200만을 향해 갔다.

말라 죽어 가던 민들레에 FATE란 단비가 내린 것이다.

겨우내 동장군을 이기고 새봄을 맞이한 것처럼 민들레는 꿈틀거리며 고개를 쳐들었고 예전의 전투력을 되찾아 갔다.

단 한 번의 쇼를 했을 뿐인데. 단지 그것만으로 미래 청년당 당세가 몇 배나 뻥튀기되어 천지를 진동시켰다.

"모두들 수고했어요. 대성공입니다."

장대운의 선언에 모두가 잔을 높이 들어 올렸다.

가득 채워진 잔처럼 김문호의 가슴도 뿌듯했다.

"우리 문호 씨의 제안이 적중했습니다. 정면 돌파. 당원의 본질이 민들레라면 차라리 민들레를 위해 가진 수단을 다하자. 보십시오. 세상에 어느 누가 정당의 전당 대회에서 콘서트를 기획하겠습니까? 모두 문호 씨를 위해 박수를 부탁드립니다."

"와아~~~."

"문호 씨 최고."

"문호 씨 대단해요."

언제나 침착했던 저 장대운마저 들뜬 마음을 감추지 않았다. 오랜 갈증을 해소한 사람처럼 전신에 생기가 돋았다. 에너지 게이지가 풀로 찬 느낌. 피부마저 반짝반짝.

"하하하하하, 하하하하하하하하하~~~~~~~~~~."

계속 웃었다. 묵은 체중까지 날려 버리듯.

저 단단한 장대운이 저리도 자기를 드러냈다.

"가 봅시다. 기업인, 정치인의 탈을 썼다지만 제 본질은 역시나 딴따라였습니다. 좋아요. 딴따라답게 세상을 한번 즐겁게 만들어 봅시다!!!"

"만들어 봅시다!!"

"만들어 봅시다!"

"만들어 봅시다!"

부어라 마셔라. 걱정 마라. 내일 하루는 휴가다. 이제 죽어라.

고급 소고기 가든 하나를 통째로 전세 놓고 모두와 잔을 기울였다.

"히히히히, 하하하하하하하하하하~~~."

화통한 웃음 속에서 김문호는 문득 잔에 담긴 소주를 보았다.

투명하였다.

참으로 맑다.

저 맑고 큰 웃음 속에서 장대운의 고뇌가 느껴진다면 이도 또한 오버일까?

아닐 것이다.

저 사람도 언제나 늘 선택의 기로에서 고통받고 있을 것이.. 저 대단한 사람도 아픈 줄 알았다.

그 사실이 아련하게 다가왔다.

삶의…… 어쩌면 대한민국이란 나라의 메인 스토리를 열고 있는지도 모를 거인에게서 진한 인간미가 느껴졌다.

그게 기뻤다.

동질감이라고나 할까?

또 옛 버릇을 못 이기고 허약하게 동질감을 찾고 있다 누가 꾸짖을 수도 있겠지만, 오늘만큼은 그러고 싶었다.

김문호는 소주잔을 보며 웃었다.

'너무 좋아.'

Chapter. 21

한민당 당사.

TV 뉴스를 보던 주시정이 벌떡 일어나 부르르 떨었다.

카메라가 화면 가득 화려하게 빛나는 콘서트장을 비췄다.

올림픽 공원 사이클 경기장을 가득 메운 환성을 들으며 아나운서가 말했다. 저 광경은 어떤 가수의 콘서트장이 아닌 미래청년당 전당 대회라고. 꼭 콘서트장 같지 않냐고.

최대한 끌어당긴 줌은 피아노에 앉은 장대운을 잡았다.

그의 손이 움직일 때마다, 어쩌다 한 번씩 멘트를 던질 때마다, 마법처럼 3만의 당원들이 자지러진다.

주시정은 어금니를 꽉 깨물었다.

진즉부터 우려하던 일이 최악의 순간에 벌어졌다.

"장대운은 진정…… 정치에서도 천재였던가."

당원 모집 한 달이 안 돼 100만을 돌파하더니 200만을 찍었단다. 행여나 입 밖으로 꺼냈다가 현실이 될까 두려워 삼킨 말이 지금 눈앞에 나타나고 있었다. 겁이 나 최고 회의 때도 발설하지 않았던 말을 전국의 시청자가 다 보게 되었다.

저 장대운은 이미 알고 있었던 것이 틀림없었다. 어떻게 해야 극대화시킬 수 있는지도.

도저히 막을 수 없었다.

"2강 구도가 막을 내리는가……."

한민당, 민생당 2강 구도가 무너지는 게 보였다.

대신 3강 구도가 그려졌다. 한민당, 민생당, 미청당.

아니다. 아니다. 1강 2중으로 그림이 변화했다.

1강은 한민당이 아닌 미래 청년당이었다.

쾅. 문이 벌컥 열리며 사람들이 우르르 들어왔다.

최고의원들이었다. 주시정의 입가가 살짝 비틀어진다.

그래도 베테랑이라고 위기 감지 정도는 하는구나.

"뉴스 봤습니까?!"

"장대운이 세상에…… 콘서트를 열었어요. 온 언론이 난리입니다!"

"막아야 하지 않겠습니까? 이대로 놔두면……."

"맞습니다. 어찌 신성한 전당 대회에서 딴따라 짓을 합니까?! 이게 말이 되는 일입니까?!"

"전당 대회를 놀이판으로 만들다니요. 해도 해도 너무한 것 아닙니까? 빨리 무엇이라도 만들어 징계를 내려야 합니다!"

"맞습니다. 막아야 합니다. 못 하게 막아야 합니다!"

막아야 한다는 건지. 막아 달라는 건지. 제기랄.

심드렁한 주시정의 눈이 최고의원들을 향했다.

"무슨 수로 막는다는 거죠?"

"예?!"

"그게 무슨 말씀이십니까? 빨리 대책을 세워서⋯⋯."

"그러니까요. 무슨 수로 막냐고요?"

"그건⋯⋯."

"⋯⋯."

"⋯⋯."

"미리 말하지만 저건 콘서트가 아닙니다."

"⋯⋯그게 무슨 말씀이십니까? 지금 저게 안 보이시나요?"

"보여요."

"그런데도⋯⋯."

"조용히 좀 하세요. 대책 있으세요?"

"⋯⋯."

권리란 권리는 온갖 것으로 다 누리면서 정작 의무는 지려 하지 않는 쓰레기들. 주시정은 이런 놈들까지 데리고 가야 하는 자신의 신세가 서글펐다.

"미래 청년당이 당원들을 데려다 체육 대회를 하든 콘서트를 하든 우리가 무슨 상관이라고 징계를 내리고 막습니까?"

"예?"

"막말로 우리 한민당이 당원들을 위해 콘서트를 열었다 칩시다. 그걸 트집 잡을 수 있나요? 여러분은 진정 그렇게 생각하십니까?"

"그건……."

"우린 되고 저들은 안 됩니까? 그럼 박 최고의원께서 반대 성명을 한 번 내 보시죠. 저들이 어떻게 반응하나 보게. 나도 궁금하네요."

"……."

"……."

"……."

아무도 말이 없었다.

주시정을 짜증이 잔뜩 치솟은 얼굴로 경고하였다.

"혹여나 몰라 알려 드립니다. 이 일에 대해 어떤 발언도 일절! 하지 마세요. 입을 떼는 순간 한민당은 무조건 마이너스입니다. 안 그래도 부동산 비리 때문에 아무것도 못 하고 있는 판에. 또 분란을 만들어 보십시오. 어떻게 되나 보게!"

으르렁. 깨갱, 깽깽.

"흐음, 그럼 더는 방법이 없겠습니까? 이것 참, 외통수에 걸린 기분이에요."

최준엄이 나서자 주시정도 더는 위협적으로 할 수 없는지 자세를 바로잡았다. 최준엄은 놈팽이 놈들과는 본질적으로 달랐다. 영향력이든 실력이든.

"어떻게 손대기엔 우리의 실책이 너무 컸어요. 처음부터 장대운과 부딪치는 게 아니었어요. 부딪쳤다면 초장부터 전력을 다해 밟아 죽였어야 했습니다."

"으음……."

"이젠 따라가기도 벅찹니다. 우리도 콘서트를 따라 연다고 한들 저런 파워는 기대할 수 없겠죠. 장대운이잖아요. 장대운의 민들레는 보통의 팬덤과는 질이 달라요. 민들레는 팬덤의 탈을 쓴 정치 세력이나 마찬가집니다. 이전까지 그 본질을 외면했던 장대운이 드디어 깨달은 겁니다. 자기가 가진 가장 강력한 무기가 무엇인지 말이죠."

"어째 당의 존립과도 관련됐다는 말씀으로 들립니다."

"옳게 들으셨습니다."

"허어, 아니길 바랐는데…… 사실 제 예감도 그렇습니다. 이거 정말 좋지 않군요."

"최 의원님도 그러셨군요."

"……."

"……."

"씁쓸……합니다."

"예."

마무리된 듯했으나 주시정이 아직 입 밖으로 내지 않은 게 한 가지가 더 있었다.

입을 여는 순간 또 현실이 될 것 같은 두려움이 들었다.

1강 2중을 떠올리다 깨달은 최악의 결과.

온갖 악재와 풍파를 다 겪으면서도 한민당이 여전히 최고의 정당으로 위세를 떨치는 이유.

최강이기에 가질 수 있는 베네핏.

이것만큼은 절대로 놓쳐선 안 됐다. 그 덕에 한민당은 어떠한 악조건 속에서도 미래를 그릴 수 있었으니까. 쓰러져도 다시 일어서는 오뚝이처럼 말이다.

하지만 만일 그마저도 저 장대운이 깨닫게 된다면…….

'할 수 있는 게 기도밖에 없다니…… 내가 언제 이렇게 바닥까지 떨어졌던가. 실로 처량하구만.'

한민당은 더 이상 내일을 알 수 없게 될 것이다.

"예상보다 더 어려워졌습니다. 이거 어떡하죠?"

충격적 전당 대회 이후 쏟아지는 관심과 격려, 또 해 달라고 쇄도하는 요청에 한동안 정신없이 지냈다.

온갖 말들이 나왔다. 정치가 이래서 되겠느냐부터 이런 것도 되는구나. 나도 전당 대회 가고 싶어. 라며 한동안 부정과 긍정이 격돌하더니 어느 순간 대부분 긍정적으로 돌아섰다. 그동안의 전당 대회가 너무 그들만의 리그였다는 것이다. 대중은 무슨 일이 일어나는지도 모르는 채 관심도 없는 사안으로 자기들끼리 물고 뜯고.

이런 차에 대한민국이 자랑하는 레전드의 재등장은 어쩌

면 새로운 시대에 대한 신호탄과도 같게 여겨졌다. 2030의 관심이 정치로 돌아선 계기가 되었고 재밌고 알기 쉬운 정치 이야기가 만들어지는 단초가 됐다.

감동이 있었다. 무엇보다 피부에 와 닿았다는 게 큰 이유가 됐고 생활 친화적인 파격이라는 데서 모두의 공감을 이끌었다.

미래 청년당 전당 대회 영상과 사진은 수없이 떠돌며 재생산됐다. 검색 사이트에서도 전당 대회에 관한 이슈가 거의 2주간 1위에서 10위 사이에 랭크되며 회자되었고 이 소식은 순식간에 해외에도 퍼져 나갔다.

한 달이 지난 시점, 미래 청년당의 인지도는 더 이상 강남에서 시작한 작은 정당이 아니었다. 단숨에 전국구로 상승, 모르는 사람이 없을 만큼 펄펄 날아올랐고 순식간에 전국 각 지역으로 뿌리내려 갔다.

이 역시도 민들레의 역할이 결정적이었다.

미래 청년당 홈페이지는 디자인부터 팬카페에 적합하게 수정됐다. 활동 터전이 생긴 민들레는 머뭇대지 않았고 흩어진 세력을 다시 모으며 거침없이 나아갔다.

중앙에서 지시가 내려가지 않았음에도 알아서 구성까지 마친 민들레 각 지부는 미래 청년당 지역당으로 변모했고 도리어 중앙에 요청했다. 사무실 하나 만들어 달라고. 사무실만 만들어 주면 자기들이 알아서 하겠다고.

자기들끼리 지역구 장을 뽑고 운영 위원회를 만들고 감사와 활동 스케줄을 짜 게시했다.

이런 민들레의 활동은 다시 모두를 주목하게 만들었다. 그렇게 정치에 참여시키려 해도 꿈쩍도 안 하던 대중이 스스로 발 벗고 나서고 있는 게 어떤 의미인지 모르는 정치인, 언론인은 없었으니.

세계 역사를 뒤져도 마찬가지였다. 이런 사례가 없었다.

미래 청년당은 더 이상 작은 중소 정당이 아니었다. 국회의원이 한 명뿐이라도 작다 여기지 않았다. 가만히 놔둬도 알아서 전국구 톱으로 갈 거라 점쳤다.

이렇게 순풍에 돛 단 듯 나아가는 미래 청년당일진대, 보좌관 도종현은 아침부터 미간을 잔뜩 찌푸린 채 보고하고 있었다.

"도무지 꿈쩍을 안 합니다. 마치 프로젝트가 없었던 것마냥 모든 게 중지된 상태입니다."

"호오, 강짜 부리는 정도가 아닌가 보네요."

"아예 통로를 막아 버린 것 같습니다. 버스 운송 노조 사업단과의 협의 활동도 일절 중지됐고요. 우리만 그런 줄 알았는데 엘진시스템도 마찬가지였습니다. 무척 당황하고 있었습니다."

환승 시스템에 대한 이야기였다.

서울시가 야심 차게 밀다가 장대운에게 빼앗긴 사업.

가만히 있던 권진용도 끼어들었다. 요즘 들어 강남구 일보다 우리 사무실 일에 더 열정적이다.

"무상 급식도 꽉 막혔습니다. 이전에는 그래도 대화라도 오갔는데, 요즘 들어서는 대꾸도 안 합니다. 이렇다 저렇다

뭐라고 알려 주지도 않고요. 마냥 기다리라고만 합니다."

"맞습니다. 아무래도 임기 내 두 사업을 진행하지 못하게 하려는 것 같습니다. 무슨 수라도 써야 하는 거 아닙니까?"

곤란한 상황이었다.

강남구가 무상 급식을 시행하고 있다지만 다른 구와 강북 쪽으로 퍼져 나가는 건 전적으로 서울시가 키를 쥐고 있었다.

'서울시가 움직이지 않으면 무상 급식 사업은 무기한 연기 될 수밖에 없는 구조이긴 하지.'

강남구만큼 재정이 안정적인 구는 몇 개 없었다. 해 봤자 서초구나 송파구 정도가 따로 예산을 움직일 수 있을 정도니.

환승 시스템도 마찬가지였다. 정부, 경기도가 오케이 사인 을 보내더라도 이 사업의 중심은 서울이었다. 서울시 승인이 없고 서울시 예산이 움직이지 않는다면 말짱 도루묵이다.

아무리 좋은 정책도 서울시가 도장 찍어 주지 않으면 실현 이 불가능하다는 얘기다. 그 길목에 선 서울시장이 마음껏 꼬 장을 부리고 있다는 것.

"서울시장과 한번 만나 보시면 어떻겠습니까?"

"예, 이런 식이라면 앞으로 2년간 아무것도 못 할 겁니다."

도종현, 권진용이 초조한 이유를 김문호도 공감했다.

서울시장의 남은 임기는 2년이었다.

이 좋은 정책을 들고 그 긴 시간 동안 손만 빨아야 한다면 누구라도 피를 토하고 싶은 심정일 것이다.

전당 대회 + 콘서트 이벤트 덕에 시야에서 다소 밀리며 이슈가 잦아들긴 했으나 환승 시스템과 무상 급식은 정치인으로서 일생에 한 번 만나 볼까 말까 한 정책이었다.

반드시 성공시켜야 했다. 그것이 온전히 장대운의 업적일지라도 제2저자, 제3저자는 존재하기 마련이니.

김문호가 슬쩍 장대운을 쳐다봤다.

'어쩌려나? 가서 만나서 담판을 지으려나? 아니면 언론 플레이라도 하려나?'

이 중에서 하나를 픽하라면 언론 플레이가 좋겠다.

줄기차게 괴롭혀 주는 거다. 뉴스와 신문 1면에 지속적으로 띄우며 서울시장이 고의적으로 국민을 위한 정책을 지연시키고 있음을 알리고 호응을 이끌다 보면 서울시장도 시장이지만 한민당도 엄청난 타격을 받는다. 일석이조의 계책.

'어쩔까나? 우리 의원님이라면?'

그 순간 장대운의 입꼬리가 살짝 상승했다. 나온다!

"답답하신 건 이해하지만. 우린 아무것도 안 합니다."

"예?!"

"예?!"

"아무것도 안 하신다고요?"

도종현, 권진용은 물론 김문호도 자기도 모르게 튀어 나갔다.

"예, 아무것도 안 할 거예요."

"의원님!"

"아……"

"…….."

장대운은 평온했다. 초조한 우리와는 달리.

그는 그렇게 조금의 흔들림도 없이 우리가 지금 바보짓 중이란 걸 깨닫게 해 줬다.

"뭘 그렇게 안달들 내세요? 서울시장이 이럴수록 우리에게 도움 되는 거 모르세요?"

"예?"

"저 짓거리가 우리에게 도움이라고요?"

"……?"

무슨 얘기지?

"조금 더 넓게 보세요. 국민은 이미 환승 시스템과 무상 급식을 알았어요. 그리고 강남구는 차근차근 무상 급식을 진행시키고 있죠. 이쯤 되면 궁금하지 않겠어요? 우리는 언제 하는지."

"그야……."

"원래 사촌이 땅을 사면 배가 아파요. 자기 돈으로 산 것도 아닌데 배가 아프다는 거예요. 그런데 마땅히 받아야 할 걸 못 받는다면? 옆에서 그걸 받고 있다면? 어떻게 될까요? 때가 되면 놔둬도 지들이 알아서 찾아오게 될 겁니다."

"……?"

"……?"

"……!"

떵.

아아, 이 바보! 업적 달성에 빠져 정작 중요한 걸 놓쳤다.

애초 업적을 만들려는 이유가 뭔가?

전부 다 확고한 지지층을 만들려는 것 아닌가?

확고한 지지층이었다.

지금 서울시장은 빌런 짓을 해 주고 있었다.

게이지가 덜 찬 거다. 서울시민이 저 빌런을 물리칠 영웅의 출현을 간절히 기다리기에.

무르익을수록 장대운의 이미지는 무조건 상승한다. 그 대척점에 선 사람이니까.

그게 아니더라도 다른 놈이 먼저 서울시장을 칠 수 있었다. 다른 놈이!

"아아…… 이 중요한 걸 간과하다니…… 정말 바보짓을 할 뻔했어. 이 시점, 서울시장을 건드리면 안 되는 거잖아."

자기도 모르게 튀어나온 혼잣말에 김문호는 깜짝 놀라 입을 막았다.

도종현, 권진용이 '너 뭐냐?'는 표정으로 쳐다보고 있었다. 장대운은 이까지 드러내며 웃었다.

"맞아요. 문호 씨 말대로 바보짓을 하면 안 되겠죠?"

"죄송합니다. 또 혼자 집중해 버렸습니다."

"그 집중력 칭찬해요. 무슨 말을 하든 단번에 알아듣는 사람이 있다는 건 화자로서 아주 기쁜 일이죠."

장대운의 눈길이 은근슬쩍 도종현과 권진용을 스친다.

"저, 저도 아닙니다."

"그, 그럼요. 커흠흠, 저도 깨달았습니다."

"그렇군요. 역시 우리 미래 청년당의 인적 인프라는 최상입니다. 자, 그럼 이 건은 가장 먼저 티를 내 주신 문호 씨가 컨트롤하는 게 어떨까요? 기술도 특허 먼저 낸 사람이 권리를 갖듯 말이죠."

"저, 저는…… 그냥."

"저는 좋습니다."

"저도 좋습니다."

얼른 인정하는 도종현, 권진용을 보고 피식 웃은 장대운이 일어났다.

"그럼 저는 다른 일 좀 볼게요. 연락해 둘 데가 있어서요."

"예, 나머지는 저희가 처리하겠습니다."

"옙. 걱정 마십시오."

그렇게 장대운이 사라지자 도종현이 얼른 옆구리를 찔렀다.

"뭐야? 뭐였는데?"

"예?"

"맞아요. 문호 씨, 방금 무슨 뜻이었어요? 대충 우리에게 유리하다는 건 알겠는데 찾아오다뇨?"

"맞이. 서울시장 그 사람 보통 독종이 아니던데. 구청장님도 보셔서 아시잖아요. 서울시민이 대놓고 손가락질해도 눈 하나 깜짝하지 않잖아요."

말해 줄까? 말까? 글쎄…….

"저도 좀 할 일이 있어서……."

김문호가 일어서니 도종현이 얼른 잡았다.

"아이, 왜 그래. 내가 문호 씨에게 섭섭하게 한 거 있어?"

187

"그래요. 문호 씨, 알려는 주셔야죠. 우리도 알아야 메주를 쑬지 막걸리를 담을지 결정할 거 아닙니까."

비유도 참 옛날 사람답게 한다.

"진짜 궁금하세요?"

"그래. 엄청 궁금하지~."

"맞아요. 엄청 궁금해요."

"확실히 의원님 말씀대로 순리대로 풀어야 할 일이더라고요. 저도 간신히! 놓치지 않을 수 있었죠."

"이것 참, 우리 문호 씨도 '간신히' 놓치지 않은 것이라니. 캬아~ 정말 중요한 키포인트네요. 구청장님, 우리 메모해야 하는 거 아닙니까?"

"당연히 해야죠. 학이시습지(學而時習之)면 불역열호(不亦說乎)라 했습니다. 사람이라면 끊임없이 배워야죠. 저는 공부가 좋습니다."

"오호호, 역시 구청장님. 그동안 쌓아 온 인품과 격조가 물씬 느껴지는 말씀이십니다."

"아이고, 도 보좌관님만 할까요? 명문 코넬 로스쿨 출신에 뉴욕 로펌에서의 경력까지. 제가 배워야 할 점이 아주 많으신 분입니다."

"하하하하하, 구청장님께서 그렇게 말씀해 주시니 몸 둘 바를 모르겠습니다."

"저 역시 마찬가지입니다. 그저 몇 글자 외우고 다닐 뿐이죠."

아주 빨다 못해 삼킨다. 이 분위기 무엇?

이런 걸 두고 보면 사람이 아니다. 벌떡 일어났다.

"아이~ 또 어딜 가시나. 얘기는 해 줘야지."

"문호 씨, 나 좀 살려 주세요."

간절한 표정이 나왔다.

여기까지가 딱 선이었다. 더 나가면 안 된다.

더 나가는 순간 이도 패씸죄에 걸린다.

"별건 아니에요. 서울시장이 계속 저런 식으로 나와 줄수록 우리에게 도움 된다는 얘기예요."

"그래요?"

"그래?"

"어차피 환승 시스템과 무상 급식은 이슈가 됐고 이미 진행하고 있어요. 사업 진척도도 계속 당 홈페이지에 올리고 있고요."

"그렇지."

"그래요."

"다 알고 있고 이미 하고 있는 것도 아는데 말이에요. 정작 내 주위에선 아무것도 안 일어나요. 궁금하지 않을까요?"

"궁금하지."

"궁금하겠죠."

"맞아요. 우리 엄마들이 궁금한 건 또 못 참죠. 각 구청에 문의해 보지 않겠어요? 걔들 답이야 뻔할 테고 계속 갈구다 보면 결국 서울시에서 허락 안 해 줘서 이런 실정이라는 말이 나올 거잖아요."

"그렇쥐!"

"그렇군요!"

"화살이 막 쏟아져요. 우린 왜 안 하냐? 너흰 뭐 하고 있냐? 계속 그따위면 시청을 뒤집어엎겠다! 보통 사람이라면 아이쿠 야 하며 항복하겠죠. 근데 서울시장이 어디 보통 인간인가요?"

"보통이 아니죠."

"맞아. 보통내기가 아니지."

"그냥 버티겠죠. 누가 때리든 달걀을 던지든 안 들린다. 안 보인다. 맘대로 해라 버틸 거예요. 어차피 그 양반에겐 미래 가 없잖아요. 욕먹을수록 하나라도 더 딴지 걸 생각을 하겠 죠? 당연히 그럴 거예요. 그럼 불길이 어디까지 번지겠어요?"

"어디……로?"

"아! 아아, 한민당!"

그나마 도종현이 낫다.

"예, 한민당이 그런 걸 놔둘 당이에요? 불길이 자기 쪽으로 막 번지는데?"

"그러네."

"허어, 정말 그렇습니다."

"놔두면 한민당이 알아서 서울시장을 조질 거예요. 아니, 어쩌면 우리 의원님을 먼저 찾아올 수도 있고요. 그래서 가만 히 계시라고 하신 거예요. 괜한 진흙탕에 발 담글 필요는 없잖 아요. 그때까지 두 분은 잊을 만할 때마다 쿡쿡 찔러주시고 답 변이 없으면 당 홈페이지에 그렇다고만 게시하시면 됩니다."

"아……."

190 한끝 벌러스코리아[3]

"그렇게 심오한 뜻이……."

쉽게 말하지만, 결코 우습게 볼 일은 아니었다.

아마도 골육상쟁의 상잔이 일어날 것이다.

가뜩이나 미래 청년당의 약진에 빠져나가는 당원들 케어 하느라 정신없는 판국에 국민적 정책을 막고 있다는 오명까 지 뒤집어쓰게 된다면 한민당은 헤어 나올 수 없게 된다.

한민당의 선택은 불을 보듯 뻔했다.

"재밌지 않겠어요? 불통의 서울시장과 막무가내의 한민당 이 맞붙으면?"

"그러네. 그래! 이거 재밌을 것 같잖아. 너~~무 재밌겠어! 하하하하하하하하하!"

"하하하하하하, 아하하하하하, 이게 그렇게 풀리다니. 정말 고소하군요."

"까마귀 노는 데 백로가 끼는 건 예의가 아니죠."

"맞아. 예의가 아니지. 하하하하하."

"하하하하하, 맞습니다. 예의가 아닙니다. 하하하하하."

"사사, 끝나셨으면 저도 문호 씨 좀 빌릴게요. 의논힐 일이 있어서요. 자자, 얼른 자기 자리로 돌아가세요~ 바쁩니다."

한창 즐거운데 맥을 탁 끊었다. 정은희가.

두 사람은 조금은 방해받은 표정을 지었으나 상대는 정은 희였다. 그녀가 다가오자 찔끔해서는 얼른 자리를 비켰다.

무슨 일인가 하여 눈을 마주쳤는데.

"어머, 그렇게 강렬한 눈빛을……."

자기 몸을 가린다.

"엇! 죄송합니다."

얼른 고개를 숙였다.

"흠흠, 괜찮았어요. 오랜만에 느껴 본 강렬함이라 조금 떨리긴 하지만 일을 못 할 정도는 아니에요."

"아, 아예."

"저기 음…… 동생들 있잖아요."

"예? 아, 동생들요?"

"저번 전당 대회 때 보니까 서비스 마인드가 좋던데. 어때요?"

"어……떠시냐면…… 뭐, 고등학교 때부터 알바로 단련된 아이들이라 사람 대하는 건 익숙하긴 할 겁니다."

"역시 경력이 있었군요."

손뼉을 딱 친다.

"예?"

"딴 얘기는 아니고요. 동생들 우리 당에 취직시키면 어때요?"

"예?!"

자기도 모르게 큰 소리를 내지르고 김문호는 자기 입을 막았다.

"죄, 죄송합니다."

"죄송할 건 없고요. 어때요? 면접 한번 보는 건?"

"저는 무조건 찬성이긴 한데…… 괜찮습니까?"

"안 괜찮을 게 뭐 있나요?"

"그게……"

"아마도 오필승 그룹 임직원 중 절반은 제가 뽑았을 거예요. 사진만 보고도 뽑았는데, 얼굴까지 보고 안 뽑을 이유가 없잖아요."

"고졸도…… 괜찮습니까?"

"오필승엔 국민학교도 못 나온 사람도 임원 해요."

"아……."

"난 딱 두 가지만 봐요. 인성과 인성."

인성만 본다는 거구나.

"왜 인성만 보는 줄 아세요? 능력도 스펙도 있는데?"

"잘 모르겠습니다."

"오필승 자체가 의원님의 보조이기 때문이에요."

"……?"

"필요한 사람은 의원님이 직접 데려오세요. 돈도 의원님이 다 벌어 오세요. 그럼 남은 건 뭘까요? 능력이요? 스펙이요? 우리 의원님이 마음만 먹으면 우리나란들 못 먹여 살릴 것 같으세요?"

"……!!!"

"그래서 저는 오직 인성만 봅니다. 환경, 경력, 능력 다 필요 없이 의리가 있느냐 없느냐! 이제 답이 됐나요?"

동생들이 인성 시험에 통과했다는 얘기였다.

더할 나위 없는 극찬.

김문호는 벌떡 일어나 허리를 굽혔다.

"감사합니다. 제 동생들에게 기회를 주셔서."

"아니에요. 당세가 커지니 저 혼자 관리하기 벅차서 그래요. 내일까지 면접 나올 수 있죠?"

"당장에 연락해서 스케줄 잡겠습니다."

"그럼 그런 줄 알게요."

"감사합니다. 감사합니다."

꾸벅꾸벅 인사하는데 누군가의 목소리가 뒤에서 들렸다.

"정 수석님, 갔어요."

"예? 아, 예."

장대운이다.

"자, 이제 내 차례인가요?"

"예?"

"문호 씨, 오후 일정 없죠?"

"그야…… 없습니다."

"없으면 나랑 이동합시다. 안 그래도 두루 살필 게 있는데 같이 가요."

"알겠습니다. 바로 준비하겠습니다."

얼른 준비해서 따라 나갔는데 차량이 향한 곳은 생각 외로 상암동에 위치한 오필승 시티였다. 오필승 그룹의 모든 것이 자리한 곳. 그곳에서도 가장 높이 우뚝 솟은 오필승 타워의 지하 주차장에 차를 대고 올라간 곳은 최상층이었다.

땡. 문이 열리며 시야에 드러난 곳은 무슨 회의실 같았는데 열 명 정도의 사람들이 앉아 있었다.

김문호는 한눈에 알아봤다. 전에 만난 적 있는 사람들이다. 미래 청년당 전당 대회 때 축하하러 와 준 오필승의 사장단들.

"아이고, 축하드립니다."

"하하하하, 이렇게 또 뵙네요. 진심으로 축하드립니다, 총괄님. 아이고, 의원님."

"저는 해내실 줄 알았습니다. 역시 우리 의원님이십니다."

"이제 기반을 다 닦으셨군요. 앞으로가 더 기대됩니다. 쭉쭉 뻗어 나가십시오."

"이쪽은 걱정하지 마십시오. 저희가 잘 지키고 있겠습니다. 하하하하하."

오필승 그룹 기획실장 도종민, 법률고문 이학주.

오필승 엔터테인먼트 김연.

오필승 테크 이형준과 연구소장 정복기.

오필승 건설 조형만.

오필승 재단 성우진.

오필승 가드 이주성.

오필승 디펜스 조상기.

오필승 바이오 존 콜 마이어와 레이 알링센.

호텔 가온 홍주명.

민족금융지주 함홍목과 김두헌.

성격에 따라 조금씩 달라질 수는 있겠지만 한 명 한 명이 국내는 물론 세계에서도 손꼽히는 인물들이었다. 누구보다 장대운을 오래 봐 왔고 잘 이해했고 스스로도 장대운으로 인해 인생이 달라졌다고 여기는 사람들.

잠시 면면을 살펴보면.

첫 번째는 오필승 엔터테인먼트.

오필승 그룹의 시초답게 한국 가요계 압도적 1위의 기획사로 가수, 작곡가, 작사가들은 물론 해외 아티스트들까지 선망하여 찾아오는 기업이다.

83년 7월 설립 이래 한국 가요계 산업의 산 역사로서 중구난방 어지럽던 음반시장에 새로운 패러다임을 제시했고 그 의의를 지금도 높게 평가받고 있다.

'수익이 난다면 일정 부분을 제공한다' 같은 말도 안 되는 불공정 10년 노예 계약부터 수상한 접대가 판치던 세계를 정화하고, 수익 분배에 정당한 계약 체계, 운영의 투명성 등 업계 표준을 제시하고 인재 육성 방안까지 수많은 신생 기획사들이 벤치마킹하는 곳.

특히나 생산자에게 매출의 20%(작곡가 15%, 작사가 5%)를 확정하고 아티스트와 매니저로 넘어가는 성과급 체계와 연간 두 번의 정산과 더불어 뿌려지는 연봉급 보너스란 이쪽 계통에 종사하려는 이들에겐 꿈과도 같은 환경이었다.

이 외에도 업계의 구원자로서 망해 가는 기획사를 살리는 데 큰 역할을 수행했고 그중 H. on. T과 동반신기로 유명한 SML 엔터테인먼트를 살리며 지분 40%를 가져간 일화나 JYPin의 시작을 도우며 30%, 기타 유망 다섯 개 기획사에도 투자하여 하나의 라인을 구축함으로써 한국 가요계 누구도 넘볼 수 없는 철옹성으로 군림 중이었다.

현재 인기 가요의 1위부터 10위까지의 곡 중 50%를 차지하고 있으며 1년에 한 번 공개 오디션을 볼 때마다 수십만 명의 지원자들이 몰려 장사진을 이루는 것으로 유명하였다.

그 밖에도 FATE의 향수를 가진 외국인들에게도 관광지로서 큰 몫을 하고 있었는데.

따로 마련된 별관에는 FATE의 활동 내역과 그가 받은 그래미 트로피 수십 개가 한 면을 가득 채우고 있었고 FATE와 함께 그 역사를 걸어온 글로벌 가수들의 소장품들이 전시돼 있었다.

살아 있는 전설 김연 대표는 단지 이름만으로도 가요계에 귀감이었다.

두 번째는 오필승 테크였다.

오필승, OPS란 이름을 세계에 떨친 일등 공신.

88년 CCTV용 멀티플렉싱 기술 출원을 시작으로 90년 4월 TDMA 방식인 통신 규격 복기-1을 출원하며 같은 해 7월 노르웨이를 제치고 유럽 통신 표준으로 채택, 같은 해 12월 영국에서 첫 상용화가 되었고 그 이래 독자적인 코드 분할 방식을 개발해 보안성을 획기적으로 높인 SDMA 복기-2로 전 세계를 제패하였다.

99년에 들어서는 복기-2보다 더 큰 용량과 속도를 장착, 사진 이미지 전송까지 가능한 복기-3를 개발해 후발 주자들의 추격을 무산시켰고 현재는 원역사의 4G에 해당하는 복기-4 완성을 목전에 두고 있었다. 개발자 정복기는 현대 통신의 아버지로 불리며 IT업계에서는 그에 관한 과목이 따로 개설될 정도라고 한다.

그 밖에 ADSL 특허를 구입, 기가 스피드를 창립하여 대한민국 전역에 초고속 데이터 망을 설치하는데 크게 일조하였고 마이크로소프트 윈도우 한국, 일본 독점 판매권을 DG 인베스트에 위임 받아 지금까지 잘 팔아먹는 중이다.

반도체로 유명한 오성전자의 지분 21%를 가졌고 오성 SDS 벤처 출신인 NABER의 개발자 두 명에게 스톡옵션 5%씩 주고 흡수, 이외 게임 회사부터 mp3 회사인 오캐스트도 가져오는 등 한국 스타트업 관련하여 큰 성공을 거둔 것으로 유명하다.

오필승 테크 사장 명함은 국내 10대 그룹사 회장과 동격이라 했다.

세 번째는 오필승 건설이었다. 조형만.

오필승 엔터테인먼트 설립 후 주체할 수 없이 쏟아지는 돈을 활용, 마구잡이로 땅을 사 모으다가 우연히 설립한 회사라고 하였다.

땅을 선점하던 중에 현 호텔 가온 대표이자 전 오필승 건설 대표인 복덕방 할아버지 홍주명의 조언으로 건설 회사가 땅을 가지면 보유세가 적다는 말에 일을 벌인 게 그 시작이라고.

전국 주요 지역 거점거점마다 수만 평씩 선점하였고 어느 순간부터 대한민국에서 아파트 짓고 싶으면 오필승 건설을 먼저 찾아가라는 말이 나돌 정도로 이 바닥에서는 이름이 높았다.

잠실 석촌호수 부근 땅 6만 5천 평을 정화해 주는 조건으로 서울시와 딜, 놀이동산과 호텔이 들어설 땅에 조선 시대를 그대로 들여온 한옥 호텔 가온을 지었고 오필승 타운이 들어간 서울 매봉산 일대 2만 5천 평에, 오필승 시티가 들어선 상암동 30만 평, 오필승 디펜스가 설립된 창릉청과 망월산 일대 50만 평 모두 오필승 건설의 힘으로 마련하였다.

이 밖에 충남 연기군 일대 부지 100만 평을 확보해 국가에 50% 헌납하였고 경부선 따라 창고 부지란 부지는 죄다 점령해 유통업자들이 매일 손 비비며 드나든다. 각 도시와 근교엔 아직도 개발되지 않은 땅이 널렸다고.

전국 1,500여 매장이 영업 중인 스타번스 건물도 전부 직영.

돈 되는 땅이란 땅은 죄다 발을 걸친 대한민국 최대의 땅부자였다.

네 번째는 오필승 재단이었다.

재단은 그룹사 중 가장 최근에 생긴 법인 중 하나였다. 2001년 5월에 발족하여 청소년과 독거노인 보호에 힘쓰고는 있는데 아직 이렇다 할 업적은 없었다.

조만간 큰 이슈가 생길 예정이라는데 지켜봐야겠다.

다섯 번째는 오필승 가드였다.

오필승 그룹의 사세가 키질수록 가드의 필요성은 필수불가결이었다.

각 개인의 이름값과 함께 사업의 중요성이 높아짐에 따라 요인 보호는 무엇보다 중요해졌고 보안 문제 또한 쉬이 넘어갈 사안이 아니었다.

본래 백은호 비서관이 대표직을 맡았다가 정치계로 입문함에 따라 이주성 대표가 뒤를 맡았다. 구성원은 전부 특수 부대 출신. 항간에 국군 특수 사령부에서 감사를 표하고 있다는 얘기가 돌았다. 자기 애들 거둬 줘서.

여섯 번째는 오필승 디펜스였다.

오필승 시티와 인접한 창릉천과 망월산 일대 건설한 방산 기업이었다.

조지 부시 대통령으로부터 미국 무기에 관한 2급 라이선스를 받은 이래 해당하는 무기에 관해서는 상업적 판매를 제외하고는 무엇이든 마음대로 사용할 권한을 가졌다고 한다.

본래는 이쪽 방면에는 생각이 없다가 군 관련 이슈와 얽히면서 결심하게 됐다는데. 국방부의 비리와 뻘짓이야 유명한 이야기이고 미국, 유럽 방산 업체의 갑질 또한 간과할 수준이 아닌 걸 알게 되면서 주춧돌을 박았다고.

보통 일이 아니었다. 샘플 사들여 오고 기술자들 교육시키고 연구하고 개량하고 3년이 지난 지금까지 40조 원에 가까운 자금이 소요됐다고 한다.

가히 돈 잡아먹는 하마. 나라 안팎으로 수백조 원을 운용하는 오필승이 아니었다면 절대로 하지 못할 미친 짓이었다. 앞으로도 더 얼마나 돈이 들어갈지.

일곱 번째는 호텔 가온이었다.

본래 오필승 건설 소속이었다가 독립한 케이스.

최고급 한옥 호텔로서 내부에 입장과 동시에 철저한 고증으로 구현한 조선 시대를 만날 수 있는 유일한 장소로 세계에서도 손에 꼽을 만큼 그 가치가 높았다.

그중 국내외 귀빈을 위한 소경복궁은 백미.

다만 돈이 아무리 많더라도 내부 규약에 따라 격이 떨어지고 질이 나쁘다 판단되면 예약을 거부하는 것으로 유명하였다. 신군부 시절을 호령한 전임 대통령을 문전박대한 사건은 이를 알려 주는 일화로써 충분하였고 지금까지 그 전통을 이어 왔다.

가온 전통 문화 연구회를 설립하였고 조선 시대뿐만 아니라 고려와 삼국 시대 등 한민족과 관련된 역사와 유물을 밝히고 해외 반출된 문화재를 다시 들여오는 일을 하는 중이다.

여덟 번째 민족금융지주 함흥목은 지난번에 다룬 관계로 생략. 어벤저스가 따로 없었다.

어디에 내놔도 탑 티어에 위치할 능력자들.

이들이 바로 오필승의 힘이었고 장대운이 마음껏 하고 싶은 일을 하고 살아도 되는 자신감의 원천이었다.

소름이 돋을 정도.

김문호는 속으로 감탄에 감탄을 거듭했다.

'멋지다.'

그들의 가운데에 선 장대운도 마찬가지였다.

감회가 새로웠다. 1983년 이래 거쳐 왔던 일들이 주마등처럼 지나간다.

위기와 기회. 그 사이를 절묘하게 헤쳐 나갔던 나날들.

장대운은 한 명 한 명 눈을 마주치며 감정을 교류했다. 저들도 같다는 듯 기꺼이 호응했다. 저 무뚝뚝한 백은호마저 자연스럽게 끼어 동화되고 있었다.

다시 느끼지만, 오필승의 사람들은 끈끈이조차 울고 갈 정
도로 돈독하였다. 흔한 암투와 배신 같은 건 아예 일어나지
않을 것처럼.

"여기 전당 대회 때 보셨죠? 김문호 씨입니다. 7급 비서로
서 앞으로 저를 수행하게 될 겁니다."

갑작스러운 소개에 깜짝 놀랐지만, 김문호는 내색하지 않
고 한 걸음 앞으로 나서며 허리를 굽혔다.

"김문호입니다. 의원님의 명성에 누가 되지 않도록 최선을
다하겠습니다."

"허허허허, 역시 저 친구가 우리의 뒤를 잇는 거군요."

"흐음, 이거 자존심도 상하고 흐뭇하기도 하고 어디에다
장단을 맞춰야 할까요?"

"슬슬 밀려날 때도 됐죠. 30년 같이 달렸으면 됐지 않겠습
니까?"

"전 아직 젊은 놈들과 붙어도 이길 자신이 있습니다."

"예, 예, 모를까요. 길을 터 주자는 거죠. 의원님과 앞으로
를 함께할 인재들에게요."

"……슬프네요. 10년만 더 젊었어도 부인하는 건데."

"그래도 기분은 좋지 않습니까? 저렇게 뛰어난 청년이 의
원님의 뒤를 받친다는데."

"예, 인정할 건 인정하고 갑시다. 백 비서관마저 공인했는
데 저만한 인재는 더 없을 겁니다."

환영의 박수가 나왔다.

김문호는 다시 인사하고는 비서답게 뒤로 물러섰다.

장대운은 자리에 앉았고 첫 번째로 시선을 준 건 김연이었다.

바로 회의 시작이다.

"엔터테인먼트에는 별다른 일 없나요?"

"물론 있습니다."

이 역시 바로 대답하는 김연이었다. 이 순간을 아주 오래 기다렸다는 듯 1초의 망설임도 없이.

장대운이 오히려 당황한 표정을 짓는다.

"그래요? ……뭔가요?"

"자잘한 건 제 선에서 처리 가능한데 말이죠. 안 되는 게 있습니다."

"뭡……니까?"

"민들레 말입니다."

"민들레요?"

"의원님께서 민들레를 들쑤셔 놨지 않습니까? 지금 성난 벌처럼 날아오르는 중이죠. 저도 더는 버틸 방법이 없습니다."

민들레는 FATE의 팬덤이었다.

88년 그래미 입성 이래 99년 은퇴 선언까지, 무조건적으로 장대운을 사랑해 주고 지지해 주다 못해 미래 청년당 당원으로까지 변신한 극성팬들.

FATE 앨범은 공식적으로 1999년 발매한 10집 Viva la Vida로 끝났지만. 그게 일반적으로 알려진 사실이지만.

그래미 측도 그렇고 민들레도 그렇고 장대운을 곱게 놓아

줄 생각이 없었다.

마지막 앨범이 2000년 그래미 제너럴 부문에서 수상하였다고 한다. 그래서 어쩔 수 없이 상을 받고 2001년 제너럴 부문 시상을 위해 가야 했는데 2001년엔 대뜸 공로상을 안겼다. 어쩔 수 없이 2002년 공로상 시상하러 갔는데 그날 또 평생 공로상을 던져 줬다고 한다. 이게 뭔가 싶으면서도 할 수 없이 2003년 평생 공로상 시상을 하러 갔는데 또 레전드상을 안겨 줬다고. 그래서 올해 2004년 초까지 장대운은 레전드상까지 시상하러 LA에 다녀와야 했다. 그래미에 있는 상이란 상은 전부 받아 버리며.

그때마다 민들레는 나타난 자리, 가는 길에 노란색 민들레 꽃잎을 깔았고 여전히 우레와 같은 성원을 보냈다고 한다.

너무나 사랑한다고.

"자기들도 콘서트를 열어 달랍니다. 월드 투어로요."

"월드 투어요?!"

곁에서 듣고 있던 김문호는 물론 침착한 장대운마저 흔들릴 만큼 강력한 요구였다.

월드 투어라고 했다. 이 시점 장대운에겐 거의 불가능한 사안.

그는 대한민국 국회의원이다.

국회의원이 되기 전이라면 어떻게든 시간을 내 볼 텐데.

겸직 불가의 공인이 된 이상 하고 싶다고 마음대로 할 수 없었다. 엄청난 곤욕을 치르게 될 것이다. 어쩌면 국회의원직을 내려놓아야 할지도 모를 만큼.

"아아…… 이거 곤란하게 됐네요."

"예…… 저도 그리 생각합니다. 차라리 다 터놓고 의원님이 설득해 주시면 안 되겠습니까? 국회의원이라서 안 되는 것들이 있잖습니까."

"안 돼요. 그건 안 돼요. 잘못하면 역효과 나요. 그리고 민들레는 저로서도 어떻게 안 돼요."

"……그렇긴 하죠."

다시 말해도 월드 투어는 안 된다. 국회의원이 감히 어딜…….

엄청난 질타를 받게 될 것이다. 특히나 죽기 일보 직전인 한민당이라면 사력을 다해 물어뜯을 것이다.

김문호도 움찔움찔 몇 번이고 안 된다, 말하려다 참았다. 자리가 자리인 것도 있지만, 이 사태의 발원지가 자신이라는 것이 크게 자신감을 떨어뜨렸다.

'어떡하지? 이게 이렇게 될 줄은 몰랐어. 어쩌지? 외국 민들레가 있을 줄이야. 전혀 고려치 않았어. 전당 대회 콘서트 카드가 이런 위기를 불러올 줄이야.'

참담했다. 획기적인 아이디어라고 자축했던 전당 대회 콘서트가 양날의 검이었다니.

미래 청년당이 한국에 뿌리내릴 계기가 도리어 외국 민들레를 부추길 일이 될 줄은…… 꾹꾹 눌러 참고 있던 자들의 심장에 불을 피우게 될 줄은 정말 몰랐다.

나비 효과였다. 긁어 부스럼 만들었다.

작은 이익을 도모하다 되레 큰 우환을 만들어 버렸다. 최대한 빠른 시간 내에 해소치 않는다면 장대운에게는 너무나 큰 타격이 될 것이다.

장대운을 봤다. 뒤통수에서도 고뇌가 느껴졌다.

"이거 정말 큰일이네요. 잘못하다간 민들레가 화내겠어요."

"……."

장대운도 무척 곤란했다. 다른 이들도 아닌 민들레였다.

민들레는 절대로 외면하면 안 된다.

그 사랑도 사랑이지만 민들레는 미국과 유럽에 대한 영향력의 근원이었다.

저들이 덮어놓고 편들어 주기에 민주당이든 공화당이든 유럽이든 설설 기는 것이다. 오죽하면 미국 대통령을 FATE가 만든다는 소문이 나돌겠나.

그러고 보면 민들레로 얻은 게 참으로 많았다.

아버지 부시가 한국의 해안선을 공인한 것도, 이 몸이 미국 명예시민이 된 것도, 조지 부시 대통령이 한국을 얽매던 미사일 지침을 해제하고 오필승 디펜스에 2급 라이선스를 허락한 것도 또 한국의 허락이 없인 그 어떤 전쟁도 한반도에서 일으키지 않겠다는 조항을 추가하고 2025년 전작권 환수에 도장 찍은 건 다른 이유에서가 아니었다.

이 모든 것이 전부 민들레에서 기인하였다. 미국 내 각종 이권 사업에서의 편의도 그렇고 지금까지 이룩한 어느 것에도 연관 짓지 않을 수가 없었다.

수틀리면 당사건 정부 청사건 어디건 쫓아가 울부짖는 민들레. 여론의 향방을 결정하는 강력한 트리거로서 그들을 상대론 미국 정부는 물론 언론도 꼼짝 못 한다. 판사도 검사도 경찰도 예외 없었다. 민들레는 미국 권력의 천적이었다.

그걸 경험했기에 미국 정치인과 권력자들이 민들레를 건들지 못했고 그들에게 둘러싸인 FATE도 또한 그렇게 받아들여 준 것이다.

'민들레가 없다면 나는 한낱 돈 많은 아시안에 불과해.'

민들레는 치트키였다.

적어도 미국에 대해서만큼은 성공이 보장된 보증 수표.

"하아……."

"으음……."

"이것 참……."

"민들레라니……."

여기저기에서 터지는 한숨처럼 민들레는 오필승에도 중요한 연결 고리였다. 민들레로 인해 파생된 가치만 해도 수백조 원을 넘어갈 것이다.

절대로 실망시키선 안 된다. 차라리 국회의원을 포기하는 한이 있더라도 그들과의 끈은 이어 두고 있어야 한다.

'하지만 그리되면 정치는 끝이다. 민들레를 선택한 순간 한국 국민이 등이 돌릴 테니. 꿈도 포기해야 하고.'

외통수였다. 제대로 발목 잡혔다.

장대운은 한숨을 내쉬며 좌중을 둘러보았다.

"후우……."

바쁜 와중에 이 자리에 참석한 이들.

회의는 계속되어야 한다.

방법은 없지만. 일단은 인식한 거로 마무리 짓자.

"언젠간 희미해지겠지만, 지금은 아니겠죠?"

"……그렇습니다. 은퇴 선언 이후 벌써부터 간 보는 시선들이 많은데 민들레가 해체되면 사업 전반에 걸쳐 타격이 올 겁니다. 우린 적이 아주 많습니다."

김연이었다. 엔터테인먼트 대표답게 사안의 민감성을 훨씬 더 강하게 받아들이고 있었다.

장대운도 동의했다.

"일단 국회 사무처에 문의해 보겠습니다. 이에 관한 사례가 있는지 혹은 사례를 만들 수 있는지 말이죠."

"되……지 않겠습니까? 단순한 월드 투어가 아니라 FATE인데요."

"어떻게 해석하느냐에 따라 달라질 거예요. 저를 꼴같잖게 봤다면 이빨도 안 들어갈 테고요. 아무래도 반대가 클 것 같은 예감이네요. 저도 이것저것 건드리느라 적이 많이 생겼거든요."

"제정신이 박힌 자들이라면 그럴 리 있겠습니까? 우리 의원님의 영향력이 얼마인지 알 텐데요. 좋게 생각하이소. 문제없이 통과될 낍니더. 국위 선양 아입니꺼. 국위 선양."

조형만이 긍정적인 결론으로 힘을 북돋으려 했지만 장대운은 속으로 고개 저었다. 절대로 쉽게 볼 문제가 아니었다.

전이라면 편히 생각할 수도 있겠으나 이미 국회와 국회의원이란 놈들의 진면목을 봤다.

그들에게 제정신을 논하는 것 자체가 오류다.

노파심이 아니었다.

그날 본 행태부터 지금까지 느낀 건 암담하고도 시커먼 시궁창밖에 없었다. 어디에서부터 풀어야 할지 모를 엉킨 실타래.

그랬다. 온갖 특권 의식으로 똘똘 뭉친 돼지들은 사촌이 땅 사는 걸 아주 싫어한다.

'답답하네.'

"후우……."

"너무 걱정부터 하지 마십시오. 일단 저는 먼저 내부적으로 일정을 조율해 보겠습니다. 우리 가수들도 이제는 미리 스케줄을 잡지 않으면 힘드니까요. 아 참, 미국과 유럽 위주로 하면 되겠지요?"

"……예 뭐. 천천히 잡아 보세요."

찝찝한 끝맺음이라. 오필승의 회의가 시작부터 엉키다니.

이런 일은 잘 없는데.

국회의원직과 민들레를 비교하게 되는 날이 올 줄이야.

"후우~~~~."

부아가 치밀지만 장대운은 속으로 삼켰다.

이도 또한 짊어질 짐이다.

나머지는 부딪쳐 가며 풀자.

Chapter. 22

시선을 돌렸다. 다음은 오필승 테크였다.

현 대표인 이형준을 바라보니 기다렸다는 듯 현안을 브리핑했다.

"오필승 테크의 가장 큰 이슈는 복기-4입니다. 현재 공정률 98%에 도달했고 안정성 테스트에 돌입했습니다. 넉넉히 잡아 올 10월쯤에는 완성을 볼 수 있을 것 같습니다."

"……고생 많으셨네요."

"아닙니다. 의원님의 비전을 따라가는 거라 다른 연구에 비해 훨씬 수월합니다. 다만 전체적으로 하드웨어 업그레이드가 필요한 시점입니다. 3G까지는 어떻게든 커버가 가능했

213

는데 4G부터는 세계관이 전혀 다릅니다. 앞으로 바뀔 환경을 두고라도 중계기의 업그레이드는 필수입니다."

"잘 말씀하셨어요. 안 그래도 점점 빨라지고 강대해지는 소프트 파워에 비해 중계기 상태가 모자란 감이 있다고 생각했어요. 인프라, 하드 파워의 전반적인 개량이 필요한 시점이죠. 그 건은 음…… 좋습니다. 아예 처음으로 돌아가 보죠. 4G부터 시작한다고 보고 5G, 6G, 7G를 담을 30년 장대한 계획이 필요할 것 같군요."

"맞습니다. 옆에 계신 정 연구소장님께서도 앞으로 다가올 미래를 담으려면 중계기라는 개념부터 손봐야 할 것 같다는 말씀이 있었습니다. 무엇을 지향하느냐에 따라 최종점이 달라질 테니까요."

"좋은 방향성입니다. 밀어붙이세요. 어차피 우리가 세계 표준 아닙니까. 그리고 현시점에서 4G, 5G, 6G에 민감하게 반응할 나라는 우리 한국밖에 없어요. 한국을 테스터로 삼으면 됩니다. ETRI(한국 전자 통신 연구원)를 활용하세요."

"ETRI까지요? 하하하하하, 어쩜 정 연구소장님의 의견과 한 치의 어긋남도 없을까요?"

"그래요?"

"그래서 더 안심됩니다. 알겠습니다. 이 건은 정복기 연구소장님과 함께 깊이 의논해 보겠습니다."

"계속 애써 주세요."

"감사합니다."

이형준이 자기 몫을 다했다는 듯 서류철을 덮을 하다가 멈칫 다시 말을 이었다.

"저, 중소기업 지원 사업은 이대로 진행해도 되겠습니까?"

"아, 중소기업 지원 사업이요?"

"예, 현재 300개사에 2대 대주주로 등재돼 있습니다."

1997년 IMF 직전까지 꽤 많은 대기업이 부도처리 됐다.

그러나 진짜 문제는 이들 대기업이 아니었다.

대기업이야 지들 잘못으로 부도가 났다지만 하청을 맡았던 중소기업들이 무슨 죄일까? 줄도산 나며 수만 명이 거리로 내몰렸다. 누가 한강에 뛰어들었다는 등 흉흉한 소문이 많이 나돌았는데. 민족은행이 설립되며 겨우 생명줄을 이어 줬고 뒤로 오필승 테크가 나서서 그들을 구제했다.

처음 2대 주주로 지분 계약을 맺을 때만 하더라도 이런 식으로 회사를 뺏느니 마느니 말들이 많이 오갔으나 시간이 흐르며 그때 계약한 중소기업들이 원청의 갑질에서 자유(누가 오필승 테크에게 갑질을 할까?)로워졌을 뿐만 아니라 원한다면 오필승 테크의 전폭적인 기술 지원도 받을 수 있다는 소식에 온통 부러움이 대상이 되었다.

어차피 망할 바엔 오필승과 같이 가는 게 더 낫다.

이런 기업이 벌써 300개사나 됐다는 것이다.

"방향성이 좋으니까 이 대표님이 검토하시고 500개든 1,000개든 마음대로 하세요."

"그렇게 해도 되겠습니까? 안 그래도 유망한 중소기업들이 많이 눈에 띄어서 말입니다. 정밀 분야 같은 경우는 현대 산업의 초석이라 반드시 보호해야 할 필요성도 있고요."

"소신대로 하세요. 대신 같잖게 굴면 아시죠?"

"후후후후, 걱정 마십시오. 그런 놈들은 제가 나서기도 전에 중소기업청에서 커트합니다."

"그렇군요. 이제 된 건가요?"

"옙."

"이번엔 저도 당부의 말씀이 있는데 해도 될까요?"

"말씀하십시오."

"이번 중소기업 지원 사업은 자원과 신소재 개발과 반도체 공정 국산화에 주안점을 둬 주세요."

"자원과 신소재, 반도체 공정 국산화요?"

집중하려는 듯 이형준의 미간이 살짝 구겨졌다.

"아무래도 그 세 가지가 미래 먹거리를 좌지우지할 것 같아요. 오필승 테크도 그 부분에 신경을 써 줬으면 좋겠어요. 안 그래도 배터리 연구에 희토류가 많이 들어가잖아요?"

"예, 그렇습니다."

"중국만 믿지 마시고 수입 다변화를 실천해 주세요."

"알겠습니다. 명심하고 진행시키겠습니다."

이형준이 마무리 짓고 앉자 이번엔 오필승 건설의 조형만이 일어섰다.

"오필승 건설은 기지시받은 대로 분양가 상한제 정착과 구룡마을 개발에 당분간 전력을 가동할 낍니더. 아! 스타번스는 2,000개 매장 개업 후부터는 현상 유지만 할 끼고예. 더 지시할 내용 있으시면 알려 주이소."

"건설은 그렇게 가면 될 거예요. 필요하면 때때마다 부를 건데 괜찮죠?"

"하모요. 지는 그기 더 좋심더."

조용만이 헤헤거리며 앉자 장대운은 다음으로 시선을 돌렸다.

오필승 재단 성우진이 일어났다.

'성우진…… 성우진……이라.'

순간적이지만 장대운의 눈길에 많은 감정이 들어갔다.

이 사람을 만난 건 아주 우연한 기회였다.

어느 날인가. 백은호와 길을 걷는데 작은 꽈배기집으로 청소년 대여섯 명이 우르르 들어가는 걸 봤다. 꽈배기집이네 하고 지나치려는데 다시 몇 명이 시시덕거리며 들어가는 것이었다. 여자애들도 섞여.

맛집인가 싶었다. 풍기는 냄새도 고소하고 이러면 또 우린 그냥은 못 지나치니까 들어갔다. 몇 봉지 사서 나눠 먹을까 하여.

그런데 웬걸.

꽈배기집은 맞는데. 아저씨 한 명이 애들 밥해 주고 있었다.

아이들도 익숙한지 알아서 세팅하고 지들끼리 웃고 떠들고.

들어선 우리에게 꽈배기 사러 왔냐길래 그렇다고 하니 1천 원에 두 개 주더라. 뭐지? 궁금해서 조사해 봤는데 이것 참……

이 일대에 유명한 사람이었다.

오갈 데 없는 청소년들 거둬다 먹이고 재우고, 사고 치면 학교까지 쫓아가 대신 욕받이 하고. 1천 원에 두 개 주는 꽈배기 팔아 애들 교복 사 주고 학용품 사 주고 아이고…….

다시 만나러 갔다.

행복하단다. 삼고초려 끝에 겨우 설득하여 그 꽈배기집에 설립한 게 오필승 재단의 시작이었다.

"요즘은 어떻습니까?"

"아낌없이 지원해 주신 덕분에 아이들이 더 깨끗하고 좋은 환경에서 머물 수 있게 되었습니다. 감사합니다."

"더 필요한 건 없나요?"

"……."

이 대목에선 김문호도 조금은 놀랐다.

보육원 도와주는 것도 자신을 만나 시작했다고 생각했는데 장대운은 이미 하고 있었다. 재단까지 설립해서.

하여튼 뭐든지 상상 이상이다.

"돈은 걱정 마세요. 안 그래도 생각해 둔 게 있긴 한데 세세한 걸 제가 보질 못해서 그런 거니까요."

"그럼…… 말씀드려도 됩니까?"

"얼마든지요."

"자리를 조금 더 넓혔으면 좋겠습니다. 소문을 듣고 찾아오는 아이들이 많아요. 노인들도 가끔 있고요."

"많이 찾아오나요?"

"솔직히 말씀드려 감당이 안 될 정도입니다."

장대운은 대답 대신 조형만을 보았다.

눈치 빠른 조형만은 마음을 읽은 것처럼 다시 일어났다.

"제가 가서 들여다보겠심더. 필요하면 주변 건물 매입해서 기숙사로 쓰지예."

"아이고, 그렇게 해 주신다면 더는 원하는 게 없습니다."

성우진의 감사에 조형만은 어떠냐고 쳐다보지만 장대운이 그리는 그림은 그 정도가 아니었다.

"우선 급한 불은 그렇게 끄고요. 조 대표님."

"예."

"각 시도별로 땅 좀 사용해도 될까요?"

"땅이라면⋯⋯요?"

"일전에 말씀드린 대로 망해 가는 대학교 부지도 좋고 널찍한 놈으로 필요해요."

"⋯⋯?"

"이참에 보호소를 차릴까 해요. 보호소는 어감이 좀 그렇네요. 다른 명칭으로 바꾸죠. 보금자리 어떤가요? 갓난아기부터 노인까지 토달 케어가 가능한 장소를 만들고 싶은데⋯⋯."

설명해 주었다. 하나의 작은 마을을 그렸다.

어려운 이들끼리 모여 사는 공동체를.

"한국 전쟁 이래 이 땅에서 해외로 입양 보낸 아동의 수가 20만 명이 넘는다 하더라고요. 이 중 90% 이상이 미혼모의 자녀들이고 지난해에도 해외로 입양 간 아이들 417명이나 된다고요. 이 역시 모두 미혼모의 아이들이고요."

수많은 단체가 이에 대한 문제를 제기하지만 아직까지도 고쳐지지 않는 이유로 장대운은 하나를 꼽았다.

돈. 돈이 든다는 것.

돈이 들어간 만큼의 피드백을 기대하기 힘들다는 것.

돈 때문에 국가가 이들을 외면하는 중이라 하였다. 조금 더 노골적으로는 정치권이 이들을 보호할 필요성을 못 느낀다 하였다. 더 적나라하게는 돈 때문에 우리 사회가 이들을 버렸다고.

"그런데 이것이 단지 해외 입양만 문제일까요? 전국에 산재한 보육원은 어떨까요?"

그곳에 모여 사는 아이들의 삶과 그 삶의 질 문제는 둘째라고 했다. 당장 만 18세가 되면 돈 500만 원 받고 무조건 퇴소해야 하는 현실을 말했다.

"과연 이 돈으로 무얼 할 수 있을까요? 갓 고등학교 졸업한 아이가 정글 같은 세상에 던져져 돈 오백으로 도대체 무슨 일을 할 수 있을까요? 여러분이 그 나이였다면 이 순간 무슨 생각이 들까요?"

두근두근. 김문호는 자기도 모르게 가슴에 손이 올라갔다.

장대운의 말이 전적으로 옳았다. 현대는 농촌 사회도 아니고 근대 사회도 아니고 하루가 다르게 변하는 초고도 사회였다. 이런 환경에서 비빌 언덕 하나 없는 인생 앞에 던져진 선택지는 너무나도 조악하고 암울했다.

"만 18세는 아니라는 겁니다. 적어도 30세까지는 보호해 줘야 그나마 자립할 힘이 생긴다고 생각해요. 그뿐입니까? 쪽방촌 노인들도 보통 문제가 아니잖아요. 이 모든 걸 한 방에 해결하려면 무엇이 필요할까 고민했어요."

언젠가부터 무엇인지도 모르게 가슴속에 틀어박혀 풀리지 않던 갈증이 있다고 하였다. 난해한 퍼즐 같은 것들이 머릿속을 헤집고 도무지 해결의 실마리를 못 잡고 있을 때 성우진을 만났다 했다. 그 순간 착착착 파노라마처럼 풀려 가는 그림을 봤다고.

단순 숙식은 물론 교육에, 기회에, 일자리까지 전부 해결되는 장소가 그려졌다고 한다.

장대운은 그 그림을 현실로 만들고 싶어 했다.

"어때요?"

다들 입을 떡 벌렸다. 언제 그런 걸 다 기획했냐는 듯 시선들이 장대운에게 꽂혔다.

회의실이 순식간에 소란스러워졌다.

김문호도 이 대목에서만큼은 진실로 놀랐다.

전국 각 지역마다 불우이웃을 위한 보금자리를 만들겠다는 계획이었다. 그것도 마을 단위로. 국가조차 나서기 힘든 일을…… 보육원 출신으로서 참으로 기쁜 기획이긴 한데…….

이 사람은 정말 하늘이 내린 초인인가?

"……."

그뿐 아니었다. 김문호는 사실 오필승에 도착한 순간부터 계속 혼란스러웠다. 어디 갈 데가 있다길래 따라온 것뿐인데 오필승 사장단 회의였다. 오필승의 최고 기밀이 다뤄지는 곳.

그러니까 여길 왜 데려온 것이고 무슨 이유로 이 회의에 참석하게 하였는지…… 실제로 오필승의 사업이 눈앞에서 가감 없이 다뤄지고 있었다. 정·재계 인사라면 누구라도 귀를 쫑긋할 사안들.

이 와중에 재밌는 건 저들 중 누구도 돈 걱정하는 이가 없다는 건데. 결국 웃음이 나왔다.

'식구란 건가?'

어쩌면 오필승은 늘 이런 식이었을 수도 있었다.

"각 시도 지자체와 협의해 하나씩 세우다 보면 몇 년 안에 해결 보지 않겠어요? 저는 가능하다 생각했어요."

"저, 저기……."

조형만이 급히 손들었다.

"예, 말씀하세요."

"다른 곳은 뭐 다 된다 캐도, 서울은 쪼매 어렵습니다."

"왜요?"

"땅 구하기가 하늘의 별 따깁니다."

"아……."

"그리고 교육 문제도 그렇심더. 그칼라믄 보금자리 안에 학교도 세워야 하는데 교육부 허락도 받아야 합니다. 그래야 정규 과정으로 인정됩니다."

"으음…… 그것도 그렇네요. 그리고요?"

"무엇보다 결정적인 건 보금자리를 운영할 인력입니다. 최소 천 단위 인력의 필요할 낍니다. 아시지예? 사람들 건사하는 거 보통 일이 아닌 거."

다 맞는 얘기라는 듯 장대운이 고개를 끄덕였다.

키우고 가르치고 먹이고 씻기고 입히고 관리하고…… 사람 하나 성장시키는 데도 들어가는 자원이 어마어마한데 이걸 전국적으로 시행하려면 으흠.

그들까지 전부 관리하려면 재단에서 할 일이 어마어마했다.

"천 단위라."

"최소입니다."

모두가 걱정스러운 눈빛으로 돌아가나 장대운은 오히려 더 반갑다는 듯 손뼉을 쳤다.

"잘됐네요. 국가와 딜하기 좋은 패잖아요."

"예?"

"천 단위라면서요. 천 단위 일자리가 만들어지는데…… 어! 그리고 보니 보금자리 건설하는 것도 보통 일이 아니잖아요. 집기 넣고 시설 갖추고 이게 다 얼마야? 대통령 할아버지라도 달려올 사안 아니에요? 가려운 곳 긁어 주겠다는데."

"……!"

"하는 김에 판을 키워 보죠. 이런 건 개인적인 기부처럼 숨길 수도 없잖아요. 거나하게 밀어붙여 봅시다."

"그러믄……."

"첫 삽을 구룡마을에서 뜨죠. 어차피 재개발하잖아요. 절반은 오필승 바이오가 들어갈 테니 나머지 땅에다 시범적으로 꾸려 보는 거예요. 어때요?"

"그야……."

"이거 빠른 시일 내에 청와대부터 들어가 봐야겠는데요. 딜 좀 해야겠어요. 공익이 목적인데 안 그래도 우리만 너무 나대는 게 아닌지 찜찜했거든요. 이참에 국가도 끼워 넣어야겠어요."

정부를 무슨 옆 동네 친구 부르듯 한다.

원래라면 어이없어야 할 판이지만 장대운이니까 아무런 반론이 없었다.

김문호도 역시 그랬다. '장대운이니까 어떻게든 되겠지.'였다.

그때 장대운의 시선이 갑자기 이쪽을 향했다.

"문호 씨."

"아, 옙."

"오늘 어때요?"

"예?"

"여기 온 거 말이에요. 오필승이랑 첫 만남이잖아요."

"그게……."

"부담 갖진 마세요. 전반적으로 알아 두라는 의미니까. 겸 직 불가 때문에 억지로 떼어 놨긴 하지만 저랑 오필승이랑 떼 어 놓는다고 단절되는 사이인가요?"

"……그렇습니다."

"관여 안 한다 말해도 믿는 사람도 없을 거예요. 그럴 바엔 차라리 반년에 한 번씩은 이렇게 모여서 친목 겸 자질구레한 걸 처리하기로 했죠. 앞으로는 조금 힘들 것 같지만."

"아…… 예."

이제야 김문호도 장대운이 자기를 이곳에 데려온 이유를 알 것 같았다.

보라는 것이다. 국회의원의 비서로서 자기가 모시는 국회의원이 가진 역량을 올바로 파악하라고.

국회의원과 보좌관은 한 몸처럼 움직여야 했다.

그런 면에서 도종현, 정은희, 백은호에 비해 자신은 한참이고 부족했다. 그들의 뿌리는 오필승이었다. 그런즉 오필승을 모르고서는 장대운을 온전히 아는 건 불가능했다.

물론 단 한 번의 회의로 모든 걸 다 파악할 순 없을 테지만 이제는 상관없었다. 그런 건 이 순간 하나도 중요하게 여겨지지 않았다. 수많은 질문도 또한.

'……씨벌.'

장대운이 여기 이 자리에 자신을 데려왔다는 게 중요했다.

자기의 출발이자 전부인 자리에 말이다.

'진짜 식구로 받아들였구나.'

울컥 올라왔다. 머리로 이해한 것과 가슴으로 받아들인 것이 이렇게나 달랐다.

최대한 사무적이고 객관적인 자세를 지키려 했건만.

도저히 안 되겠다.

이렇게나 믿어 주고 끌어 주는데…… 30년을 넘게 헌신한 한민당은 죽을 때까지 진실을 보여 주지 않았는데.

장대운은 미래 청년당은 오필승은 입사한 지 고작 넉 달 된 어린놈에게 무얼 이렇게나 많이 안겨 주는지.

설사 한 편의 잘 짜인 연극이라도 상관없었다. 아니, 이 순간에서조차 그런 가정을 하는 스스로가 혐오스러웠다.

"……감사합니다."

장대운의 입이 호선을 그린다. 사장단이 흐뭇하게 쳐다본다.

김문호는 허리를 완전히 굽혔다.

"받아 주셔서 정말로 감사합니다! 가진 최선을 다해 임하겠습니다!!"

잔뜩 숙인 정수리로 사장단의 인자한 목소리가 꽂힌다.

"허허허허, 이 친구가 제대로 알아챈 것 같네요."

"거참 더럽게 빠르네요. 별말 안 했는데."

"저러니 우리 의원님이 곁에 두고 쓰지 않겠습니까?"

"우린 저 나이 때 뭘 했나요?"

"뭘 하긴요. 술이나 푸고 있었죠. 신세 한탄이나 하면서."

"세월 무상이군요."

"우리가 운이 좋았던 거죠. 저 친구와 우리가 다른 점은 하나뿐이잖아요. 우리가 먼저 의원님을 만났다는 거."

"그런가요? 하하하하하, 그게 정답이네요."

"응원해 줍시다."

"맞아요. 이제부터 나도 응원할 겁니다."

"동감입니다. 나도 응원에 한 표."

"마음에 들어요. 의원님 비서가 아니면 훔쳐 가고 싶을 만큼. 에잇, 동감."

이 자리조차 시험이었을지 모르겠다.

그러나 김문호는 이도 상관없었다. 이렇게 기쁜데 더 뭘?

그때 어깨로 누군가의 손이 올라왔다. 쳐다보니 백은호였다.

"이제 허리를 펴도 됩니다. 문호 씨는 모두의 인정을 받았어요."

"아……."

"오필승이 문호 씨를 환영합니다. 오필승의 일원으로서 받아들여졌으니 자신감을 가지세요."

"……!"

아…… 반대였던가?

내가 오필승을 본 게 아니라 오필승이 나를 본 건가?

"어어, 저 표정 보세요. 여기까진 몰랐나 봅니다. 하하하하하하하하."

누가 크게 웃길래 봤더니 김연이었다. 오필승 엔터테인먼트의 수장.

"그러네요. 어쩐지 너무 뛰어나다 했는데 왠지 안심되는 이 마음은 뭘까요?"

"맞아요. 사람이 좀 빈틈이 있어야 인간적이죠."

"하하하하하, 귀엽네예. 우리 의원님의 사랑을 독차지할 만합니더. 괜시리 부럽기도 하고예."

"아니, 조 대표님은 언제까지 의원님 사랑을 독차지하려고 합니까. 것 좀 나눠 받읍시다. 맨날 혼자만 불려 가고."

"김 대표님도 전당 대회 때 한몫했지 않습니꺼. 그리고 의원님이 내만 좋아하시는데 우짜라고예. 의원님이 김연 대표님보다는 내가 더 좋다 안 합니까."

"말도 안 돼. 그게 무슨 말이에요. 누가 누굴 더 좋아하다니."

"뭐가 말도 안 됩니꺼. 이 조형만이가 그 정도 매력쟁이 아입니까."

"근데 의원님, 왜 아무런 말씀도 안 하세요? 설마 정말입니까? 정말 조 대표만 좋아하시는 겁니까?!"

저 김연이 순식간에 다급한 표정이 됐다. 장대운은 이런 일에 익숙한 듯 끼어들지도 않고 아무 말도 하지 않았다.

김연은 할 수 없이 다른 대표들을 둘러보았다.

"여러분은 계속 조 대표의 횡포를 지켜만 보실 거예요?"

"아니지요. 절대 안 되지요. 의원님의 사랑을 혼자 차지하려 하다니 잡아서 주리를 틀어야 합니다."

과격한 표현을 한 사람은 의외로 홍주명이었다. 호텔 가온의 대표. 대감님 복장으로 언제나 허허허 웃을 것만 같던 그가 조형만을 째려보았다.

그제야 조형만도 꼬리를 말았다.

"아이고, 왜 이러십니꺼. 홍 대표님까지 지한테 이러시면 안 되지예. 그래도 지가 부사순데."

"사수든 부사수든 의원님 사랑을 독차지하겠다는 건 도전입니다."

"그래도 의원님이 자주 불러 주시니까. 지를 더 좋아하시는 건……."

"자자, 그만하시죠."

장대운이 끼어들었다. 그러자 좋다고 조형만이 얼른 붙었다.

"맞심더. 의원님. 이참에 속 시원하게 말씀해 주이소. 이 조형만이를 가장 사랑한다고."

"어허, 이 사람이."

"홍 대표님, 조 대표가 정신을 못 차리는데 언제 한번 불러내야겠습니다."

"좋습니다. 이 늙은이가 앞장서죠."

"저도 한 손 보태겠습니다."

"저도요."

"저도요."

"그만하시라니까요. 자꾸 이러시면 정 수석님 부릅니다. 지금 전화해요?"

장대운이 전화기를 꺼내고 나서야 움찔한다.

"아이고, 정 수석이라뇨. 무슨 그런 섭섭한 말씀이십니까. 바쁜 분을 굳이 여기까지 왜요."

"맞아요. 정 수석 바쁜 건 모두가 알죠. 굳이 회사 일까지 신경 쓰게 헤선 안 되겠죠."

"근데 정 수석은 잘 지내고 있죠?"

"다들 조용히 좀 합시다. 정 수석이 온다잖아요. 진짜 오면 어떡하시려고요?"

"하모요. 조용히 좀 하이소. 정 수석 무서운 줄도 모르고."

"조 대표만 조용하면 됩니다. 조 대표 때문에 정 수석이 올 뻔했잖아요."

"아이고, 지송합니더. 정 수석께 일러 드리지예. 김 대표께서 정 수석을 보고 싶지 않아 한다고예."

"어허이, 누가 그런 말을 했습니까. 내가 정 수석을 얼마나 아끼는데요. 내가 말이죠. 정 수석한테 명절 선물도 말이야 한 해도 안 빠지고 보내는데요."

"어랍쇼. 김 대표는 명절 선물을 보내요? 우리 그런 거 안 하기로 했잖아요. 어쩐지 정 수석이 유독 김 대표만 챙긴다 했더니."

"아이, 통조림 선물 세트입니다. 겨우 3만 원짜리."

"3만 원이든 1만 원이든 보냈다는 게 중요하잖아요. 자꾸 뒤에서 호박씨 깔 겁니까?"

"이 대표님이 자꾸 저한테 그러시면 안 될 텐데요. 제가 봤거든요. 지난 설날에 어디에 있었는지. 계속 말해요?"

"커흠흠, 누가 계속하잡니까?"

이형준이 얼른 꼬리를 말자 김연은 기세등등하게 다른 대표들도 보았다.

"다른 분들도 제가 봤습니다. 더 할까요?"

순식간에 정리되는 회의실을 보며 김문호는 혼란스러웠다. 자기를 칭찬하다 갑자기 이 무슨 일인지. 눈이 마주친 장대운은 윙크를 던진다.

'아······.'

이도 또 다 장난이었음을 깨달았다. 저들끼리의 유희.

뭐랄까 저들에게 정은희란 off 버튼 같은 것일지도 모르겠다. 브레이크 같은 것?

오늘 참 여러모로 깨닫는 게 많은 하루 같았다.

회의는 어느 순간 막바지에 달했다.

민족금융지주 함홍목이랑 김두헌은 따로 할 말이 없다는 듯 침묵을 지켰고 이도 익숙한 듯 누구도 이의를 제기하지 않았다.

오필승 가드의 이주성과도 별다른 얘기가 없었다.

오필승 가드는 경호 회사였다. 외국의 PMC처럼 대놓고 무기를 다룰 수 있는 것도 아니고 또 경호와 보안 문제를 대놓고 떠들 수도 없었다. 인원 보강과 함께 교육에 힘쓰라는 당부만 남기고 끝. 아! 말미에 이런 말도 남겼다. 오필승 디펜스와 연계해 군사 훈련을 계속하라고.

다음은 오필승 디펜스의 조상기였다.

현재 오필승 자금의 상당 부분을 잡아먹는 괴물의 등장에 사장단조차 자세를 바로 하였다.

"요즘은 어떠세요?"

"으음, 이런 말씀드리기 참으로 송구스러운데 살판났습니다."

"살판났다고요?"

"2급 리이선스긴 하니 세계 이디로 가야 미국 무기를 종류별로 마음껏 연구할 수 있겠습니까? 한국 국방부도 감히 손 못 대는 기밀을요. 연구원과 기술진들 모두 입이 귀까지 찢어졌습니다."

"조 대표님은요?"

"저도 뭐…….."

한 3년 마음대로 하라고 놔뒀다. 필요하다는 샘플은 전부

가져다 주고 설비든 뭐든 죄다 사다 줬다. 지지고 볶든 부수든 갈아 마시든 알아서 하라고 일체의 관여도 안 한 채.

방산 기업의 특성상 일반 기업과는 성질이 다르고 외양을 갖추고 조직력을 배양시키려면 최소한의 물리적인 시간이 필요한 관계로. 처음 이름도 K-디펜스였다. 나중에 통일성을 위해 오필승 디펜스로 변경했다.

어쨌든 처음의 약속을 철석같이 지키자 초빙해 와서도 뜨뜻미지근했던 조상기도 어느 순간부터는 눈이 마주치면 괜히 알아서 꼬리를 말았고 2년 전, 제 발로 찾아와 충성을 맹세했다.

40조 원의 힘이었다. 3년간 40조 원을 때려 박은 돈질의 힘으로 받은 충성이었다.

하지만 장대운은 좋은 분위기든 뭐든 오늘을 기점으로 오필승 디펜스는 달라져야 한다고 말했다. 슬슬 움직일 때가 됐다고.

"좋은 시절은 끝났어요. 방산이 방만해지면 그만큼 꼴같잖은 것도 없잖아요."

"아…… 예. 부끄럽지만 맞는 말씀입니다."

"목표를 줄 생각이에요. 그 목표에 걸맞은 보상도 둘 생각이고요."

장대운의 경영 철학은 1983년 오필승 엔터테인먼트를 세울 때부터 언제나 같았다.

- 달리는 말에만 당근을 준다. 그것도 아주 많이.

장대운이 조상기의 눈을 직시했다.

조상기도 무언가 느꼈는지 허리를 세운다.

"예열은 끝난 것 같더군요."

"……예."

"이제 일을 시작해도 되겠죠?"

"물론입니다. 언제나 준비 태세입니다."

"좋습니다. 제가 오필승 디펜스에 주문할 건 딱 두 가지입니다."

"경청하겠습니다."

"하나는 현재 한국에 들어온 미국 무기에 대한 개량과 정비."

지극히 타당한 말이라며 고개를 끄덕인다. 손은 메모하고.

투 스타 야전 장군 출신이라던데 자세가 아주 좋았다.

장대운을 명확히 상관으로 인식한다는 것.

그러나 다음 말에는 아무리 투 스타 출신이라도 흔들렸다.

"다른 하나는 무기 개발입니다."

"무기 개발! 입니까?"

"시거리 5,000km 이상, 턴두 10t짜리 미사일을 만들어 주세요."

"사거리 5,000km, 탄두 10t이요?!!"

조상기의 입이 떡 벌어진다. 사장단도 마찬가지.

그러나 장대운은 1도 흔들림이 없었다.

김문호는 속으로 감탄했다. 이게 바로 리더의 카리스마인지.

리더는 확신을, 비전을 주는 사람이다. 스스로조차 납득

못 한다면 무엇으로 사람들을 이끌까?

"가능합니까?"

"초, 총괄님…… 그건……."

"가능합니까?"

"만들려면…… 만들 수는 있을 겁니다. 현재 기술로는 안 되지만 나중에까지 안 되지는 않을 테니까요."

"그 말이 듣고 싶었습니다. 앞으로 오필승 디펜스는 미사일 개발에 올인합니다. 일단 한 3,000기를 목표로 달려 보시죠."

"3,000기나…… 말입니까?!"

"그 정도는 있어야 건들면 같이 죽는다는 걸 인식하겠죠."

"아…… 아아……."

잠시 말을 못하던 조상기는 문득 어떤 생각이 들었는지 급히 되물어 왔다.

"그럼 오필승 디펜스의 설립 목적이…… 미사일 개발이었습니까?"

"아니라고는 말 못 하겠네요. 제가 조지 부시를 하야시킬 각오까지 하며 미사일 지침 해제를 얻어 낸 건 피할 수 없는 우리의 한계 때문이었습니다."

"한계……라니요?"

"작은 영토, 더 작은 인구수, 지정학적 불안."

조상기의 눈이 커졌다.

작은 영토에 허리까지 잘린 민족이다.

인구수도 아시아에서 우리보다 적은 나라가 손에 꼽을 정도,

그런데 주변 환경은 미국, 러시아, 일본, 중국이 둘러싸고 있다. 국방부가 제아무리 포방부라 불릴 만큼 난리를 피워 댄다 한들 지엽적일 뿐이었다. 전력 또한 누구 하나 기침하는 순간 흔들릴 수밖에 없는 구조. 답은 하나였다.

"우리는 미사일이어야 하더라고요. 아니, 무조건 미사일밖에 없어요. 옛 조상들이 활로 다 조져 버린 것처럼 사거리 긴 무기만이 우리의 안보를 지킬 수 있다고 봤습니다."

"아아, 아아…… 맞습니다. 천부당만부당 전부 옳으신 말씀이십니다."

파괴력은 덤이다.

핵이면 금상첨화겠지만 온 세계가 지랄을 해 댈 테니 참는다. 그래도 10t짜리 탄두면 전술핵이 부럽지 않다.

건들면 도시 하나를 증발시켜 주는 거다.

그러기 위해선 우리 전용으로 사용할 군사 위성도 필요하고 거쳐야 할 난관이 많았다.

'와장창 돈 깨지는 소리가 들리는구먼.'

김문호의 탄성에도 장대운은 밀어붙였다.

"무조건 성공해서 3,000기를 쟁여 놓아야 합니다. 됩니까? 안 됩니까?"

"의원님, 연구비가 상상을 초월할 겁니다."

"이미 40조 원을 박았어요. 그만큼 더 든다 해도 진행할 겁니다. 저는 각오가 됐어요."

"그……렇게나 말입니까? 의원님, 대체 이렇게까지 하시는 이유가 뭡니까?"

"누구의 꿈을 샀거든요."

"예?"

"악당의 악당이 되기로 했어요. 악당의 악당이 되려면 악당보다 강해져야 하더라고요. 그것도 월등히."

"아, 아아아……."

국가 예산 단위의 일을 논의하는 자리에서 꿈 얘기라니.

조상기가 힘이 빠진다는 듯 두 손으로 탁자를 짚었다.

그러든 말든 장대운은 계속 진행시켰다.

"전차나 자주포나 개인 장구류 같은 건 쳐다보지도 마세요. 우리는 오직 미사일만 봅니다. 공격이든 방어든 오로지 미사일. 그리고 하나 더!"

"하나 더 있다고요?"

"당연히 있어야죠. 현대전은 결국 공중전 아닙니까."

"설마…… 전투기를 개발하라는……."

"아니요. 전투기까진 필요 없습니다. 다만 상대 전투기를 먼저 발견할 레이더는 있어야겠어요. 또 그 레이더를 무용지물로 만들 도료도요. 이 두 가지를 개발해 주세요."

"레이더와 도료라면……! 설마 스텔스까지 보시는 겁니까?"

"두 눈에 뻔히 보이는데도 락 온이 안 되면 최고겠죠?"

"그게…… 가능합니까?"

"가능하도록 만드세요. 그러려고 대한민국 한 해 예산에 해당하는 자금을 고스란히 꼬라박는 겁니다. 만일 이게 우리가 살 수 있는 유일한 길이라면 목숨 바쳐서라도 해내야 하는 거 아닌가요? 안 그렇습니까? 전쟁은 비정하잖아요. 지면 다 빼앗기잖습니까!"

"맞습……니다. 지면 끝입니다."

"국방부만 믿고 살 수는 없습니다. 저들이 못한다면 우리라도 해내야 합니다. 무조건! 그러니 지금만을 보지 마시고 미래를 보세요. 현재는 비록 이 모양이지만 우리가 성공하는 날엔 세계가 대한민국을 보며, 오필승 디펜스를 보며 놀랄 겁니다. 저는 그 꿈에 올인했어요. 부디 조상기 대표님도 올인해 주시길 부탁드립니다."

"아, 아아……."

잠시 탄성만 내지르던 조상기는 결국 그 허리를 90도로 굽혔다가 다시 세웠다.

"알겠습니다. 제가 나사가 하나 빠져 있었던 모양입니다. 군 시절 답답했던 걸 의원님께서 풀어 주시겠다는데 해내야죠. 아니, 기필코 해내겠습니다. 이것 아니면 죽는다는 생각으로 해낼 겁니다. 익딩의 익딩. 맞습니다. 그 꿈도 제가 이어빋겠습니다. 우리 조국을 절대로 무시 못 할 악당으로 만들겠습니다!"

선전 포고 같은 외침이 지나가고 은은하게 고양되는 분위기를 딛고 일어선 장대운은 기획실장 도종민에게 정확한 단어로 지시했다. 지금까지 내용을 전부 살피며 서포트하라고.

그리고 앞으로 이런 식의 전체 회의는 오늘로써 끝이라고. 애로 사항이 생기면 개별적으로 만나자고 하며 이 시간을 끝내려 했다.

그때 처음으로 반발이 튀어나왔다.

이런 식으로 끝내는 게 어딨냐고? 사장단들이 항의했다.

일이 아닌 일방적인 끝내기에 대한 반대였다. 회식 안 하냐는 것. 새로운 식구도 왔는데 또 오필승 시티까지 왔는데 이대로 갈 거냐고.

"그럴 리가 있나요? 절 모르세요?"

바로 남한산성으로 넘어갔다. 오필승 시티 근처에도 맛집이 많은데 왜 남한산성이냐고 묻는다면 할 말은 없었다. 7급 비서는 가자면 가야 할 위치니까.

백숙이 나오고 전통이라던 가위바위보도 하고 한바탕 잔치가 열렸다. 수많은 건배 제의가 나오며 한 순배 도는 데만 인당 소주 2병씩은 지나갔다.

그러나 백은호와 그 옆 7급 비서에게만큼은 누구도 술을 권하지 않았다.

처음엔 의문이 들었지만, 이도 차별이 아니었다. 저들은 일이 끝났고 우리는 여전히 진행 중이니까.

회식 자리마저 오필승은 나름의 규칙이 확고했다.

"후우……."

집이 보이고서야 김문호는 겨우 한숨을 내돌렸다.

오늘은 뭘 한 게 없어도 무척 피곤한 날이다. 다크 서클 내려온 얼굴로 문을 열고 들어갔더니.

"형~~."

장민석이 제일 먼저 반기며 뛰어왔다. 뒤이어 동생들도 우르르. 안방에서 할머니도 보조 기구에 의지하며 천천히 나왔다. 오랜 병원 생활을 마무리하고 지난달 집으로 들어온 민석이 할머니였다. 석금순 여사.

김문호는 얼른 다가가 할머니를 잡았다.

"아이고, 나오지 마세요. 아직 조심해야 할 때예요."

"김 비서님이 오셨는데 어떻게 안 나옵니까. 저는 걱정 마세요."

"말씀 편하게 하시라니까요."

"안 됩니다. 우리 민석이 어여쁘게 봐주시는 것도, 여기 이 좋은 집에 살게 해 주시는 것도 얼마나 큰 은혜인데 저를 몹쓸 년 만들지 마십시오."

완강했다.

잊을 만할 때마다 설득해도 꿈쩍도 안 한다.

김문호는 동생들을 보았다.

"아까 전화 받았지?"

"응."

"좋은 일이야. 좋은 일이긴 한데. 너희들에게 정식으로 묻고 싶어. 여기에서 다른 일 하고 싶은 사람 있어?"

"……."

"……."

"……."

대답이 없었지만, 김문호는 다시 물었다.

"단지 직업일 뿐이야. 하고 싶은 사람만 하면 돼. 부른다고 전부 달려들 필요 없어."

최대한 자유를 주고 싶은 마음이었다. 국사학과 다니며 사진만 파는 박중만 같은 피곤한 인생이 되지 않길 바라기에.

미래가 살짝 손들었다.

"오빠."

"응."

"아까 우리끼리 말해 봤는데. 얘들도 딱히 뭐 하고 싶은 게 없더라고. 돈만 잘 주면 뭐든 할 수 있다고 했어."

"……그렇구나."

"근데 오빠가 자꾸 물어보니까 조금 무서워졌어. 한번 들어가면 못 나오는 데야?"

그럴 리 없지만, 김문호는 일부러라도 강하게 나갔다.

"그럼 쉬울 줄 알았어? 미래 청년당은 지금 전쟁 중이야. 우리나라 정치를 쥐고 흔들던 한민당, 민생당과 죽느냐 사느냐 하는 싸움에 들어갔어. 그들이 얼마나 강한 줄 알아? 그들이 얼마나 지독한 줄 알아? 너희들도 봤잖아. 그 사람들 말 한마디에 어떤 일이 벌어지는지. 미래 청년당이 너희의 무엇을 보고 면접 오라고 한 건지는 생각해 봤어? 너희가 대체 무엇을 보여 줬기에 이런 제안을 던질까? 정신 똑바로 차려, 얘들아. 저긴 전쟁터야. 돈 때문이라면 아예 올 생각을 마. 돈 벌곳은 세상천지에 넘치니까."

"……!"

"……!"

"……!"

다소 오버긴 했지만.

정치였다. 정치판에 발을 들이는 일이었다.

보통의 취업으로 생각해 주지 않길 바랐다. 절반쯤이라도 정치에 발을 걸치게 된다는 건 인생이 변한다는 뜻이니.

보고 듣고 생활하는 일상이 전부 어떤 의미를 둬야 되고 상대를 파헤치고 반격을 가하고, 그에 젖어 들어가는 삶이 되지 않길 바랐기에.

'젠장.'

동생들 얼굴에 놀람이 가득하였다. 설마하니 이렇게 강하게 말할 줄은 몰랐던지.

할 수 없었다. 보통의 정치는 이리 편안하지 않았다.

미래 청년당이 특별한 것뿐이다.

미래 청년당이 유독 여유로운 것뿐이다.

일반 당사 사무실과 국회의원 사무실의 민낯은 방금의 경고보다 훨씬 더 피곤하고 진저리쳐지는 일의 연속이다.

'나는 동생들이 화려함만 보고 달려드는 부나방 꼴이 되지 않길 바라. 내가 이끌어는 줄 테지만 욕망에 먹힌 이들이 어떻게 변하는지 너무 많이 봤어. 나 역시도 그렇고.'

권력이란 꿀이 던지는 유혹은 상상 초월이었다.

하얀 도화지 따위 검붉게 되는 건 순식간.

그때 막내 이시원이 손들었다.

"왜?"

"그냥 형 따라다니고 싶은 것도 안 돼요?"

"나한테 월급 받냐? 이놈아."

"월급 안 받아도 상관없어요. 형만 따라다닐 수 있으면."

"나도 따라다니는 중이라 안 된다."

"정말요? 후우……."

잠시 고민하던 이시원은 다시 고개를 들었다.

"그래도 난 들어갈래요. 따라다니지는 못해도 형이랑 같은 곳에서 일하고 싶어요."

"나만 보고 들어온다고?"

"나는 형밖에 몰라요."

맞는 말이긴 했다.

애들이 누굴 보고 미래 청년당에 들어오려 할까.

남몰래 고개를 끄덕이는데.

나머지 동생들도 다 같이 하겠다고 한다. 재차 경고했음에도 하겠다고. 자기들도 물러날 곳은 없다고.

사실 김문호는 이럴 줄 알고 있었다.

'괜한 심술인 건지…….'

동생들도 눈이 있고 귀가 있는데 그동안 미래 청년당이 어쨌는지 정도는 알았다.

그랬다. 인정한다. 오늘의 일은 순전히 심술이자 해프닝이다.

사과했다. 괜히 겁준 거라고.

다음 날, 우린 모두 전에 맞춘 정장을 입고 사이좋게 정은희 앞에 대령했다.

정은희는 개별로 몇 마디 나누지도 않고 전부 내일부터 출근하라고 명령했다. 장대운에게도 데려가 인사시켰다. 동생들을 가리키며 앞으로 우리 미래 청년당의 기둥이 될 인재들이라고. 앞으로 한 달간은 자길 찾지 말라고. 우리 인재들 훈련시켜야 하니까.

너무도 쉽게 떨어진 합격 덕에 어안이 벙벙해진 동생들은 이래도 되나? 하며 돌아갔고 남은 우리는 우리대로 새롭게 주어진 현안에 골 싸매며 회의에 들어갔다.

월드 투어였다. 외국 민들레가 던져 준 숙제.

회의에 앞서 장대운은 민들레가 자신에게 어떤 존재인지 자세히 설명해 줬다. 그렇지 않아도 전당 대회 후 미래당원이 100만에 육박한 거로 모자라 시키지도 않았는데도 자기들끼리 알아서 아주 자발적으로 각 시도별로 미래 청년당 지사를 조직하고 인원마저 구성하고 있다는 소식에 놀라던 차였다.

'점입가경이구나.'

민들레와 함께하는 장대운과 그렇지 않은 장대운은 가히 하늘과 땅 차이였다.

장대운의 말 한마디에 자기 나라 정부마저 부정해 버리는 팬덤의 존재는 김문호의 정치 상식마저 흔들었다.

물론 장대운이 그 특유의 화법으로 누구나 공감할 수 있는 접근을 했겠지만, 그 결과는 백악관이라도 설설 길 만큼 무시무시했다.

즉 장대운을 잡으려면 민들레부터 잡아야 한다는 논리가 성립되는데. 과연 이 간단한 이치를 상대가 모를까?

알면서도 안 된다는 것이다. 어떤 스캔들이 터져도…… 가뜩이나 완벽한 사생활의 장대운이 아니라고 하는 순간 이 일에 관련된 모든 자들은 민들레의 방문을 받아야 한다는 것이다. 여기엔 판사도 예외가 없었다.

그런 팬덤이 정식으로 자기들에게도 콘서트를 열어 달라고 요구하였다. 자기들에게도 사랑을 표현해 달라고.

한국의 콘서트를 예로 들며.

"진퇴양난입니다. 민들레가 없다면 제 힘의 아주 큰 부분이 사라질 겁니다. 그러나 민들레를 따르면 꿈을 포기해야 합니다. 저는 둘 다 놓칠 수 없습니다. 지금부터 우리는 이 문제부터 해결해야 할 겁니다."

문제의 심각성을 인식하면서도 기가 막혔다.

세상 어느 국회의원 사무실이 이런 안건을 다룰까?

월드 투어가 문제라니. 가도 문제, 안 가도 문제.

어느 것이 더 타격이 크겠냐는 비교는 아예 꺼낼 수조차 없었다. 둘 중 하나라도 포기하는 순간 전부에 타격이 갈 테니까.

사면초가였다.

며칠이 지나도 오리무중 같은 답답함만 오갔다.

머리를 쥐어뜯는 도종현, 백은호는 한숨만 푹푹 내쉰다. 정은희는 정말 관여 안 할 건지 미래 청년당이 둥지를 튼 옆 사무실에서 나오질 않는다.

하지만 이도 오래가진 않았다. 팽팽한 줄다리기를 하던 방향
성이 어느새 점점 꿈을 포기하자는 쪽으로 돌아가고 있었다.

어찌 됐든 '장대운의 보호가 최우선이다.'라고.

민들레가 강짜를 부린 만큼 장대운의 적은 많아지고 커졌
고 그 힘을 상실하는 순간 저들은 어떤 수단을 동원해서라도
장대운을 공격할 테니까.

'이렇게 악당의 악당이 사라지는 건가?'

장대운의 가장 큰 힘이 장대운의 꿈을 잡아먹다니.

이 얼마나 어처구니가 없는 일인지.

이 일로 장대운은 국회의원직을 잃거나 혹은 잃지 않더라
도 치명적인 오점을 지니게 될 것이다. 훗날 대권 도전에도
악영향을 미칠 거대한 주홍 글씨가.

'정말 이렇게밖에 못 하는 건가?'

방법이 없었다. 30년짜리 정치 경력도 소용없는 외통수.

너털너털 돌아왔는데. 미래가 이제 오냐고 반긴다.

밥을 차려 주나 입안이 꺼끌꺼끌하였다.

내가 이 정도밖에 안 된다…….

"근데 오빠."

"으응?"

"오빠, 학교에 가 줄 수 있어?"

"학교? 무슨 학교?"

"민석이네 학교."

"뭐?! 민석이한테 무슨 일 생겼어?!"

"아니, 그건 아니고. 민석이네 학교에서 이런 걸 한다네."

미래가 뭔가를 건네주는데. 갱지로 만든 유인물이었다.

학부모 참관 수업? 이걸 왜? 쳐다보니.

"민석이 담임 선생님이 오빠가 와 줬으면 좋겠다고 전했더라고. 오빠 직업이 특이하잖아. 일일 선생님으로 국회에 대해 알려 주는 시간을 가지면 안 되냐고……."

"……."

한숨이 나왔다.

지금 장대운이 죽느냐 사느냐인데 팔자 좋게 일일 선생님?

"……좀 그렇지? 안 그래도 바빠 보이던데 안 된다고 할까?"

"……."

안 된다고 해야지. 내가 거기 갈 정신이 어디 있어.

"그래도 학교에서 긴히 초청한 거긴 한데. 오빠 여건이 안 되면 거절해야겠지?"

"……초청?"

"응."

"초청……이라고?"

"응."

"초청이라…… 초청인데…… 뭐, 초청?!!!"

머리카락이 삐쭉.

김문호가 입을 떡 벌리며 벌떡 일어나자 미래도 덩달아 일어났다.

"오빠, 왜?"

"그래! 이거였어! 이거였다고! 으하하하하하하하~~~~~~."

미래를 안고 덩실덩실.

다른 동생들도 무슨 일인가 하여 우르르 내려왔다.

"뭐야? 왜 그래?"

"뭔데? 뭔데 형이 이렇게 좋아해?"

"하하하하하하, 됐다. 됐어. 됐다. 미래야. 니가 최고다. 하
하하하하하하하하하."

동생들은 어리둥절했지만, 김문호는 이대로 있을 수가 없
었다.

"나 잠깐 나갔다 올게."

"오빠 어디 가~~~?"

택시 타고 슝.

오필승 타운에 내리니 경비들이 얼굴을 알아보고 알아서
안쪽으로 연락한다. 문이 열리자마자 김문호는 달렸다.

백은호가 편한 차림으로 나온다. 장대운도 트레이닝복 차
림으로 나온다.

참지 못한 김문호가 외쳤다.

"됐습니다. 의원님, 이제 해결할 수 있습니다! 아하하하하
하하하~~~."

　→ 우리한테도 반드시 콘서트를 열어 줘야 한다고 생각해
요. 한국 민들레만 민들레인가요? 특혜를 봤잖아요. 혹시나
찾아보니 미래 청년당 당원만 FATE 콘서트를 볼 수 있대요.
한국인이 아니면 정당에 가입할 수 없잖아요. 이건 너무 불공
평한 일이에요.

　└ 동감. 콘서트 영상 보고 울며 찾아 들어갔다가 조건 보
고 절망했음. 분명 미래 청년당 2부 축제의 장이라고 했음.
일반인은 못 들어감.

　└ 배신감에 몸이 다 떨리네요. 오필승 엔터테인먼트는 아
직 어떤 입장도 내놓지 않고 있어요. 우리를 무시하는 게 분

명해요.

ㄴ 우리도 FATE 콘서트 보고 싶다! 우리에게도 FATE를 볼 권리가 있다! 왜 답을 안 해 주냐!

ㄴ 이 순간 내가 한국인이 아닌 게 너무 고통스럽다. 나는 어째서 미국인으로 태어났을까? FATE 콘서트도 못 보게.

ㄴ FATE 피아노 치는 거 봤죠? 너무 감동이었어요. 난 그렇게 건강하게 있다는 것만으로도 기쁜데.

ㄴ 저도 그래요. 하나둘 친구들이 다 떠날 때도 꿋꿋이 버티니까 이런 날도 보잖아요. FATE 콘서트 영상을 다시 보게 될 줄 알았던가요? 난 몰랐어요.

ㄴ 그래서 더 화가 나요. 우리도 보고 싶다고요. 왜 한국인만 볼 수 있게 한 거죠? 우리가 무슨 잘못을 했는데요?

ㄴ 맞아요. 우리도 볼 수 있게 해 준다면 난 당장 한국으로 갈 거예요. 돈이 얼마가 들든. 제발, 우리도 볼 수 있게 해 줘요.

ㄴ 근데 괜찮나요? FATE는 한국의 국회의원이잖아요. 한국 국회의원이 월드 투어 할 수 있나요?

ㄴ 할 수 있지 않나요? 국회의원이라도 얼마든지요.

ㄴ 틀렸어요. 안 돼요. 한국은 법이 달라요. 월드 투어 하는 순간 FATE는 국회의원직을 상실할 거예요.

ㄴ 엑! 그러면 안 되잖아요. FATE의 국회의원직을 우리가 상실하게 하다니. 그럼 우리가 지금 FATE를 힘들게 하는 건가요?

ㄴ 맞아요. 지금 엄청 고통스러울 거예요. 월드 투어 하면 한국 국회의원을 못하게 될 뿐만 아니라 한국인들에게도 손가락

질당할 거예요. 콘서트는 보고 싶은데 마음이 답답하네요.

ㄴ 말도 안 돼요. 우리가 FATE를 고통스럽게 하다니. 이건 우리 민들레의 방식이 아니잖아요. 민들레가 어떻게 FATE를 힘들게 하죠?

ㄴ 생각해 보니 그건 좀 그러네요. 나는 우리가 FATE를 힘들게 한다고는 전혀 생각 못 해 봤어요. 한국법이 너무하군요.

ㄴ 맞아요. 나도 그렇게는 생각 안 해 봤어요. 한국 국회의원은 외국에서 콘서트 열 수 없군요. 몰랐어요.

ㄴ 근데 너무 보고 싶은데 어쩌죠? 어떻게든 보고 싶은 마음이 더 커요. 억울하고 화나고 눈물이 막 나요.

ㄴ 나도 그래요. FATE를 다시 볼 수 있다면 무슨 일이든 할 수 있어요.

ㄴ 제가 생각해 봤는데 이런 방법은 어때요? 이러면 FATE도 볼 수 있고 FATE 힘들게도 안 할 수 있을 것 같은데.

ㄴ 뭔데요? 뭔데요? 뭔데요?

ㄴ 빨리 알려 줘요. 우리가 어떻게 해야 하나요?

ㄴ 숨넘이가겠이요. 위에 님, 우리 좀 살려 주세요. 난 절대로 FATE를 힘들게 하고 싶지 않아요.

ㄴ 방법은 간단해요. 우리가 FATE를 초청하면 돼요. 우리 정부가 공식적으로 초청하면 FATE도 문제없이 올 수 있고 한국에서도 괜찮지 않을까요?

ㄴ 우리가 초청하면 된다고요?

ㄴ 그러네! 초청하면 공적인 일로 오게 되는 거니까 국회의

원직을 안 잃어도 돼요. 맞아요! 그러면 FATE에게 아무런 피해가 없을 거예요!

└ 와아~ 이제 해결된 거예요? 이러면 정말 된 거예요? 이러면 우리도 FATE 콘서트 볼 수 있어요?

└ 그러니까요. 우리 정부가 FATE를 초청하면 문제가 없다잖아요. 서로 좋다잖아요!

└ FATE가 우리에게 오고 싶어도 초청이 없어 못 올 줄이야. 여태 이걸 몰랐네요. 마음이 막 억울해요. 아 참, 이러면 우리가 잘못한 거잖아요. 우리가 먼저 움직여야 했어요.

└ 안 되겠어요. 모여야겠어요. 우리 모여요. 모여서 FATE를 초청할 방법을 찾아요!

└ 모일게요. 언제든 알려 주세요. 지금 당장에라도 나갈 거예요.

└ 나도요.

└ 나도 나갈 거예요.

└ 나도요~~~~.

…….

…….

"여론이 변하고 있습니다. 의원님의 수가 통하고 있어요!"

아침부터 누가 문을 벌컥 열고 소리치길래 봤더니 김연이었다. 오필승 엔터테인먼트의 수장.

"됐습니다. 됐어요. 민들레가 방향을 틀었어요. 드디어 우리가 아닌 자기들 정부를 쳐다보기 시작했어요. 이제 됐습니다. 하하하하하하하하하."

통할 줄은 알고 있었다. 꼼수이지만.

민들레의 압박에 시야를 넓게 가지지 못했을 뿐이지 조금만 시선을 돌리면 언제든지 발견할 방법이다.

"문호 씨가 큰일을 해냈습니다."

"맞아요. 정말 큰일을 해냈어요."

"역시 문호 씨."

칭찬 릴레이가 이어졌다.

이럴 때는 겸손해야 한다. 먼저 발견했을 뿐이니까.

"아닙니다. 시간문제였을 뿐입니다."

"아니죠. 모두가 외통수라 생각했잖아요. 조그만 함정에 갇혀 다른 건 바라볼 여유조차 잃었어요. 문호 씨가 의원님을 살린 게 맞습니다."

도종현이 담담한 목소리로 그렇지 않냐고 주변을 돌아보았다. 장대운도 맞장구쳤다.

"맞아요. 암울했는데 한 줄기 빛처럼 내려왔죠. 이건 콜럼버스의 달걀이에요. 지금이야 별일 아닌 듯 보이지만 당시는 세울 수 없는 달걀 덕에 아주 힘들었잖아요. 설사 시간문제라 해도 늦을수록 우리 손해였어요."

"맞습니다. 우리는 가야 한다고만 생각했지 저쪽에서 부르게 할 수 있다는 걸 몰랐어요. 이렇게 하면 누가 봐도 명분이 있지 않습니까."

"맞아요. 이젠 누가 시비 걸든 문제없어졌어요. 국위 선양이잖아요."

다들 이렇게 추켜세우지만, 김문호는 설레발 떨어선 안 된다고 생각했다. 일이 완벽하게 봉합된 것도 아니고 화두만 던진 것뿐이었다. 외국 민들레와 저들 국가 사이에 또 무슨 험한 일이 벌어질지 모를 일이다.

"칭찬해 주셔서 감사합니다. 다만 사태 추이는 지속적으로 살펴야 합니다. 민들레의 압박을 받은 나라들이 어떻게 나오는지 말이죠."

"신중하군요. 역시 문호 씨. 하지만 노파심입니다. 해당 국가와의 관계는 내가 직접 풀겠습니다. 문호 씨는 할 도리를 다했어요. 마음껏 즐기셔도 돼요."

자신감을 부리는 장대운에 김문호는 속으로 의문이 생겼다.

이해가 안 가는 부분이었다.

FATE가 비록 세계적 명성이 가졌고 그만한 영향력을 뿌린다고는 하나 다른 나라의 정책에까지 관여할 수 있다고는 보기 어려웠다. 이는 자존심 문제기도 했다. 팝 가수가 인기 좀 있다고 오지랖을 부리면 그 나라에 미운털이 박히지 않겠나?

하지만 그는 자신감 만땅이었다. 오히려 국회의원으로 있는 한국에서보다 더.

'무언가 있나? 내가 모르는 또 다른 뭔가가 있다고?'

오필승까지 다 보고 왔는데. 민족은행도 보고 왔는데.

또 있다고?

'……'

그렇지 않고서는 이 상황을 납득할 수 없었다.

설사 인맥이 넘치더라도 은퇴한 지 5년이다. 그 세월이면 많은 것이 변한다. 그래서 더 난해했다.

'월드 투어와 관계된 국가는 결국 미국이나 유럽일 텐데. 동남아가 있다 해도 도대체 무엇이 있길래 걱정하지 않는 거지? 제아무리 미국 대통령과 스스럼없이 지내는 사이라 해도 환경이 달라졌는데.'

아닌가?

'결국 모든 일은 명분 싸움이니 미국 대통령이고 장대운이고 이 순간을 기다린 걸 수도 있잖아. 움직일 수 있는 명분.'

그렇게 본다면 월드 투어까지는 어떻게든 갈 수 있었다.

하지만 5%가 부족하다.

'나라면 이번 기회로 각 국가들에 대한 영향력을 더 공고히 하겠어. 이걸 위해서라면 일방적인 노선은 좋지 않아. 서로 윈윈이 돼야 오래갈 수 있어. 무언가 줘야 저들도 만족한다는 건데. 장대운이 이 간단한 이치를 모를 리도 없고, 대체 뭐지?'

하나의 숙제를 해결하자마자 더 큰 비밀을 엿본 기분이었다.

까도 까도 계속 나오는 양파인가?

'에잇, 지금은 현재에 집중하자. 가다 보면 알게 되겠지. 나쁜 것도 아니고 숨겨 둔 힘인 것 같은데 마다할 이유가 없잖아.'

속앓이를 해 봤자 누가 알아줄 것도 아니고 일단은 이런 식으로 정리하는 게 옳은 것 같았다.

장대운은 이미 김연에게 지시 내리고 있었다.

　"바통이 옮겨 갔어요. 우리 쪽은 한시름 덜었다지만 당하는 쪽은 아니겠죠? 잘 보고 계시다가 필요할 만한 게 있으면 알려 주세요. 그때그때 도와주는 방식으로요. 정 대표님께도 전달해 주시고요."

　"알겠습니다. 뭐, 정 대표가 움직이면 일은 간단해지지 않겠습니까? 얼마 전에 아르헨티나에 간다고 했는데 거기 일은 잘 풀렸는지 모르겠네요."

　정 대표? 김문호는 귀가 쫑긋거렸다.

　그러고 보니 몇 번 언급된 적 있는 이름이다. 구체적으로 누군지는 모르겠지만. 그 사람이 이번 일의 열쇠인가?

　"잘 풀렸겠죠. 정 대표님이 몸소 움직였는데. 아르헨티나 대통령이 직접 나와서 국빈 대접해도 모자랄 판에 강짜를 놨겠어요?"

　"하긴, 그런 쪽으론 최강이죠. 알겠습니다. 요 근래 민들레 때문에 소화도 안 되고 힘들었는데 오늘은 두 발 뻗고 자겠습니다."

　"저도 그래요. 그럼 잘 부탁해요."

　"옙, 저는 이만 물러가겠습니다."

　"차 조심하시고요."

　"흐흐흐, 제 차는 도로에 나가기만 해도 알아서 길을 비켜 줍니다."

　"그래요? 제 차는 더 그런데. 쿠쿠쿡."

"쿠쿠쿠쿡, 의원님도 그러십니까? 하긴 그 차 앞에서 알짱대긴 쉽지 않겠죠."

"그럼요. 제 차가 어마어마하잖아요. 쿠쿠쿡."

간다고 해 놓고 김연은 저렇게 10분을 웃고 떠들다 돌아갔다. 아주 속 편한 표정을 지으며.

재밌는 건 시간이 지날수록 우리 쪽 미소가 더욱 진해졌다는 것인데. 칼자루 주인이 바뀐 걸 체감했다는 듯.

실제로 그랬다. 민들레가 화살을 자기네 국가로 돌리며 그네들의 정치인들을 갈궈 대는 순간 저들이 먼저 우리 쪽에 연락을 보내 민들레 좀 어떻게 해 달라고 사정했다.

미국의 상하원은 물론이고 백악관도 예외가 없었다. 시위대가 그들 앞마당까지 쫓아가 외쳐 댔다. FATE를 초청하라고.

프랑스도 분위기가 심각해졌다. 갑자기 자크 시라크 대통령이 여론의 뭇매를 맞았다. 1997년 경기 침체와 정국 불안으로 지지율이 떨어지자 분위기 반전을 위해 의회 해산 카드까지 던지며 대통령직을 보전한…… 선거에 패해 좌파 연합에 제1당 자리를 내줬다가 2002년 거의 다시 회복한 노련한 정치인도 뜬금없이 FATE를 초청 안 했다고 지지율이 폭락하는 데는 방법이 없었다.

두 나라가 들끓자 FATE 열풍이 전염병처럼 주변 나라로 퍼져 나갔다. 특히나 유럽은 걷잡을 수 없이 타올라 자국 정치인을 노렸다. 민들레는 외쳤다.

- 너희들이 개똥같이 일하는 건 참아 줄 수 있는데 FATE 초청 안 하는 건 못 봐주겠다. 초청할래? 뒈질래?

갑자기 왜 이런 일이 벌어지나 각국에서는 정보부까지 동원해 총력을 다해 원인을 찾아 헤맸고 결국 대한민국 국회의원으로 당선된 FATE가 전당 대회에서 콘서트를 개최한 것이 시발점이 됐음을 알아냈다.

이 모든 게 FATE가 원흉이었음을.

하지만 항의할 수조차 없었다.

민주주의란 표에 살고 표에 죽는다. 특히나 민들레는 사회주의자보다 더 맹목적이다.

평소 조용하지만, FATE에 대해서만큼은 양보가 없는 이들.

민들레와 적대해서 살아남은 정치인이 없다는 걸 경험적으로 알기에 FATE 은퇴 후 어떻게든 민들레를 자기편으로 끌어들이려 노력했는데.

무슨 짓을 해도 천년 바위처럼 꿈쩍도 안 하던 이들이 FATE의 작은 몸짓 한 방에 방방 떠서 하늘을 난다.

상황이 미쳐 돌아가기 시작했다는 것이다.

그러나 위기는 곧 기회였다. 이에 대한 소견은 좌파나 우파나 비슷했다.

김연이 헐레벌떡 찾아왔다.

"의원님, 이거 큰일인데요. 서로 모시겠대요. 국빈으로요."

"국빈까지요? 얼마나 그러길래 국빈 얘기가 나와요?"

이때까지만 해도 장대운도 여유로웠다.

"아닙니다. 이거 보통 일이 아닙니다. 현재 모시는 게 가능하겠냐고 문의한 국가만 30곳이 넘습니다."

"예?!"

"이러다 진짜 월드 투어 해야 하는 수가 있습니다."

"……!"

"……!"

"……!!!"

너무 많았다. 이번엔 너무 많이 오라고 해서 문제였다.

장대운은 대한민국 국회의원이다. 한 열흘 초청받아 해외로 나가는 건 무방하지만 저런 식으로 몰린다면 최소 반년은 해외에서 보내야 한다.

이런 식이면 국민이 국회의원으로 뽑아 준 의미가 없었다. 대통령 해외 순방도 1년에 한 달 남짓인데 일개 국회의원이 1년의 반을 해외에서 산다면 좋아할 사람이 누가 있을까? 국위 선양이든 개뿔이든 무조건 공격당한다.

"회의합시다."

모인 사람은 다섯이었다.

장대운, 도종현, 정은희, 백은호, 김연.

빈자리가 눈에 띄었다. 김문호.

그제야 김문호의 부재를 떠올린 장대운이 입을 열었다.

"아~ 오늘 문호 씨는 일일 교사로 나갔죠?"

"예, 의원님이 흔쾌히 허락하셨죠."

"······살짝 후회되는군요."

"······."

"······."

"뭐, 이 정도는 우리가 해결해야지 않겠습니까?"

"······그렇죠."

"어떻게 할까요?"

"잘~해야죠. 잘."

정은희가 콧잔등까지 내려온 안경을 추켜올렸다.

◇ ◆ ◇

"오늘은 아주 특별한 분이 우리 친구들을 찾아오셨어요. 아시죠? 우리 민석 군 형분이 국회의원님의 비서란 걸요. 그래요. 맞아요. 오늘은 대한민국 국회의원이 우리를 위해 무슨 일을 하는지 알아볼 거예요. 박수로 환영해 주세요."

"와아~~."

"와~~."

요즘 학교는 좋아졌는지 우리 땐 못 보던 커리큘럼을 운용하였다.

직업에 대한 생생한 체험담을 일일 교사란 명목으로 학생들에게 간접 체험하게 하는 것. 취지는 아주 좋았다.

비록 청자가 초등학교 2학년생이고 그 장소가 초등학교 2학년 교실이라는 것이 애매하지만.

아무튼 주제 자체가 대한민국이란 시스템의 아주 중요한 부분을 다룬다는 점에서 김문호도 쉬이 여길 수는 없었다.

 본래라면 정중히 거절해야 마땅한 요청이고 다른 것으로 대체해도 되겠지만 장대운의 위기를 넘길 단초를 제공했다는 점에서 일일 교사에 큰 은혜를 입었다. 겸사겸사 민석이가 학교생활을 어떻게 하고 있는지 궁금한 것도 있기에 허락받고 이 자리에 섰다.

 "안녕하세요. 제 이름은 김문호입니다. 저기 2분단 끝에서 세 번째 줄에 앉아 있는 민석이의 형입니다."

 "어! 민석이 형인데 왜 김문호예요? 장문호가 아니라."

 툭 튀어나온 질문이었다.

 개구쟁이처럼 생긴 녀석이. 시선을 끌자 우쭐댄다.

 웃어 줬다. 이 정도 의외성쯤이야.

 "여러분 중에 사촌 형제가 있는 사람 있나요?"

 "저요."

 "저요."

 "저요~."

 손을 거의 전부 든다. 엄마가 외동이 아니고 초등학교 2학년이면 자기보다 어리든 많든 사촌이 있기 마련이다.

 "사촌이랑 성이 다른 사람 있나요?"

 "저요! 저는 박씨인데 사촌 동생은 김씨예요."

 "저도요! 저는 최씨인데 사촌 형은 황씨예요."

 "어! 나는 우리 아빠랑 나이가 같은 아저씨가 사촌 형이랬어."

263

"너도? 나는 엄청 나이 많은 아저씨가 내 조카라던데?"

별 얘기가 다 나온다.

"맞아요. 형제라도 성도 다르고 나이도 다를 수 있어요. 여러분은 아직 모를 수 있지만, 식당에 가서 반찬을 더 달라 할 때도 이모~ 라고 불러요. 진짜 이모라서 이모라고 부를까요?"

"어! 우리 엄마가 식당에서 이모~ 하고 한 적 있는데."

"나도."

"나도."

"나도~."

재밌다고 꺄르르 웃는다.

김문호도 웃었다.

"그럼 이제 민석이랑 성이 달라도 형이라고 인정해 줄 거예요?"

"예~~~~."

분위기는 좋았다.

노인이든 아이든 재밌으면 좋아하고 집중한다.

"오늘 여러분께 말해 주고 싶은 건 우리나라에 대해서예요."

"예~~~."

"여러분은 우리나라에서 제일 높은 사람이 누군지 아세요?"

"대통령이요~."

여지없이 튀어나오는 답.

그러나 흔히 하는 착각 중 하나다. 직책상 제일 높다고 제일 높은 사람이라는.

김문호는 일부러 과장되게 고개를 저었다.

"아니에요. 우리나라에서 가장 높은 사람은 대통령이 아니에요."

"……?"

"……?"

아이들의 눈에 물음표가 떴다.

말도 안 돼 혹은 대통령이 아니면 누구라고?

김문호는 두 손으로 학생들을 가리켰다. 선생님을 가리켰다. 멀리 넓게 가리켰다.

"우리나라에서 제일 높은 사람은 바로 여러분이에요. 여기 계신 선생님도 그렇고 여러분 집에 계신 부모님도 그렇고 할아버지, 할머니도 그렇고 모두가 제일 높은 사람이에요."

"……!"

"……!"

살짝 놀라긴 했으나 아직까지 무슨 의미인지 이해하지 못한 얼굴이었다.

"대한민국 헌법 제1조 제1항. 헌법은 법의 기초가 되는 개념이죠. 거기에서 제일 첫 번째로 쓰여 있는 게 '대한민국은 민주공화국이다.'예요. 여러분은 우리나라가 민주주의 국가인 건 아시죠?"

"예~~~~."

"민주주의란 국민이 주인이라는 말이에요. 헌법 제1조 제2항엔 이런 말이 적혀 있죠. 대한민국의 주권은 국민에게 있

265

고, 모든 권력은 국민으로부터 나온다."

"우와~~~."

"맞아요. 우리나라의 주인이 국민이라는 뜻이에요. 누구도 국민 위에 설 수 없다고 못 박아 둔 거죠. 대통령도 국민이 뽑아 주지 않으면 안 되잖아요. 안 그래요?"

"예~~~~~."

"그래서 여러분이 최고로 높은 거예요. 여러분 최고!"

엄지를 척 올려 주자 와아아아아~~~ 난리가 난다.

서로 자기가 최고라고 자기가 제일 높다고 소리를 지른다.

그러면서도 김문호가 손을 들자 금세 조용해진다.

집중도 좋다.

"자, 이제 우리나라에서 제일 높은 사람이 누군지 알았으니 우리나라가 어떻게 운영되고 있는지도 알아야겠죠?"

"예~~~~."

"우리나라는 삼권 분립의 나라예요. 삼권 분립이 뭔지 아는 사람?"

조용하다. 말로 표현하긴 어렵다.

김문호는 칠판에 그림표를 그렸다. 국민이 제일 위로. 그 아래에 대통령이 있고 그 아래로 세 줄기로 나뉘는 그림을.

"여기 사법부가 무슨 일을 하는지 아는 사람?"

"아! 법원이다. 나쁜 사람 잡아요."

"맞아요. 나쁜 사람 벌줘요."

"나쁜 사람 감옥 보내요."

어리더라도 개념은 안다.

"맞아요. 법을 다루는 곳이죠. 여러분 법은 지켜야 하는 건가요?"

"예~~~~."

맞다.

지켜야 한다. 초등학생도 아는 이 당연한 이치를 못 해서 온 나라가 부패로 들끓는다.

김문호는 중간에 위치한 행정부를 가리켰다.

"그러면 가운데 행정부가 무슨 일을 하는지 아는 사람?"

"……."

"……."

"……."

"……동사무소 아니에요?"

창가 끝자리에서 나온 답이었다. 김문호는 얼른 잡았다.

"맞아요. 동사무소랑 비슷해요. 우리 친구가 잘 아네요. 박수."

"우와~."

아이들이 답한 아이를 부럽다는 듯이 쳐다봤다. 부끄 부끄. 귀여운 것들.

"우리 동네일을 돌봐 주는 곳이 동사무소라면, 서울시의 일을 돌봐 주는 곳은 어딜까요?"

"시청이요~."

"맞아요. 그걸 더 크게 해서 우리나라 전국의 일을 봐주는 곳은 어딜까요?"

"행정부요~~."

"맞아요, 행정부는 나라 살림을 꾸리는 곳이죠. 공무원들의 나라."

"아아~~~."

이제 알겠다는 듯 고개를 끄덕끄덕.

김문호는 마지막으로 입법부를 찍었다.

"그럼 입법부는 무슨 일을 할까요?"

"국회의원이요."

"맨날 싸워요."

"선거해요~."

대중없는 답 같지만 모두 핵심을 찔렀다.

선거 때만 이슈가 되는 국회. 맨날 싸우는 국회.

초등학생들에게 비치는 국회의원이란 이런 것이었다.

하지만 계속 나쁘게만 둘 수는 없었다.

"국회의원이 활동하는 곳이 입법부예요. 여기에서 국회의원이란 국민이 대표로 뽑은 사람을 말하는 거죠. 그럼 국민은 어째서 국회의원을 뽑게 된 걸까요?"

"……."

"……."

"……."

모른다.

사실 몰라야 국회의원은 편하다. 국민이 아무것도 모르고 관여도 안 해야 좋다. 의무는 없고 권리만 누릴 테니.

"앞서 우리는 행정부를 말했죠?"

"예~."

"국회의원은 말이죠. 행정부가 나라 살림을 잘 꾸리고 있는지, 어디에서 잘못하고 있지 않은지, 잘 살펴보라고 국민이 대신 보낸 사람들이에요. 즉 국회의원이란 우리 국민이 삶을 편하게 살 수 있게, 우리나라의 미래가 더욱 발전할 수 있게 살피는 사람을 말해요. 국민 대신."

"우와~ 우리 대신이에요?"

"맞아요. 그리고 하나 더! 우리 국민이 서로에게 피해를 주지 않고 사이좋게 지낼 수 있게 또는 나쁜 사람들에게 고통당하지 않고 행복하게 살 수 있게 법을 만드는 일도 해요. 아까 법을 다루는 곳이 어디라고 했죠?"

"사법부요~~~."

면책 특권이든 불체포 특권이든 국회의원의 권리같이 필요 없는 건 다 뺐다.

알려 줘 봤자 이해도 안 되고 어렵기만 하다.

그런 것들이 국민과 국회의원을 멀게 하는 것이다.

분위기를 이어 김문호는 국회의원이 하는 일과 그 일이 가진 의의. 그리고 그들이 왜 서로 싸울 수밖에 없는지를 간략하게 설명해 주었다.

서로 자기가 국민을 위한다고 믿기 때문이라고.

'…….'

약간 포장하긴 했지만. 말을 이을수록 김문호는 부끄러움이 커지는 스스로를 느꼈다.

　본인도 여기에서 자유로울 수 없었다. 처음 국회의원을 말할 때 찡그리는 아이들의 표정이 화인처럼 심장에 박혔다.

　일일 교사를 하기 위해 왔다지만.

　오히려 자신이 더 많이 배워 감을 느꼈다. 저 초롱초롱 신뢰 가득한 눈빛 앞에서 무얼 얻겠다고 위선을 떨었을까?

　한낱 김문호란 인간이 무엇이기에.

　그 속에 품은 추잡함이 다신 드러나지 않길 바랐다.

　참으로 부끄러운 날이었다.

　문득 이런 말이 떠올랐다.

　맹자 曰, 무수오지심 비인야(無羞惡之心 非人也)라.

　- 부끄러움을 모르는 자, 인간이 아니다.

◇ ◆ ◇

　→ 근데 우리 무상 급식은 언제 해요? 계속 기다리면 되는 건가요? 너무 궁금해서 그래요.

　ㄴ 어머, 그러네요. 저도 깜빡 잊고 있었어요. 무상 급식 언제 한대요?

　ㄴ 저도 잊고 있었어요. 이거 알아봐야 하는 거 아니에요?

　ㄴ 이상하네요. 뭐라도 할 것처럼 굴더니. 어째서 조용하죠?

　ㄴ 강남구는 하고 있는 거 아니에요?

ᄂ 하고 있어요. 제 친구 아이는 이번에 무상 급식 학교로
지정돼서 혜택을 받는다 하더라고요. 월에 5만 원 수준이긴
한데 기분이 확 다르대요.

ᄂ 좋겠다~ 우린 언제 하지?

ᄂ 누가 아는 사람 없나요?

→ 방금 알아보고 왔음. 무상 급식 계획이 없다고 함. 왜 계획
이 없냐고 하니까 예산이 없다고 함. 참고로 저는 서초구민임.

ᄂ 진짜요? 진짜로 계획이 없대요? 말도 안 돼.

ᄂ 직접 가서 확인함. 님도 확인해 보셈. 거짓말인지.

ᄂ 저도 확인했어요. 저번엔 기다리라고만 하더니 이번엔
정말 없다고 하네요. 계획 자체가 없대요.

ᄂ 왜요? 강남구랑 서초구랑 그렇게 많이 차이 나요?

ᄂ 사람의 차이가 있겠죠. 강남구엔 장대운이 있고 서초구
엔 없고.

ᄂ 강남구는 하잖아요. 세금은 똑같이 걷고 서초구는 왜 안
해요? 이런 법이 어딨어요?

ᄂ 예산이 없다잖아요. 예산이.

ᄂ 정말 예산이 없는 거 맞아요? 예전 강남구처럼 엉뚱한
데 쓰는 건 아니고요?

ᄂ 그걸 왜 저한테 그러세요. 묻길래 답해 준 것뿐인데.

ᄂ 없다면 그만이냐는 거예요. 왜 없는지 확인해 봐야지.
안 되겠어요. 내가 직접 확인해 봐야겠어요. 진짜 없는 건지.

없는 척하는 건지.

→ 근데 환승 시스템도 한다고 그러지 않았나요? 갈아탈 때마다 돈 드는 거 없애 준다고 엄청 기대했는데.

└ 그것도 그러네요. 이거 왜 이러죠? 왜 한다고 하고 안 하죠?

└ 갈아탈 때 돈 드는 거 없애 주는 게 아니라 최소한으로 만들어 주겠다고 했죠. 똑바로 얘기해야죠.

└ 지금 그게 중요해요? 안 하잖아요. 하겠다면서 왜 안 한 대요? 장대운 의원이 거짓말한 거예요?

└ 환승 시스템은 서울시가 해야 한다고 쓰여 있던데요. 미래 청년당 홈페이지에 내용이 있어요. 몇 날 며칠에 누구와 접촉했고 이런 답변을 들었고 계속 요청하겠다고 쓰여 있어요.

└ 미래 청년당은 움직이긴 하네요. 하긴, 강남구 혼자서는 못 하겠죠. 환승 시스템이라면 서울시, 경기도 전체가 다 이어지는 건데.

└ 장대운 의원 돈 많던데 좀 쓰면 안 되나요? 구룡마을 재개발 건도 돈으로 해결했다던데.

└ 이게 장 의원 돈 많은 거랑 무슨 상관이에요. 윗분 같은 사람들 때문에 해 주고 싶어도 안 해 주는 걸 수도 있어요. 되게 비상식이네.

└ 거긴 장대운 비서예요? 그냥 한 말 가지고 엄청 따지시네요.

└ 남의 돈 막 쓰자는 게 그냥 하는 말이에요? 그러는 윗분

은 기부 좀 하고 사나 봅니다. 사람이 부끄러운 줄 알아야지.

└ 이봐요. 내가 뭘 하고 살든 무슨 상관이에요. 당신이나 똑바로 사세요. 키보드질이나 하지 말고.

└ 글쎄요. 우습네요. 윗분보다는 알차고 보람되게 살지 않을까요? 적어도 남의 것은 탐내지 않으니까. 재수 없게.

불만이 점점 거세지고 있었다. 자기들끼리 막 싸우고.

무상 급식과 환승 시스템에 대한 방송이 나간 지 벌써 석 달이나 지나갔다. 그동안 강남구청은 꾸준히 무상 급식 대상 학교를 늘려 갔고 그 사실을 구청 홈페이지에 게시했다. 미래청년당도 그 실적을 차근차근 기록으로 남겼다.

하지만 혜택을 피부로 느끼는 서울시민은 강남구민밖에 없었다.

이게 골자였다. 쟤는 되고 나는 왜 안 되는지.

모두가 안 된다면 참을 수 있지만, 쟤만 된다면 억울하다.

일전 회의 때처럼 우리가 굳이 서울시장과 싸울 필요 없다는 장대운의 말이 점점 현실이 되고 있었다.

"자, 오늘 스케줄은 강남구의 밤인가요?"

"예."

"거기 외엔 없는 거죠?"

"스케줄은 그것뿐인데 국회 사무소에서 연락이 왔습니다. 회관 사무실을 그대로 방치할 건지 말이죠."

임기 초, 20일이나 늦게 배정받은 사무실 얘기였다.

한민당 장경출 전 의원이 의도적으로 어깃장을 놓은 일.

장대운의 출발을 어떻게든 망치고 싶었던 것 같은데.

재밌는 건 장대운이 배정받은 사무실로 아예 들어가지 않아 버렸다는 데 있었다. 국회 사무소가 아무리 들어오라고 해도 장대운 국회의원 사무소는 이곳 강남역에서 움직이지 않았다. 우리는 필요 없으니 너희들이 창고로 쓰든 말든 알아서 하라고. 방해한 장경출 집안은 괜히 쭐딱 망했고. 물론 이유는 아무도 모른다.

"어떻게 하고 싶나요?"

"굳이 들어갈 필요 있나요?"

정은희였다.

괜히 찡그리는 것이 들어가기 싫다는 의사가 분명했다.

김문호도 그랬다. 거기 들어가서 아웅다웅 견제하고 방어하고 신경 써야 하느니 강남역이 마음 편하고 좋았다.

장대운도 같은지 고개를 끄덕였다.

"제 생각도 그래요. 여기 강남 사무실로도 충분한데 거기까지 들어가야 할 이유가 있나 싶네요. 정기 국회가 열린 것도 아니고. 열린다 해도 출퇴근하면 되는 거고. 임시 국회야 나랑 상관없이 움직이고."

"그럼 그런 일로 다신 연락하지 말라고 이르겠습니다. 싫다고 했는데도 국회 사무소는 왜 자꾸 전화하는지 모르겠네요."

진짜로 모를까? 이 사실이 바깥에 알려지는 순간 국회 사무소는 폭파될 것이다. 민들레에 의해.

"그나저나 요새 한민당은 어때요?"

"시끄럽습니다. 부동산 특혜와 맞물려 곤욕을 치르고 있어요. 또 소속 의원 중 하나가 골프 치던 중에 캐디를 폭행하고 폭언한 사실이 터져서 더 시끄러워졌죠."

도종현이 자료를 정리하며 답했다.

스크랩 한 기사 중 하나를 뽑아내 보여 줬다. 아파트 개발 때마다 한민당이 붙어 있다는 의혹 기사와 골프장 파문에 대한 기사. 중간일보였다.

"나 편집인이 활약 중이네요."

"사실 나우현 편집인이 유독 우리에게 호의적이라 의아했는데요. 형님에게 어떤 관계인지 들었습니다."

"우리가 좀 친하죠."

"좀 친한 게 아니던데요. 동아줄이셨던데요."

"본래 정치부에서 도사견으로 불렸던 사람이에요. 날뛸 기회를 준 것뿐이에요."

"따로 알아보니까 나우현 편집인은 중간일보 사주도 감히 못 건든다는 얘기도 있었습니다. 그게 다 의원님이 뒤에 있기 때문 아니겠습니까?"

"그 사주도 제 덕을 봤잖아요. 수백억짜리 소송에서도 쏙 빠지고."

장대운을 상대로 악랄한 기사가 판치던 때가 있었다. 90년대 중반.

카더라. 뭐뭐 한다면? 같은 애매모호한 헤드라인으로 각종

의혹을 부풀린 거로 모자라 가짜 기사로…… 장대운 학폭 연루, 마약 복용설, 학교에서도 온갖 특혜를 받고, 일본과 연계하여 국민을 배신하고 이민을 계획 중이라는 기사를 범람시키며 사회에서 매장하려던 시기가 있었다고.

정부 고위층과 사법, 언론이 합심하여 장대운 길들이기를 시도한 건데. 근 몇 달을 시달렸다고 한다. 가는 곳마다 기자가 따라다니며 진상짓을 벌였고 주변인까지 괴롭히는 지경에 이르자 특단의 대책을 내놓게 되었다. 진실을 까 버린 것.

이 일로 청와대 민정 수석이 날아갔고 정치권, 고위 공무원 열댓 명이 옷을 벗었다. 앞장섰던 언론사는 수백억짜리 소송에, 기자는 수십억짜리 소송에 휘말렸고 그 선봉장이 바로 김앤강이었다.

김앤강이란 브랜드가 세상을 찢은 날이기도 했다.

확고히 자리 잡기 위해서라도 김앤강은 지독하게 굴었고 언론은 치를 떨며 수천억 원에 달하는 배상금을 토해 내야 했다. 장대운은 그 돈을 모두 한국의 통신망과 인터넷 환경 개선에 사용했다고 한다.

지금도 기자들 사이에서는 굴욕으로 회자되는 얘기라고 한다. 이때 수많은 언론사와 기레기들이 갈려 나갔고 아직도 그 여파가 남아 있다고.

그만큼 김앤강은 악착같았다. 장대운도 거목과 같이 온갖 외압에 흔들리지 않았다. 돈 다 받아 낼 때까지.

결국 모든 언론사 사주가 직접 찾아와 무릎 꿇었고 약간의

할인율로 마무리 지었다고 한다.

그 일 하나로 김앤강은 장대운의 최측근 겸 사냥개로서 두려움의 대상이 됐다.

"하여튼 잡초 같은 놈들이에요. 짓밟아 놨더니 어느새 자라서 제 잘났다고 떠드네요."

"아무래도 언론이 껄끄럽긴 하죠."

"제일 문제가 그 언론이 '언론이라 부르는 신성한 사명감'이 권력화되었다는 겁니다. 민주주의 사회에서 제일 경계해야 할 것 중 하나죠. 사법의 갱스터화와 함께."

"사법의 갱스터화요? 하하하하하, 맞습니다. 사법이 갱스터가 되면 막을 자가 없겠죠."

"맞아요. 국회나 정부는 국민이 정죄할 수 있어요. 표를 안 주면 되니까요. 하지만 사법과 언론은 방법이 없어요. 얘들도 알아요. 자기 생명이 영원하다 생각하니까요."

"사실 미국도 그렇습니다. 언론이 제일 무섭습니다."

"그래서 그놈들도 저에게 1천억 달러짜리 소송에 잡혔잖아요."

이 사건도 유명했다.

휘트니 휴스턴으로 촉발된 일방적인 여론 몰이.

장대운은 이때 갓 결혼한 새댁에게 이혼을 종용한 무뢰한으로 찍히며 온갖 수모를 당했다. 그 와중에도 그래미 어워즈 수상은 이어졌고 앨범 판매는 더욱 증가했다는 게 아이러니인데.

몇 년을 시달렸다고 한다.

인터뷰 때마다 하이에나처럼 달려드는 기자와 그 기자의

기사를 마치 진실인 양 떠드는 언론 덕에.

이때도 장대운은 꿋꿋이 버텼다고 한다. 경고했고 이에 대한 책임을 지게 될 거라며 더 이상의 호도는 하지 말라고 부탁했다고.

그러든 말든 언론은 최대한 자극적인 기사로 장대운을 FATE를 몰아댔고 장대운은 인내하며 자료를 모았다.

그리고 사건이 터졌다.

휘트니 휴스턴이 멍든 얼굴로 기자 회견에 나선 것이다. 신혼여행 때부터 남편의 폭행은 시작됐으며 자기 행복을 위해 사심 없이 도와준 FATE의 고통을 외면했다고 펑펑 울었다.

사람들이 이게 뭔가 할 때. 장대운을 공격한 언론사에도 정치적 의도가 깔려있었음이 밝혀졌다. 공화당 상원 의원의 지시를 받는 언론사주들의 영상이 전 세계에 퍼진 것이다.

온 민들레가 들고 일어났다. 백악관이건 공화당 당사건 언론사건 이 일을 의뢰받은 로펌이건 재판에 지정된 판사건 할 것 없이 민들레의 방문을 받았다.

자그마치 1천억 달러짜리 소송이었다.

세계의 이목이 주시했고 미 연방 법원 앞, 1천억 달러는 너무 과한 것 아니냐는 외국 언론의 질문에 답한 소송단 대리인의 영상은 지금도 방송 자료로 사용되고 있었다.

∞ 아직도 우리 의뢰인 페이트 님에 대해 아무것도 모르는 분이 있으시군요. 사실 이것도 최소치로 잡은 겁니다. 1조 달러를

책정하려다 사회적 물의가 될 수도 있다는 페이트 님의 요청에 의해 겨우 10% 수준으로 줄인 겁니다. 부디 알고 물으세요.

∞ 1조 달러라고요?

∞ 오히려 되묻고 싶군요. 그러면 기자님은 현재 페이트 님의 가치가 얼마라고 생각하나요?

∞ 그거야⋯⋯.

∞ 당장 현금화할 수 있는 자산만 이미 1,500억 달러가 넘는 분입니다. 그 외 특허부터 유수의 기업들로부터 소유한 지분을 더하면 2,000억 달러는 충분히 되겠죠. 하지만 이 모든 것도 앞으로 벌어들일 수익에 비한다면 작습니다.

∞ 2, 2,000억 달러도 작다는 겁니까?

∞ 다른 건 제쳐두고 한 가지만 두고 보겠습니다. 페이트 님이 무선 통신계를 통일한 사실은 아시겠죠? 이것마저 모른다면 이 인터뷰는 끝마치겠습니다.

∞ 압니다. 복기-1이 세계를 제패했고 한국과 중국이 복기-2 상용화에 든 걸 봤습니다.

∞ 복기-3도 성공했죠. 좋아요. 자, 현재 세계 인구가 50억 명이라고 쳐봅시다. 그중 10억 명만이 무선 통신을 사용한다고 해 보죠.

∞ ⋯⋯?

∞ 최소치로 잡아 인당 10달러를 무선 통신으로 쓴다고 봤을 때 한 달 매출이 100억 달러입니다. 이 중 2.5%를 로열티로 받죠. 2억 5천만 달러입니다.

∞ 무, 물론 아주 큰돈이긴 하지만 1년이라고 해도 30억 달러에 불과하……

∞ 그걸 평생 벌어들인다는 겁니다. 그런데 30억 인구가 30달러를 쓴다면요? 게다가 휴대폰 칩 셋을 누가 만듭니까? 거기에서 나오는 로열티는 얼마라고 생각하시죠? 각 나라 통신사에 지분율은요?

∞ 아……

∞ 고로 이 일은 단순히 어느 개인을 악의적이고 파렴치한 방법으로 몰아내려 한 사건으로 보시면 큰 오류에 빠지게 됩니다.

∞ ……!

∞ 페이트 님이 미국을 떠난다는 상상을 해 보십시오. 그건 곧 페이트 님의 자산도 이동한다는 뜻이고 우리 미국은 우리 미국이 온전히 가져가야 할 모든 수익을 다른 나라에 빼앗기게 된다는 겁니다. 그 폐해를 누가 지겠습니까? 우리 미국 시민이 고스란히 져야 한다는 것 아니겠습니까? 이럴진대 어찌 반역을 떠올리지 않을 수 있겠습니까? 그래서 저는 이 사건을 이렇게 명명하고자 합니다. 건국 이래 다시 나올까 부끄러운 희대의 멍청한 짓이라고.

싹 다 받아 냈다. 언론들이 자기들 죽는다 깽판 쳐도 뒈져라 그러며 전부 받아 냈다.

이도 결국 언론사주들이 찾아와서 무릎 꿇으며 할인율을

적용해 줬다. 언제까지 입금하는 언론사에 대해서만 소송을
취하해 주겠다고.

그때부터 장대운은 생각했다.

언론, 언론, 언론…… 민주사회의 참으로 귀하고 중요한 구
성 요소인데 이놈들이 변질되면 오히려 더 대책이 없다고.

무엇이 문제일까? 그 근본 원인이 무엇이길래 언론이 저렇
게나 날뛰어도 괜찮은 걸까?

질문은 차라리 요구에 가까웠다.

언론을 저리 놔두면 안 되겠다는.

"제가 생각해 봤는데……."

장대운이 속마음을 꺼내려는 순간 사무실 문이 벌컥 하며
열렸다. 뚜벅뚜벅 누가 무거운 발걸음으로 들어왔다.

엄청난 덩치였다. 번쩍거리는 정장마저 저 안 꿈틀거리는
근육을 다 제어 못 할 만큼 극한으로 단련된 남자.

이상한 건 괴한이 목에 걸고 있는 것이었다.

둥그렇고 금빛의…… 어디에서 많이 본 듯한 모양새.

설미…….

"금메달?"

괴한이 소리쳤다.

"어이, 장대운이 한판 뜨자!"

아닌 밤중에 홍두깨도 아니고 국회의원 사무소에 들어와
서 한다는 소리가 한판 뜨자?

뭔 개소린가 싶어 김문호가 일어나려는데 장대운이 잡았다.

왜냐고 쳐다보니 고개를 젓는다.

'으응?'

그런데 정은희가 피식 웃고 백은호는 한숨을 푹 내쉰다.
도종헌만 영문을 모르겠다는 듯 고개를 갸웃댄다.

그리고, 퍽.

"악!"

뒤따라 들어온 남자가 덩치의 뒤통수를 후려갈겼다.

"이 새끼가, 그렇게 말조심하라고 했는데. 뭐, 한판 뜨자?!"

"아, 왜요! 한판 뜨러 온 거 맞잖아요."

"그래도 이 새끼가. 국회의원 사무실이라고 했잖아. 공적
인 자리!"

중년의 남자였다. 키는 그리 크지 않았는데 어깨가 아주
다부졌다. 화가 나는지 중년 남자가 다시 손을 올리자 덩치는
한발 물러서더니 이쪽을 쳐다보았다.

"너 계속 보고만 있을 거야?! 자꾸 이런 식으로 나온다 이
거지?!"

"이 새끼가 은혜도 모르고 감히 누구한테 으름을 질러. 안
되겠다. 오늘 너는 나랑 심도 깊은 이야기가 필요할 것 같다.
나가자."

덩치의 귀를 잡고 끈다.

"아, 아아아~~."

"그만하세요. 이제 됐어요."

장대운이 어느새 두 사람에게 다가가고 있었다.

언제 일어난 거지?

귀를 잡고 오만상을 쓰는 덩치에게 다가가서 어깨를 쓰다듬는데 덩치는 익숙한 듯 피식 웃었다.

"짜식이, 진작 그렇게 나오지."

"너 금메달 따는 거 봤다."

"봤냐?"

"죄다 쪽쪽 뻗어 버리던데."

"약골들 따위 내 적수가 못 되지."

이를 드러내며 웃는 덩치를 두고 장대운은 중년의 남자에게 갔다.

"뭐 하러 여기까지 오셨어요. 집에서 만나도 되는데."

"에이, 그럴 수야 있나. 오늘 온 것도 늦은 건데."

"어서 앉으세요."

지난달에 끝난 아테네 올림픽 금메달리스트란다.

한태국이라고 한국의 유도 영웅.

1996년 용인대 유도학과에 수석으로 입학하자마자 전국 대회 우승지부터 학과 선배들 전부 때러눕히고 국가 대표로 발탁, 처음 참가한 1998년 방콕 아시안 게임에서 오직 한판승으로만 금메달을 딴 후 나가는 대회 족족 금메달을 휩쓰는 무적의 사나이라고.

동양인이 없는 100kg 이상 급에서 그랜드슬램을 2번이나 달성한 남자란다. 그랜드 슬램은 아시안 게임, 세계 대회, 올림픽 금메달을 모두 차지한 걸 뜻한다. 지금까지 모든 시합을 한판승으로 끝낸 한판승의 남자라고.

이원희가 아니라?

그런 남자가 장대운의 학창 시절 쭈욱 친구였다고 한다. 국민학교 1학년 때부터 고등학교 때까지.

놀라운 얘기가 계속 이어졌다.

아버지가 현직 유도 교수이고 어머니가 농구 선수 출신으로 타고난 피지컬로 또래에서는 당할 자가 없는 아이가 어느날 처맞고 왔는데 때린 애가 장대운이란다. 그게 인연의 시작이라고. 그때 이후로 늘 함께 스파링을 해 왔다고.

'뭐? 스파링이라고?'

장소는 자연스레 한태국의 아버지가 운영하는 체육관으로 옮겨 갔다.

한판 붙으러 왔다는 게 농담이 아니었단다.

체육관도 그냥 동네 체육관이 아니었다.

스포츠 센터였다. 격투기부터 헬스, 스쿼시, 에어로빅, 수영까지 전부 원스톱으로 할 수 있는 강남의 명소.

넓은 터에 휴식할 작은 공원까지 딸린, 주차장도 지상, 지하에 완비된 시설로 말이다.

"저기 저 건물이 원래 우리 건물이었는데 이걸 대운이가 지어 줬죠. 선물로요."

"예?!"

스포츠 센터 옆에는 볼품없는 5층짜리 낡은 건물이 있었다. 한태국의 아버지 한만태의 말로는 꼭대기 5층에 살림을

꾸리고 1층과 2층은 상가, 3, 4층은 월세, 지하는 유도 체육관
으로 사용했다고 하는데.

과거식 주상 복합.

"몇백억밖에 안 들었다고 하며 던져 주더라고요. 받을 때
는 너무 크고 부담스럽고 해서 이래도 되나 싶었는데 시간이
지나고 나니 이렇게 지어 놓은 게 맞더라고요. 고객이 끊이지
가 않아요. 김 비서님도 가격이 별로 차이 나지 않으면 시설
이 더 좋은 곳에서 운동하고 싶지 않겠어요?"

"……맞습니다. 선견지명입니다."

선견지명이라고는 했는데. 이걸 선물했다고?

스케일이……. 왜 배가 아프지?

내부엔 사람들로 가득했다. 장사 진짜 잘된다.

"……."

두리번두리번. 홀린 듯 혀를 내두르며 쫓아가기를 얼마나
했을까? 엘리베이터가 멈춘 곳엔 한 개 층을 전부 쓰는 거대
한 체육관이 있었다.

복싱 링도 있고 샌드백 치는 이들을 거치니 안쪽엔 유도와
레슬링을 연마하는 사람들이 보였다. 그리고 제일 안쪽 구석
엔 UFC에서나 보던 팔각 케이지가…….

"헐~."

김문호는 잘못 봤나 싶어 눈을 비볐다.

케이지에서 누가 스파링하는데 분명 종합 격투기였다. 주
먹 휘두르고 로우킥에 태클에.

어느새 장대운과 한태국은 복장까지 갈아입고 왔다.

잠시 스트레칭을 하던 두 사람은 앞선 자들이 끝나자 기다렸다는 듯 케이지 안으로 들어갔고 옆에서 주절주절 떠들던 한만태 관장은 언제 자리를 옮겼던지 3분짜리 공을 울렸다.

땡.

서슴없이 맞붙는 두 사람.

김문호가 놀란 건 누가 봐도 강력할 것 같은 한태국 때문이 아니었다. 저 한태국과 맞서면서도 일절 밀리지 않는 장대운이었다. 엄청 빨랐다. 주먹도 송곳같이 꽂히는데 저 덩치가 움찔움찔 도무지 밀고 들어오지 못했다.

거리를 깨고 밸런스를 무너뜨리려는 공방전이 수십 합 지나가고.

테이크 다운이 터졌다.

헤비급인 한태국의 피지컬엔 어쩔 수가 없는지 장대운이 깔렸다. 그 순간 저 한태국의 움직임이 이전까지와는 달리 무척 기민해졌다.

'니 온 벨리에서 사이드 마운트로 간다!'

장대운이 몸을 비틀어 방어하고는 일어나려 하자 한태국은 다시 사이드 백으로 옮겨 백 컨트롤에 들어갔다.

니 온 벨리 - 톱스핀 - 사이드 백 - 터틀 포지션 같은 고급 기술들이 순식간에 지나갔다. 그 엄청난 걸 받으면서도 장대운은 상대의 무게에 짓눌리지 않고 전부 방어해 냈다. 그러다 틈이 생기자 온몸을 확 뱀처럼 비틀더니 빠져나간다. 날쌘 다

람쥐도 저만큼은 못하겠다.

잠시 소강상태.

두 사람이 서로를 보며 씨익 웃었다.

아주 개운한 표정이었다. 이제야 몸이 좀 풀리는 것 같다는 얼굴들.

"놀랍죠?"

"아…… 예."

"저 지랄을 국민학교 때부터 한 거예요."

"……예?!"

"태국이가 그래도 저 수준까지 올라서게 된 건 고등학교 때부터이긴 한데. 전에는 붙으면 무조건 깨졌죠. 장담하는데, 필드에서 대운이와 만나 승부를 장담할 수 있는 사람은 대한민국에 없을 겁니다. 쟤는 실전이 훨씬 더 강해요."

"그……래, 보입니다."

김문호도 방금 보인 게 어떤 건지 잘 알았다. 정치인 인생에 바쁜 관계로 몇 가지 취미를 가져 본 적 없었던 그에게 골프 외 맥주 한 캔 놓고 미국 UFC 시청하는 긴 빼놓은 수 없는 낙이었다. 하진 못해도 보는 눈은 있다는 것.

장대운은 진짜 고수였다.

그것도 최상급 격투가.

일전 김기태 건에서 백은호가 일러 준 말이 절로 떠올랐다.

∞ 후우…… 그래도 무사히 끝났구먼.

∞ 예?

∞ 의원님 말일세. 아까 민석이가 의원님을 안고 있지 않았다면 아주 큰일 날 뻔했어. 의원님이 이토록 화낸 건 나도 처음이네. 뒤에서 얼마나 조마조마했는지.

∞ 예?

∞ 김기태라고 했나?

∞ 예.

∞ 오늘 여기서 송장 치를 뻔했어.

∞ ……?

∞ 자넨 모르겠지만, 의원님은 엄청난 강자일세. 그런 놈 열 명이 덤벼도 옷깃 하나 스치지 못할 만큼 말일세. 이 나도 승부를 장담 못 할 만큼. 최상급 격투가가 부럽지 않을 만큼. 후후후.

∞ ……!

∞ 역시 몰랐구먼. 하여튼 오늘 위험했네. 민석이 덕에 간신히 절차대로 간 거야. 그것만 알고 계시게. 의원님이 오늘 무척 인내하셨다는 걸.

"……."

김기태는 정말 뒈질 뻔한 거다.

저런 건 일반인 사이에서 주먹 좀 휘두른다고 뻗댈 수준이 아니었다. 맞부딪치는 순간 개박살 난다.

아까 저 한태국이 유도학과에 입학하자마자 똥군기 잡으

려는 선배 열 명을 있는 자리에서 때려눕혔다는 말도 괜한 허세가 아니었음을 깨달았다.

김문호가 보기에도 현대 유도는 격투기라 부르기엔 다소 무리가 있었다. 일반인 상대로야 체력과 기술 차가 현격하니 위세를 부릴 수 있겠지만, 진짜와 만나는 순간 무조건 개털린다에 한 표를 던진다.

UFC 선수 중 유도 베이스가 극히 적은 이유도 여기에 있었다. 유도 베이스가 있다 한들 실전에서는 유도 기술은 거의 사용하지 않는다. 그런 면에서 상대를 자빠뜨릴 수 있는 레슬링이 더 효과적이라 할 수 있는데.

슈슈슈슉.

슈슈슉, 슈슈슉.

잽과 스트레이트가 쉴 새 없이 오갔다. 그걸 단순히 위빙으로 회피한 장대운은 한태국 품으로 파고들어 복부를 노리거나 턱을 노렸다. 한 방을 크게 휘두르거나 하는 것도 없었다. 최대한 단타 혹은 연계 콤보로 대미지를 누적시킬 뿐. 오로지 경계하며 상대의 움직임을 관찰했다. 잘못 들어갔다간 카운터가 나오는 걸 아는 것이다.

가히 엄청난 수준.

'저 정도면 레슬링이든 주짓수든 접근할 방법이 없잖아. 맞붙었다간 처맞다가 끝나겠어.'

완벽한 스트라이커들이었다.

그렇다고 바닥에서의 공방전을 못 하나?

아까 봤잖나. 얼마나 기민한지.

"우와~ 끝장이다."

"저, 저것 봐."

"미친……."

"대박!"

"미쳤다. 미쳤어."

진짜 잘하는 건 문외한이 봐도 잘해 보인다.

하물며 강자에 대한 동경으로 체육관을 찾은 이들에겐 어떻게 보일까?

어느새 케이지 주위로 빡빡하게 모여들었다.

한태국과 장대운은 초절정 고수였다.

초절정 고수의 대련은 보고 싶다고 볼 수 있는 게 아닐뿐더러 피 끓는 청춘들이라면 무조건 열광할 수밖에 없었다. 수많은 영감이 될 테니.

전율에 어금니가 절로 악물리면서도 김문호는 이 사실이 너무 부러웠다.

저 장대운이 나였으면, 내가 장대운이었으면…….

땡.

꿈결 같던 시간이 지나가고 신경을 곤두서게 하는 벨소리가 울렸다.

두 사람도 멈췄다.

3분이 지난 것.

활짝 웃은 두 사람은 하이파이브하며 케이지에서 나왔다.

박수가 쏟아졌다.

대결한 이들이 면면을 보곤 더 자지러졌다. 금메달리스트 한태국과 국회의원 장대운이라니.

한태국, 장대운의 이름이 연호됐다.

김문호도 또 한 번 크게 놀랐다.

짙은 부러움의 끝에 슬며시 올라오는 자랑스러움에.

장대운이 칭찬받음이 뿌듯하다.

"……!"

장대운을 자랑스러워하다니.

이 내가.

부러움에 배 아파하면서도 장대운이 잘하는 것에 가슴 충만하다.

거울을 봤다.

"……."

웃고 있었다.

웃음의 질감이 어째 정은희를 보는 듯 백은호를 보는 듯 비슷하였다.

이때 처음으로 인식했다.

내가 장며들고 있었음을.

치킨과 피자, 햄버거를 잔뜩 시켜 체육관 사람들과 1차로 거나하게 회식한 후 2차로 우리끼리 따로 옮겨 맥줏집에서 놀다가 3차로 노래방, 4차로 소주, 5차로 위스키, 6차로 해장국에 소주를 마시고야 끝났다.

낮부터 놀아 새벽녘을 맞이하고서야 집으로 돌아간 거다.

"어후……."

주말이 끼어 있어 다행이었다.

이틀 내도록 술병에 끙끙 앓다 월요일에 겨우 출근했더니.

백은호와 장대운은 딱 세 시간만 자고 그다음 날도 바쁘게 움직였다고 한다. 아직까지 소주 소리만 들어도 우웩 올라오는 판에 이 인간들은 토요일 하루 쉬고 일요일에도 마셨다고.

인간이 아니다.

"당 홈페이지상으론 어느 정도 조직도가 갖춰진 거로 보입니다. 나름대로 활동도 활발하게 하는 것 같고. 다만 이대로 놔두면 온라인 활동만 주력으로 하게 될지도 모른다는 판단이 들었습니다. 실제가 없는 허상처럼 말이죠."

회의 시간. 장대운이 먼저 화두를 던지자 도종현이 받았다.

"맞습니다. 미래 청년당도 슬슬 지부 활동을 열 때가 왔습니다. 들끓고 있을 때 진행해야 속도도 나고 성과도 얻을 수 있을 것으로 보입니다."

"그래요. 저도 그렇게 생각해요. 그런 면에서 어느 곳을 먼저 타깃으로 삼아야 할지 의논하고 싶었어요."

장대운이 보드판 위에 대한민국 전도를 펼쳤다.

마련된 자석으로 네 꼭짓점을 붙여 고정시키고는 깃발이 달린 자석 하나를 강남구 위치에 올려놓고는 나머지를 살피라는 듯 물러섰다.

생각을 정리할 시간을 주겠다는 것. 이대로 서울을 중심으로 활동하며 외곽으로 세력을 뻗칠지. 아니면 어떤 방향성을 탈지. 지난주에 준 숙제를 답해 보라는 것.

김문호는 바로 대답했다. 그다지 어려운 문제는 아니었다.

"우선은 가장 먼 곳부터 공략하는 게 좋다고 생각했습니다."

"먼 곳이라면……요?"

"부산 혹은 광주입니다."

"음······."

저 '음'은 어째서냐는 것이다.

"수도권은 가깝습니다. 가깝기에 실감하기도 쉽고 와닿는 것도 크죠. 하지만 지방은 수도권에 비한다면 소외된 거나 마찬가지입니다. 더구나 다른 당이 터줏대감처럼 앉아 있고요. 어떤 액션이 없다면 제일 먼저 식을 곳이 바로 저 두 곳이기 때문입니다."

"으음······."

"저도 문호 씨의 의견에 동감합니다. 안전한 길은 아니지만 그렇다고 계속 외면할 곳도 아닙니다. 미래 청년당이 전국당이 되기 위해선 반드시 뚫어야 할 곳입니다."

경상도의 한민당. 전라도의 민생당.

전라도의 아귀, 경상도의 짝귀. 어쨌든.

각축전은 서울이었다. 킹메이커는 충청도였다.

이게 현 정치의 구도.

장대운이 판단하기에도 김문호의 말이 타당성 있었다. 각축전인 서울을 먹는다 한들 경상도와 전라도가 살아 있으면 한민당과 민생당은 언제든 미래 청년당의 뒤를 공략할 수 있다.

하지만 저들의 앞마당에서 미래 청년당이 똬리를 틀고 성공적으로 안착한다면 한민당, 민생당은 내부에 적을 두게 되는 셈이다. 수도권은 본인도 있고 무상 급식과 환승 시스템만 성공해도 알아서 미래 청년당 판이 된다. 이참에 저들의 뿌리를 꺾어 보자는 의견을 만류할 이유가 없었다.

미래 청년당으로선 참으로 이상적인 계획. 그런데,

'가능한가?'

두 사람을 보았다.

도종현과 김문호. 능력은 충분하다 못해 넘쳤다.

어딜 내놔도 주도권을 쥘 만한 인재다.

그 능력의 진실함마저 이미 입증 받은 인재.

그런데, 안심이 안 된다.

'……'

누군가는 노파심이라고, 가볍게 생각해도 된다고 말할 수 있을지도 모르겠다.

지방에 가서 당사 사무실로 쓸 만한 건물 하나 수배하고 중앙만 바라보는 지역당원들 토닥거리는 게 무슨 힘이 든다고 우려를 하냐 말할 수 있겠지만, 문제는 그게 전부가 아닐 거라는 데 있었다. 그것 이상의 혹은 그것 이외의 어려운 것이 튀어나올 확률이 아주 높다는 것.

장대운은 아무리 좋게 봐도 간단히 끝날 일 같지가 않았다.

'나라도 그럴 테니까.'

누가 오필승 시티에 깃발을 꽂으러 온다면? 가만히 있을까?

정량적으로 본다면 부산이든 광주든 지방의 한 도시일 뿐이다. 그러나 정성적으로는 한민당, 민생당의 심장부. 그것도 1, 2년 닦아 온 도시가 아니라 수십 년을 두고 얽힌 지역색이 아주 강한 도시. 그곳에 터를 꾸린다는 게 간단할 리가 없었다.

처음 서울을 시작으로 점차 늘리는 방향으로 가자고 했던 이유도 바로 그것 때문이었다. 안전을 생각해서.

하지만 김문호는 바로 지방부터 꽂자고 하였고 도종현조차 당원 보호를 위해서라도 그게 맞다 하였다.

'가능한가?'

장대운은 다시 한번 김문호와 도종현과 눈을 맞췄다.

두 사람이 가능하다고 한다. 맡겨 달라고. 더구나.

"속전속결로 가야 옳습니다. 제가 광주로 가고 도 보좌관님이 부산으로 가서서 도장 찍고 서울로 올라오는 겁니다."

"……."

둘 다 한꺼번에 해결하잖다.

"좋은 기회입니다. 한민당이 부동산 의혹으로 함부로 움직이지 못하고 민생당이 내홍으로 흔들리고 있습니다. 적의 혼란은 우리에겐 기회입니다."

"……."

두 사람이 따로 움직이겠다고. 힘을 합쳐도 모자랄 판에.

그러나 또 전부 다 맞는 얘기였다.

부인할 수 없는 기회였다. 적이 혼란에 휩쓸려 방어가 소홀할 때 심장부를 공격하는 건 병법의 기본. 필승의 전략이다.

'확실히 놓치긴 아깝긴 해. 알아서 틈을 벌여 주는데 마다하는 것도 안 되겠지. 게다가……'

일당백의 장수 두 명이 간청하고 있었다.

자기를 보내 달라고. 선봉으로 세워 달라고.

더 망설이는 건 사기를 꺾는 게 된다.

'할 수 없겠군. 일단 내려보내자.'

여기에서 고민하는 건 백해무익했다.

맞닥뜨려 봐야 콩인지 팥인지 구분될 것이다.

"좋아요. 문호 씨가 광주로 가시고 도 보좌관님이 부산으로 가세요. 가서서 우리 미래 청년당의 깃발을 꽂아 주세요."

"알겠습니다."

"옙."

"필요한 건 뭐든 요청하시고요. 다만 무리는 하지 마세요. 전 여러분이 더 소중합니다. 알겠습니까?"

"옙."

"옙."

"그럼 건투를 빌겠습니다."

"반드시 해내겠습니다."

"무조건 성공시키겠습니다."

"오빠, 우리 정말 광주에 가는 거야?"

"형, 정말이에요? 우리 정말 출장 가는 거예요? 회사 다니는 것처럼?"

"어허이, 이놈아, 이제부터는 김 비서님이라고 불러야지. 공적인 일에서는 직책을 부르는 게 예의야."

"김 비서님…… 이상해. 간질간질하고."

"김 비서님. 충성. 헤헤헤."

"오냐. 어서 가자."

김문호는 이미래와 이시원 둘을 데리고 광주광역시행 열차를 타러 갔다. 필요한 게 있냐는 정은희에 보조할 인원 둘을 부탁했더니 미래와 시원이가 왔다. 도종현에게는 강민수와 박서진이 붙었다.

"오빠, 아니, 김 비서님 우리 정말 KTX도 타는 거예요?"

"맞아요. 그거 최고로 빠른 열차라면서요? 새마을호보다도 훨씬."

알고 보니 올해 4월 KTX가 개통됐다고 한다.

몰랐는데 열차 예약하려다 알았다. 정은희는 김포에서 비행기를 타도 된다고 했지만, 동생들과의 열차 여행은 또 빼놓을 수 없는 추억이고 새마을호 특실은 비행기 비즈니스석 못지않으니 겸사겸사 예약하려 했는데 웬걸. KTX가 있었다.

"가자. 곧 출발한다고 하네."

"예~~."

"예."

미래와 시원이는 마치 여행 가는 것처럼 아주 즐거워했다. KTX가 출발하고 속도가 오르자 씽씽 뒤로 사라지는 건물들을 보며 우와~~ 감탄을 터트리고 열차 여행의 백미인 전기구이 오징어도 뜯고 사이다도 마시며 재잘재잘.

김문호로선 여러모로 좌석도 불편하고 갑갑한 면이 없지는 않았지만, 동생들이 좋다니 같이 웃어 줬다.

다만 그 속은 즐기지 못했다.

'어찌 될까.'

걱정이 앞섰다.

광주는 이번이 처음이다. 전생과 현생을 모두 합쳐서도.

서울 태생에 서울에서 최준엄 최고의원을 만나 그 밑에서 한민당 의원 생활을 했고 지원 유세도 경상도 위주로 다녔다. 전라도와 광주는 당시에도 깜깜했고 어차피 민생당의 텃밭에 한민당 무덤인 데다 당에서도 그다지 신경 쓰지 않았다.

"⋯⋯."

김문호는 가만히 창밖으로 내다봤다.

모든 게 빠르게 지나간다. 그런데 시선을 옮겨 먼 곳을 바라보니 또 아주 천천히 지나간다.

같은 방향성인데도 원근에 따라 받아들여지는 게 다르다.

전략은 이랬다.

차근차근, 단계를 밟아 지역 사회에 스며든다.

민들레 출신 당원들이 있는 한 맨땅에 헤딩은 아니고 그들의 사기만 북돋워도 절반은 먹고 갈 수 있다 여겼는데.

이게 막상 실현하려고 보니 보통 막막한 게 아니었다.

"큰소리는 뻥뻥 치고 왔는데⋯⋯ 과연 잘해 낼 수 있을까?"

"오빠?"

"형?"

"으응? 왜?"

"무슨 문제 있어? 걱정하는 표정인데?"

"으응, 조금."

미래가 고개를 갸웃댔다. 이해가 안 간다는 듯이.

"근데 오빠, 우리 사무실 얻어 주러 가는 거 아냐?"

"……그렇지."

"다른 일도 있는 거야?"

"글쎄, 사무실 얻어 주러 가는 건 분명해."

미래가 알겠다는 듯 고개를 끄덕였다.

"아아~ 가서 다른 일이 생길까 걱정하는 거구나. 무슨 사고 같은 거."

그렇게 간단한 건 아니지만, 일단은 인정해 줬다.

"잘해야 하니까. 의원님이 믿고 맡기셨는데 성공적으로 수행해야지."

"하긴. 오빠는 더 부담이긴 하겠다."

"누나, 우리가 이해해 줘야 해. 형은 의원님이랑 직접 일하잖아."

"맞아. 우리만 너무 즐거워하고 있었어. 조심하자."

"응, 형 미안해요. 너무 철없이 좋아만 했어요."

이걸 원하는 게 아니었는데.

"……."

하지만 적절한 긴장감은 일하는 데 필수다.

미리 자세 잡는 것도 나쁘지 않겠지.

하하, 호호, 떠들던 동생들은 전라도와 광주광역시 자료를 살펴며 공부를 다시 시작했고 그렇게 사랑의 KTX는 어느새 광주에 도착했다. 역사를 나서자마자 노란색 티를 걸친 아주머니들이 우르르 다가왔다.

"맞죠잉?"

"거그 우리 서울 중앙당에서 오신 분들 맞죠잉?"

한눈에 봐도 미래 청년당 당원들이었다.

민들레의 색, 노란색.

"예, 맞습니다. 안녕하세요. 장대운 국회의원님의 7급 비서인 김문호입니다."

"워메워메, 맞구만이라. 지는 광주지부장을 맡은 서, 미현이어라."

곱게 허리 숙이는 여성은 똑같이 노란색 티셔츠를 걸쳤지만, 헤어스타일부터 액세서리까지 심상치 않았고 피부의 질감도 달랐다. 강남 귀부인 못지않은 귀티가 흐른다.

"겁나 잘생겨 부렀네요잉. 서울도 몇 번 가 봤는디 요로코롬 잘생긴 사람은 처음 봅니다."

"아이고, 성님, 귀한 분이 오셨는디. 길바닥에서 이러고 있기요?"

"아 참, 내 정신 좀 봐. 어서 이리로, 어서 이리로."

그녀들이 이끈 곳에는 콤비 버스가 한 대 대기하고 있었다.

이동한 곳은 호텔이었다. 예상과는 달리.

호텔 로비엔 몇 분이 더 계셨다. 그분들과도 인사하고 자리에 앉아 어색한 시간이 10분쯤 흘렀나?

서미현 광주지부장이 말을 걸었다. 광주지부장이라 함은

민들레 때 사용하던 호칭이었다. 우선 급하니 쓴 것 같은데
이번 기회에 정정해야겠다. 정당답게.

"비서님, 저기 의원님은 잘 계신가요?"

"그럼요. 여러분들을 무척 보고 싶어 하세요."

"정말이요?"

"그럼요. 의원님이 어떤 분이신지 잘 아시잖아요."

"그럼은요. 그럼요. 의원님이 우리를 얼매나 사랑하시는
지 지는 믿고 있었다니깐요. 호호호호호."

말 몇 마디에 황송해하는 미부인을 따라 같이 있는 다른 분
들까지 기뻐하고 있는 걸 보고 있노라면 참으로 흐뭇해야 마
땅한데 김문호는 그러지 못했다.

본래 약속 시각보다 2시간을 빨리 왔다.

우리가 만나러 간다는 측면에서 준비도 하고 현장에서 전
략을 검토해 수정에 들어갈까 하여 광주지부의 대표 격인 서
미현에게만 연락하고 출발한 것이다. 광주에 대한 브리핑을
먼저 받으려고.

그런데 열몇 명이 전부였다. 변변한 플래카드조차 없고.

거나한 장소에서 최소한 몇백 명이 모여 으샤으샤할 거라
는 예상과는 너무도 다른 조촐한 만남. 이조차도 민들레란 팬
덤이 가진 한계라고 치부할 수 있겠지만.

서울 전당 대회에서의 경험이 말했다. 전생 정치인의 경험
이 말했다. 이건 아니라고.

"……."

문제가 있었다. 그것도 아주 큰 문제가.

역시나 약속 시각 내 몇 명 더 도착한 것 외 끝.

전부 20명이었다. 미래 청년당이 이 전라도 땅에 첫발을 디딘 역사적인 순간에 모인 숫자가 겨우.

그래도 서미현은 일일이 다 인사시켰다.

"여긴 목포지부장 정다혜."

"정다혜여라."

"여긴 여수지부장 조필순."

"조필순이어라."

"여긴 광양지부장 황은미."

"황은미어라."

"여긴 나주지부장 성진희."

"성진희어라."

······.

··········.

그래도 지부장급은 다 모였다. 최악은 면한 것. 씁쓸하지만 지금 중요한 건 실망이 아니라 이들과의 관계였다.

김문호는 활짝 웃었다.

"안녕하세요. 저는 장대운 의원님의 7급 비서 김문호입니다. 여긴 미래 청년당 중앙당에서 근무 중인······."

손을 내밀어 가리키니 동생들이 알아서 허리를 굽혔다.

"이미래입니다."

"이시원입니다."

수줍게 동생들을 상대로 여기저기 탄성이 터졌다.

"워메, 우짜쓰까잉. 애기잖여."

"비서님도 그렇고 피부 좀 봐. 뽀송뽀송, 솜털도 안 빠졌어."

"의원님이 젊어서 그려. 일하는 사람들이 전부 젊은 사람
인 겨."

"그란디 나이가 워터게 돼요?"

"21살입니다."

"20살입니다."

미래, 시원이는 이런 상황을 처음 겪다 보니 거의 모기 소
리로 답했다.

"워메, 진짜 애기여."

"우리 의원님 곁에 애기들만 있는 겨?"

"모르지. 오필승에서 따라갔다는 양반도 있다는디."

"그란디 학교는 졸업했어요?"

짓궂은 질문도 나왔다. 이도 김문호는 편히 말해 줬다.

"저는 서울대 졸업반입니다."

"워메. 서울대여?"

"우와~ 나 서울대 첨 봤어."

"어쩐지 잘생겼다 했다. 서울대면 공부도 최고 아니여?"

"저기 두 분도 서울대여요?"

"아닙니다. 고졸입니다. 사적으로는 제 동생들이고요."

고졸에 동생들이라는 얘기에 달아올랐던 분위기가 급격히
식었다.

307

짓궂은 표정을 짓던 당원도 당황했다.

"아, 아아…… 그렇구먼. 지가 잘못 물어본 건 아니죠잉?"

"뭘 아니여? 니는 늘 입이 문제여. 나가 만날 때마다 입조심허라고 하지 않았냐?"

"언니는 나만 갖고 그려. 물어볼 수도 있제."

"그려도! 어서 사과 안 혀?"

"괜찮습니다. 언제 의원님이 사람 함부로 뽑는 거 보셨습니까? 제 동생이라고 막 뽑았을까요?"

또 조용해진다.

"……그런가?"

"그럼요. 나이와 학력의 차이일 뿐 나머지는 결국 의원님에 대한 충성도가 아니겠습니까?"

"맞어. 충성도여. 그게 제일 중요허지. 아무렴, 의원님이 하시는 일인디 어디 빈틈이 있갔어?"

"그려요. 성님, 우리가 괜히 분위기 망친 거여요."

"미안혀요. 우리는 기냥 좋아서……."

"괜찮습니다. 저희도 이곳이 마음에 들어요. 반겨 주셔서 감사하고요."

"그려요? 하하하하하하, 그러믄 됐지요잉. 하하하하하하하."

"맞어. 그러면 된 거여."

"그려. 그거면 된 거지."

고개를 끄덕끄덕. 김문호도 인사는 이쯤이면 됐다 여겼다.

일어났다.

"모처럼 모이셨는데 맛있는 거 먹어야죠?"

"흐미, 아까부터 출출했는디. 우짜 알아쓰까잉."

"괜히 비서님이시겄냐. 딱 보면 알겄지, 이것아."

"그려, 우리 비서님은 뭘 드시고잡으요?"

기대에 찬 그녀들을 보며 김문호는 씨익 웃었다.

"여그 광주에 육전이 고로코롬 맛이 좋다던디. 맛은 봐야 하지 않것소?"

흐드러진 광주 사투리가 튀어나오자 당원들이 벌떡 일어 났다.

"워메, 워메."

"지금 우덜 말 한거?"

"뭐여? 전라도 사람이여? 아닌디. 아까 서울 사람이라 혔는디."

"키야~ 고새 전라도 사투리를 배운 겨? 역시 서울대는 다 르고만."

"암, 어서 가자. 비서님이 육전 드시고자신디 어서 가드라고."

"뭐 허냐. 싸게 안 일어서고."

좋다고 육전집에 가서 소주에 부어라. 마셔라.

한창 분위기가 무르익었을 때 김문호가 일어나 말했다.

"내일 좀 당사 사무실도 알아볼 겸 광주 시내를 돌아보려 는데 도와주실 분 계신가요?"

"날 데려가소. 나가 여그 꽉 잡고 있소."

"어허이, 너는 조용히 앉거라. 이 성님이 비서님을 모시겄다."

"다들 조용. 어디 광주지부장을 두고 감 놔라 대추 놔라 허냐. 비서님, 내일 아침에 딱 호텔 앞에서 대기하고 있겠소. 나 오기만 하셔요. 이 서미현이가 쫙 책임지갔소."

"어허이, 언니는 이때만 지부장이요? 길은 나가 더 빠삭하다 안 허요."

"그라지 마시고 비서님, 날 데려가소. 나가 건물주들 더 많이 압니다."

서로 가겠다는 걸 김문호는 한두 명만 필요하다고 끊었다. 다 같이 움직여야 하니 차도 승용차보단 승합차가 좋겠다고.

"오빠, 여기 괜찮아?"

"형, 너무 비싼 거 아니에요? 우린 그냥 아무 방이라도 괜찮은데."

스위트룸을 잡았다. 호텔에 도착해 놓고 짐도 안 풀고 육전 먹으러 갔다가 다시 돌아온 시각은 저녁 7시.

처음 들어올 때만 해도 미래와 시원이는 '여기가 스위트룸이야?' 하며 신기해하고 좋아하다가 곧바로 걱정 가득한 얼굴이 되었다. 스위트룸 하루 숙박비가 일반실의 열 배나 되는 걸 알았기 때문이었다.

"괜찮아. 단지 잠만 잘 거면 아까울 수 있는데 우리가 수학여행 온 것도 아니고 일하러 온 거잖아. 여긴 숙소 겸 미래 청년당 작전 본부야."

따로 방 두 개 얻어 회의 때마다 미래를 부르려니 차라리 방 두 개짜리 스위트룸이 훨씬 낫다 판단했다.

"형이 괜찮다면 나도 상관은 없는데⋯⋯."

"나도 오빠가 괜찮다면야⋯⋯."

"그럼 그냥 즐겨. 짜식들아."

"그럴까?"

좋은 건 좋게 보면 된다.

상황이 맞니 안 맞니, 형편에 맞니 안 맞니, 애써 이유를 찾을 필요는 없었다. 즐길 땐 온전히 즐겨 주는 게 돈값이다.

풍성한 침대를 향해 몸을 던져 보기도 하고 룸서비스도 시켜 보고 창밖 광주시의 야경을 보며 치즈 쪼가리에 와인도 한 잔하고 하하 호호 떠들면 된다. 그러다 보니 미래 입에서 절로 이런 말이 나왔다.

"행복해⋯⋯."

그러나 행복에 겨운 얼굴은 아니었다. 반쯤은 슬픈 얼굴.

"너무 행복한데⋯⋯ 무서워."

이 행복이 자기 것이 아님을, 이 행복이 언제 날아갈지 모름이 두렵다는 것이다.

안타까웠지만 이는 김문호도 어쩔 수 없었다.

이 시간이 누구 덕분에 누리는 건지 자신도 잘 알고 있고 이 역시 호가호위였으니까.

"자꾸 원장 어머니가, 동생들이 생각나. 나 혼자 이렇게 행복한 게 맞는지 모르겠어."

눈물짓는 미래에 시원이가 한 발 다가갔다.

"누나⋯⋯."

"미안해. 시원아, 오빠, 미안해. 내가 자꾸 왜 이러지?"

급히 훔치지만, 눈물이 계속 흐른다.

김문호는 그런 미래를 일부러 놔뒀다. 넘어야 할 산이었다. 자신도 그랬다. 좋은 것만 보면 보육원 동생들, 원장 어머니가 먼저 생각났다. 그래서 양심의 가책을 이기지 못하고 사회 운동에 뛰어들었다.

"······."

하지만 이제 우리 앞엔 그런 미래가 없었다. 생활에 찌들어 희망을 담보로 살아가는 처절함과 욕망으로 짓눌려 울부짖기만 하는 짐승 같은 삶은 절대로 만나게 하지 않을 것이다.

우리에겐 장대운이 있었다.

장대운이 우리 편인 이상 더는 이전의 삶에 얽매일 필요 없다. 앞으로 나아가기만 해도 전부 따르지 못할 만큼 장대운의 울타리는 넓고 그 과정에 동생들이 함정에 빠지지 않게 하는 것 정도는 자신도 얼마든지 할 수 있었다.

그래서 더 우린 장대운에게 보여 줘야 했다. 여기에서 끝난다면 그저 가능성 있는 아이에서 끝날 테니.

'능력을 보여야 해. 저 반짝이는 광주가 미래 청년당을 따르게 해야 한다. 나에겐 뒤가 없어. 단 한 번의 기회라 생각하고 성공시켜야만 해.'

어리광은 안 된다.

김문호는 감정을 지우고 이미래를 쳐다봤다.

"이미래 씨."

"……!"

"……!"

"이미래 씨."

"아옙, 비서님."

미래가 서둘러 신색을 바로 했다. 그래도 어제오늘 신신당부한 건 잊지 않은 건지 존칭을 쓰는 순간부터 긴장한다.

그런 미래가 기특했지만, 김문호는 내색하지 않았다.

"오늘 어떤 느낌을 받았습니까?"

"……예?"

"이 광주에, 광주시 당원을 보고 어떤 느낌을 받았냐는 겁니다."

"아, 그게…… 무척 친절하시다는 느낌을 받았습니다."

"그리고요?"

"굉장히 적극적이라는 느낌도 받았습니다."

단지 몇 마디일 뿐이지만 미래는 감상에 젖었던 스스로에서 완전히 벗어났다. 집중하고 있었다.

시원이도 덩달아 자세를 바로 하였다.

하지만 내놓은 답은 초등학생도 할 수 있는 수준이다.

"다른 걸 묻죠. 몇 달 전에 시행된 제17대 국회의원 선거 투표율이 어떻게 됐나요?"

"예, 제17대 국회의원 선거는 2004년 4월 15일 치러졌고 투표율은 60.6%였습니다."

"좋아요. 이 중 전라남도는요?"

"광주시를 뺀 총 13개의 선거구에서 선거인 1,501,645명 중 952,365명이 투표를 하여 63.42%의 투표율을 기록하였습니다."

"그렇다면 광주광역시는요?"

"총 6개의 선거구에서 선거인 982,809명 중 591,345명이 투표를 하여 60.17%의 투표율을 기록하였습니다."

잘 외우고 있다.

"결과는요?"

"당선자의 경우 55%에서 65%의 득표율로 당선됐습니다. 이전 16대 국회의원 선거에 비해서 득표율이 현저하게 낮아졌는데 이유는 같은 뿌리에서 나뉜 두 개 당이 경합하는 바람에 생긴 현상입니다."

"그렇다면 두 당의 득표율을 합한다면요?"

"90%~98%입니다."

"좋아요. 이 숫자가 의미하는 바는 무엇인가요?"

"그건……."

대답을 못 한다.

대답 못 하는 게 맞다. 한창 연예인 좋아하고 친구들과 수다 떠는 걸 기쁨으로 여길 21살짜리 사회 초년생이 제17대 국회의원 선거 현황과 그 의미를 파악하고 있다는 게 더 이상할 것이다. 하지만 이미래는 미래 청년당 당원이자 중앙당 업무에 투입될 사람이다. 당연해야 한다는 것.

질문의 의도도 마찬가지였다. 괴롭히기가 아닌 현황 파악이 되는지에 대한 점검과 함께 자기만의 결론에 도달했는지에 대해 확인하는 작업이다. 이렇게 준비하고 있어야 한다는 걸 알려 주기 위해서였다.

김문호는 질문을 또 바꿨다.

"미래 청년당 전라남도 현황을 말해 보세요."

"옙, 어제 자로 광주시를 포함한 전라남도에 소속된 당원은 현재 82,136명입니다. 이 중 미래당원은 20,193명입니다."

"미래 청년당 총 당원 수는 얼마나 됩니까?"

"이 역시 어제 집계까지 당원 2,012,391명에 미래당원 1,000,032명으로 1백만 명을 돌파했습니다."

"2백만 중 1백만이 미래당원이라. 이 중 광주시를 포함한 전라남도 당원은 8만에 2만이군요."

"옙."

"미래 씨, 이래도 결론이 안 나옵니까?"

"예?"

미래에게서 당황한 표정이 나온다. 시원이도 모르겠는지 표정이 급격히 어두워진다.

"앞서 말한 국회의원 선거 득표율과 미래 청년당 전라남도 당원의 현황. 이 두 가지가 말하는 바는 아주 명확합니다. 지금 우리가 어떤 상황에 처했는지 말이죠."

"저 그게……."

"시원 씨도 모르겠나요?"

"……죄송합니다."

고개를 푹 숙인다. 이는 핀잔을 주기 위함이 아니다.

이왕지사 미래 청년당에 몸담았다면 빠른 적응이 최선이다. 정당 사무에서 이런 정도는 일상이고 얼마 안 가 한민당과 민생당의 현황마저 한눈에 보이도록 파악해야 한다.

김문호는 미래와 시원이를 준엄하게 쳐다봤다. 본인에 대한 다짐도 있었다.

'나는 장대운과 함께 대통령을 볼 거다. 미래야, 시원아.'

그때 너희가 내 옆에 있길 바란다.

"일반당원은 둘째 치고 미래당원만 2만 명이라고 했습니다. 그중 단 20명이 온 거예요. 아직도 이를 어떻게 판단해야 할지 모르겠나요?"

"……!"

"……!"

"선거에서도 똑같죠. 이 땅에선 민생당 간판만 달면 무조건 당선된다는 공식이 나와요. 그것도 아슬아슬하게가 아닌 득표율이 90% 이상 압도적으로 말입니다. 이래도 뭔지 모르겠습니까?"

"저는……."

"……."

머뭇대는 이미래, 이시원을 쳐다보는 김문호의 표정은 싸늘했다.

"그렇게 판단이 어렵나?"

"죄송합니다. 제가 잘 몰랐습……."

"죄송은 무슨. 죽고 나서 죄송인가?"

"아……닙니다."

눈물이 글썽, 고개를 푹 숙이는 이미래를 본 김문호는 시원이도 들으라는 듯 말했다.

"지금 우리 의원님은 홀로 한민당, 민생당 저 두 거대 당을 상대로 죽고 죽이는 싸움에 돌입했어요. 정치에 2등이 있나요? 선거에서 2등이 어떻게 되는지 못 봤습니까? 저 서울시장이 의원님을 죽이려고 달려든 것도 봤잖아요. 미래 씨는 이 모든 게 장난으로 보입니까? 이 간단한 질문에조차 대답 못 할 만큼?"

"아닙니다. 죄송합니다. 잘못했습니다."

허리를 마구 굽힌다.

김문호는 톤을 낮췄다.

"우리가 여기에 왜 왔지요?"

"광주시 지역에서 쓸 미래 청년당 당사를 찾으러 왔습니다."

"아니에요. 아니에요. 그깟 건물 하나 보러 이곳까지 온 게 아닙니다."

"……."

"가능성을 보러 온 거예요. 우리 미래 청년당이 이 광주에, 전라도에 발을 뻗어도 되는지. 뻗는다면 어떤 식으로 뻗을 건지. 간을 보러요."

"……!"

"……!"

"지금부터 주적 개념을 다시 설정해 주겠습니다. 우린 이 땅에 민생당과 한민당 따위와 어깨를 견주러 온 것이 아닙니다. 이 땅에서 살아가는 사람들 즉 전라도 전체와 광주시 사람들과 맞짱 뜨러 온 거예요. 전라도에 존재하는 모든 사람이 이 순간 우리 적이란 말입니다."

"……!!!"

"……!!!"

입을 떡.

"이제 이해가 되나요?"

"…….."

"…….."

당최 이해가 안 되는 표정이다. 왜 이렇게까지 말하는지 불안한 표정.

놀란 건 놀란 거고.

김문호는 두 사람의 반응이 당연하다고 봤다.

이 지역에서 쓸 당사를 보러 간다고 해 놓고는 갑자기 전라도 사람 전체가 적이라고 지껄이는 걸 온전히 받아들이는 건 무리다.

하지만 결론만 말하자면 그게 또 맞다.

"60%의 투표율에 득표율 90% 이상이 의미하는 바는 아주 명확합니다. 전라도 인구수의 60%가 민생당을 민다는 거예요. 민생당의 뿌리가 이 전라도 전역에 퍼져 있다는 거죠. 호호백발 어르신들부터 자라나는 아이들, 그 아이들을 가르치는 선생님, 관공서, 체육인, 상공인, 경찰에 저 멀리 어부까지, 거리를 지나다니는 사람들 모두가 한 다리 거치면 민생당을 지지하는 사람이라는 거예요. 이합집산이 아니에요. 60년대 정치 혼란기는 물론 서슬 퍼런 군부 압제 시절까지 함께 겪은 동지들입니다. 이들에게 민생당은 일반적인 정당이 아닙니다. 최후의 보루와 같은 겁니다."

"아……."

"아아~~."

"물론 다른 걸 원하는 사람들도 있겠죠. 민생당의 독주에 불만을 품은 사람들도 있을 거예요. 모두가 단일한 색으로 사는 건 저 강력한 사회주의조차 실현해 내지 못한 걸 역사가 증명하니까요. 그런데 반대 목소리를 낼 수 있을까요? 사회주의는 못살겠으니까 뒤집힌 거라지만 여긴 누가 못살게 구나요? 즉 이 전라도 땅에서 변화를 말한다는 건 배신이 된다는 겁니다."

고개를 끄덕끄덕.

"이제 20명만이 온 게 이해됩니까?"

"예."

"예."

이 순간 두 사람을 바라보는 김문호의 마음속엔 갈등이 들어찼다.

말하면서 되새김하는 중이다.

현재 가져온 전략이 옳은지, 아니면 다 뒤집어엎고 새 판을 깔아야 할는지.

둘 사이에서 아직 판단을 내리기 어려웠다.

"오늘은 우리 미래 청년당이 이 전라도로부터 아주 거한 대접을 받은 날이에요. 이를 헷갈리면 안 됩니다. 전쟁은 우리가 먼저 시작한 게 아니에요. 이 전라도가 광주가 우리가 오기 전부터 이미 우리를 적으로 규정했다는 거예요."

이 정의가 다소 과장일 수는 있었다.

전라도가 광주가 딱히 우리에게 뭐라 한 것도 아니고 우리도 아직 어떤 액션을 취하지 않았다.

다만 공략해야 할 입장에서, 동생들 정신 무장에선, 도움되기에 적나라하게 꺼낸 것뿐이다.

물렁물렁한 감상에 젖기엔 이 도시가 너무도 **빡빡**하기에.

김문호도 내심 걱정이긴 했다.

'내가…… 잘해 낼 수 있을까?'

짐작한 것 이상의 압박감을 느꼈다.

장대운의 일에 대해서만큼은 양보가 없는 민들레조차 20명밖에 오지 못했다는 건 시사하는 바가 너무도 컸으니.

'정말 전라도 전체와 싸워야 할지도 모르겠어. 후후훗.'

어이없어 웃음이 나왔다.

그리고 또 한편으로는 전부 적이라 선언하고 나니 속은 편하긴 했다.

피아 구분할 필요 없잖나.

어차피 최악이고 최악을 상정하기에 깨져도 미련은 없다. 이쪽도 최선을 다할 테니.

김문호의 입꼬리가 사악 올라갔다.

그걸 본 이미래와 이시원은 몸을 움찔 움츠렸다. 김문호가
저런 표정을 지을 때마다 사고가 터졌다.

'어디 한번 붙어 보자.'

다음 날 오전이 되어 밖으로 나서니 승합차 한 대가 기다리
고 있었다.

서미현이 운전석에 앉아 손을 흔든다. 두 사람이 더 있었
는데 목포지부장인 정다혜와 여수지부장인 조필순이었다.
모두 어제의 노란색 티셔츠를 벗고 단정하게 꾸민 패션이었
다. 티셔츠 하나 걸쳤을 때와는 전혀 다른 분위기.

우아한 여성들이다.

"여기요. 비서님, 여기예요~."

"어서 오시오. 우리 비서님이랑 두 분 편히 잘 주무셨는지라?"

"워메, 어쩐댜. 오늘 또 봐도 이렇게 좋다냐."

"아이고, 두 분은 댁이 머신데 어떻게 또 오셨어요."

괜찮냐는 김문호에.

"에이, 비서님도 서울서 여그까지 왔는디 일도 안 마치고
워떠케 집에 간다요. 우덜 집은 나기 며칠 없어도 잘 돌아가
니께 걱정 마셔요."

"맞어요. 우리를 위해 먼 길 오셨는디 떡이나 먹고 있으면
안 되지라. 다른 회원…… 아니, 당원들도 오려고 했는디 우
리가 말리고 대표로 나온 거여요."

"그렇게 말씀해 주시니 참으로 감사합니다. 이렇게 도와주
시니 일이 참 수월해질 것 같네요."

"호호호호호, 그려요? 우리가 참 잘 나왔지라?"

"그럼요. 저도 우리 당원님들 덕에 어젯밤에 마음 편히 잘 잤습니다. 하하하하하하."

어젯밤 내내 고심해 놓고는…… 입에 침도 안 바르고 거짓말하는 김문호에 이미래와 이시원은 눈을 반짝였지만 내색하지는 않았다.

아! 이럴 땐 이렇게 답하는구나. 하나라도 더 배우려 할 뿐.

"자자, 성님, 어서 출발하시오. 해 떨어지갔소."

"거참, 동상은 급혀. 너~무 급혀. 밥숟가락 들지도 않았는디 숭늉부터 찾고. 호호호호, 그라믄 비서님, 우리 첫 번째부터 보러 갈까요?"

"옙."

"안전벨트 꼭 붙들어 매셔요. 그라믄 출발합니다."

부르릉.

승합차는 움직였고 30분 정도 광주 시내를 통과하여 길가에 차를 댔다.

거기엔 장년으로 넘어가는 남자가 기다리고 있었다.

서미현은 내리자마자 그 남자의 어깨를 탁 쳤다.

"여어, 벌써 와 있었어?"

"아이고, 누님, 30분이라고 했잖여. 지금이 몇 시여? 바쁜 사람 20분이나 기다리게 허고."

누님?

누가 봐도 서미현보다 열 살은 많아 보이는데.

"동상, 나가 여그 길이 좀 어두워서 그려. 이해해 줘야지. 저기 우리 비서님께 인사부터 하고."

"아라써. 아라쓰."

진짜로 어린가 보다. 사회적 지위에 따른 게 아닌 진짜 나이. 저 남자는 대체 어떤 삶을 살았기에……

"안녕하시오. 이 동네 부동산을 꽉 잡고 있는 박시동올시다. 저그 서울에서 오셨다고요?"

"예. 김문호입니다."

"적당히 사무실 삼을 건물 찾으신다고요?"

"예."

"이 물건은 어떻소? 좀 작긴 한데 대신 아담하고 가족 같은 분위기도 만들 수 있고."

바로 옆 2층 건물을 가리킨다.

건물을 딱 보는 순간 서미현 등 당원 지도부의 생각이 어느 정도 수준이었는지 깨닫는 김문호였다.

작아도 너무 작았다. 어디 동네 철물점 열 것도 아닌데.

아무리 계획이 점진적 확장이라 해도 이런 건물에 들어갔다간 비웃음만 살 것이다.

김문호는 부동산 중개인에게 말했다.

"보통 처음 보여 주는 게 제일 나쁜 물건인 것 정도는 알고 있습니다. 세 번째쯤 제대로 된 물건을 보여 줘서 계약을 이끌어 내는 방식도요. 그런데 우린 시간이 돈인 사람입니다. 굳이 시간 낭비할 필요 없으세요. 물건이 좋으면 오늘이라도 바로 계약할 겁니다."

"어, 허허허허, 이거 잘못하다간 뺨 맞을 뻔했구먼. 아이고, 누님, 누님은 지대로 얘기를 해 줘야지 대충 얘기해 주니까 이런 사달이 벌어지는 거 아녀. 죄송합니다. 지가 사람을 잘못 봤습니다."

꾸벅 실수를 인정한다.

"어머머, 왜 그래? 난 기냥 좋은 거 갖고 오라고밖에 안 혔 잖여."

서미현은 괜히 한 소리 듣고는 무안한지 중얼중얼.

"하여튼 그게 중요한 게 아닌디. 진짜 중요한 건 안 알려 주고. 알았습니다. 얼릉 가십시다. 나가 아껴 놓은 물건이 있으 니께."

다시 차를 타고 슝.

이번엔 5층짜리 번듯한 건물 앞에 내려 줬다.

"지은 지 10년밖에 안 된 이쁜이요. 여그 성님이 골프 유학 인가? 자식새끼 그거 시킨다고 팔아 뿔라는 게 아니면 나오지 않을 물건입니다. 어떠십니까?"

"……."

괜찮긴 했다.

사무실로도 좋고 회의실이랑 교육실 자리도 나올 것 같고.

다만 한 가지.

주차장이 너무 협소했다. 세 대 나란히 대면 끝.

장대운이 광주에 들른다고 봤을 때 틀림없이 불편함을 느낄 것이다.

"더 좋은 곳은 없습니까? 여긴 주차장이 좀 작네요."

"터를 넓은 걸 원하시오? 그라믄 상당히 비싸질 텐데요."

"돈 걱정은 마시고 보여 주세요."

"좋습니다. 시원시원하구만. 갑시다."

또 차를 타고 슝.

이번에도 5층 건물인데 확실히 주차장이 넓었다. 지상은
물론 지하 1층에도 주차장이 있었다.

이 정도면 웬만한 조건이 충족됐다 여겼는데.

서미현이 가만히 있다 거들었다.

"근디 여긴 좀 멀지 않어? 지하철도 없고 사람이 오갈라믄
교통이 편리해야 하는디."

"아이고, 누님, 광주 시내에서 이만한 물건이 없어요. 대신
버스는 다니잖아요. 그 정도는 감안해야지⋯⋯."

따르르릉 따르르릉.

대화 중 전화벨이 울리길래 중개인이 받는다.

"어! 성님. 웬일이쇼? 예, 예, 지금 성님 물건 보여 주고 있
는디. 예?! 안 판다고요? 왜요? 전에 소주 마시며 어떻게든 팔
아 달라고⋯⋯ 예?! 뭐라고요? 허어, 그려요? 이게 그런 일이
었어요? 하아⋯⋯ 알것습니다. 나가 잘 마무리하것소. 그려
요. 끊어요."

탁 끊고는 앞으로 온다.

"저기 서울 양반. 혹시 미래 청년당인지 뭔지이쇼? 건물 구

325

하는 것도 당사로 삼으려고 하시는 거고?"

"예."

"하아……."

이번엔 서미현을 본다.

"누님, 거 민들레인가 뭔가 하더니 아예 당적까지 바꾼 거요?"

"으응? 왜?"

"난 여기서 손 떼겠소."

그냥 가려 한다.

김문호가 얼른 잡았다.

"갑자기 왜 이러시죠?"

"서울 양반. 뭘 모르는 것 같은디. 도대체 여그서 뭘 얻으려고 이 먼 곳까지 내려왔소. 기냥 서울에서 잘살지."

"예?"

"건물주 양반이 안 팔겠답니다. 미래 청년당엔. 나도 안 팔겠다는 거요."

"그러니까 갑자기 왜 이러시냐고요?"

"그럼 이거 팔믄요? 이거 팔믄 나는요?"

"예?"

"하아…… 당신들 입성하면 나가, 이 건물주 성님이 앞장서서 길을 열어 준 게 아니오. 돈 몇 푼 벌겠다고 고향을 떠나야것소? 그러니까 나는 안 되겠소. 다른 사람 찾아 잘들 해 보쇼. 그리고 누님, 성님이 누님 그러고 다니는 거 알고 있소? 정신 차리소. 그러다 큰일 납니다."

택시 타고 가 버린다.

"……."

"……."

"……."

"……."

"……."

"……."

우와~ 살며 이런 텃세를 다 겪을 줄이야.

세상에 건물 하나 사는 것도 마음대로 안 된다고?

물론 저들이 아주 특별한 케이스인 건 이성적으로 안다. 잘못 걸렸다는 것도. 돌아다니다 보면 임자를 만나 더 좋은 물건을 잡을 수 있다는 것도.

뭐랄까. 알바 하러 갔는데 아주 마음씨 좋은 사장을 만나는 것과 말끝마다 고아니 뭐니 지랄해 대는 사장을 만나는 것 사이에는 확률이 존재한다지만 만난 후부터는 100%이고 현실이라는 것처럼 말이다.

그래도 충격은 충격이었다.

기가 막혀 한동안 아무것도 못 했다.

"아이고, 이 일을 우짜쓰까. 워떠케 이렇게…… 아이고, 비서님, 지송합니다. 아는 동생이라 믿고 맡겼는디. 수모를 다 겪게 하고. 나가 이놈을 그냥!"

서미현은 화내면서도 몸 둘 바를 몰라 했다.

김문호는 오히려 환한 미소로 그녀를 위로했다.

"괜찮습니다. 이럴 수도 있고 저럴 수도 있죠. 하나도 걱정 하지 않으셔도 됩니다. 근데 그 사람이 남편분 얘기를 하시던 데 괜찮겠습니까?"

"아이고, 이참에 지 걱정은 아니오. 지는 하나도 문제 없응 게 걱정하지 않으셔도 됩니다."

"정말 괜찮습니까?"

"그러믄요. 한마디라도 했다간 아주 초상날 테니께요."

서미현뿐만 아니었다. 정다혜, 조필순도 얼굴부터 슬슬 붉 어지며 전투력이 올라가고 있었다.

이들도 이 일을 단순히 나들이로 생각해선 안 된다는 걸 깨 닫기 시작한 것 같았다.

김문호로선 언감생심이었다.

마다할 이유 없는 변화.

서미현이 봤고 정다혜, 조필순이 봤다.

곧 전국적으로 퍼져 나갈 것이다. 민생당이 당사 하나 얻 는 것까지 참견해 훼방 놨다고.

이럴 때는 조금은 더 실의에 젖은 표정으로 가는 것도 좋겠다.

"아무래도 오늘은 그른 것 같으니 돌아갈까요?"

"그럴까요? 비서님, 너무 실망하지 않으시믄 좋것습니다. 저희가 더 열심히 움직여 찾아내것습니다. 지송합니다."

"지송합니다. 그 싸가지 없는 놈은 우리가 알아서 할 테니 께. 호텔에서 푹 쉬셔요."

쩔쩔매며 호텔로 향한다.

하지만 호텔에서도 이벤트가 기다리고 있었다.

막 로비로 들어가는데 예닐곱 명이 앞을 가로막는다.

누구냐고 묻기도 전에.

환갑은 넘어 보이는, 얼굴에 기름기가 반질반질, 하얀 정장을 입은 덩치의 남자가 앞으로 나왔다.

"그대가 미청당이오?"

"누구십니까?"

"나요? 나가 여그 민생당 청년회장이오."

"청년……회장이요?"

어디를 봐서 청년인지…….

손가락에 낀 두꺼운 금반지하며 번쩍번쩍 시계하며, 금팔찌하며.

"그렇소."

"아, 그러시군요. 좋은 하루 되세요. 저는 이만."

지나치려 했다.

"어허이, 아직 말이 안 끝났는디 어딜."

뒤에 있던 사람들이 우르르 길을 막는다.

참고 있던 서미현이 기어코 소리를 질렀다.

"안 비켜요?! 이 사람들이 지금 뭐 하는 거여?! 경찰 불러요?"

하지만 청년회장이라는 사람은 꿈쩍도 안 했다.

도리어 서미현을 윽박질렀다.

"어이, 여자는 빠지고! 어디 어른들 말하는데 끼어들어. 싸가지 없이."

"어머머, 싸가지? 아자씨, 나 알아요? 내가 누군지 알아? 당신 이름 뭐야?! 이름 뭐냐고?!"

정다혜, 조필순도 나섰다.

"느그들 뭐여?! 뭔디 길을 막고 지랄이여!"

"안 비켜! 어딜 백주대낮에 건달도 안 하는 짓을 하고 지랄이여! 어이, 프론트, 이거 두고 보는 거여?!"

세 여자가 두 눈에 쌍심지를 켜고 달려들자 청년회장도 움찔했다.

"거 성깔은. 여보오, 할 야그가 있어 왔다잖여. 저그서 커피 한잔하자고."

"우리가 왜 아자씨랑 커피 마셔야 하는데? 저리 안 비켜요? 일 크게 만들어 봐요?"

"맞어. 약속도 안 혔잖어. 당신이 마시자면 우리 비서님이 마셔야 하는 거여? 이게 어디서 배워 먹은 싸가지여?!"

"저리 안 비켜! 경찰에 전화한다! 전화한다!"

전화기를 꺼내고 소란을 일으키니 로비에 있던 사람들의 시선이 꽂힌다.

저쪽은 남자 일곱, 이쪽은 남자 둘에 여자가 넷.

맥락상 누가 봐도 시비 거는 쪽은 저쪽이었다.

손님들이 웅성대고 프론트까지 더 이상은 못 봐주겠다는 듯 어디론가 전화를 걸자 결국 청년회장은 한발 물러섰다.

물러서며 한마디 던졌다.

"어이, 친구. 여그 광주 땅에 왜 내려왔는지 나가 아는디.

그냥 가소. 좋은 말로 할 때 호텔에서 잘 먹고 잘 쉬다 올라가
소. 괜한 불화 일으키지 말고. 알았소? 안 그럼 후회할 텡게."

엑스트라답지도 않은 위협은.

또 피식피식 비웃으며 서미현과 정다혜, 조필순을 번갈아
본다.

"아주 꽃밭에서 노는구먼. 거 서울 친구, 여자들 치마폭에 숨
으니 즐거우시오. 하긴 아직 탱탱해 보이는디 밤은 즐겁것소."

"뭐, 뭐여?!"

"저 개자식이 말이면 단 줄 아나!"

"하하하하하, 뭘 그리 발끈하나. 젊은 서울 친구랑 밤에 이
어 주면 니들이 더 좋것제. 안 그려? 아줌씨들?"

낄낄대며 가 버린다.

서미현 등이 씩씩대든 말든 미련 없이.

그러다 또 문을 나서자마자 몸을 돌려 손도 흔들어 준다.

"경고 잊지 마시오. 이 동네가 좀 험혀. 난 분명 알려 줬소.
밤은 열심히 보내고. 키히히히히히히히히히."

대기하던 대형 세단을 타고 슝.

거참……

"저, 저놈이 뚫린 입이라고. 정말…… 아이고, 비서님, 어찌
한다요. 여그가 그런 동네가 아닌디. 자꾸 이상한 것만 엮여
서."

"맞어요. 여그 광주 사람들 친절하고 좋습니다. 예의도 바
른디 어쩌면 저런 것들만 하이고."

"오늘 마가 꼈다냐. 별 꼴을 다 보는구먼. 이러면 나라도 여그 광주엔 고개도 안 돌리지."

"비서님, 지송합니다. 믿어 주시오. 여그 광주가 원래 이런 동네가 아닙니다."

안 그래도 쩔쩔매던 서미현, 정다혜, 조필순은 어디 구멍이라도 있으면 들어갈 듯 안절부절못했다. 한마디라도 잘못 꺼냈다간 자지러질 듯 시선도 마구 흔들리고.

이해가 갔다.

당사 건립 요청은 이들이 먼저 했다.

"……."

괜찮다.

괜찮다.

괜찮다.

미래 청년당은 역사가 아주 짧다.

당연히 인프라는 없고 그래서 처음부터 모든 것들을 만들어 가야 한다.

지역 조직도 마찬가지다.

온라인상으로는 어느 정도 구성이 갖춰졌다지만 오프라인으로는 아직 아무것도 없는 상태.

민생당이나 한민당처럼 작은 사무실이라도 하나 열어 주면 활동에 더 도움이 될 거라는 요청은 차라리 권리였다. 또 이들의 요청이 아니더라도 미래 청년당이 전국당으로서 면모를 갖추려면 해야 할 일이었다.

다만 그 사업을 어디에서부터 펼쳐 나갈 건지는 순전히 당 전략에 의해 달라질 일인데.

이 중요한 시기에 우리가 광주광역시로 제일 먼저 달려온 거다.

그런데 광주광역시는 호의를 안고 찾아온 사람들에게 불의를 저질렀고. 가뜩이나 체면이 중요한 대한민국에서 대놓고 수모를 당하게 하였다.

패닉이 온 건 당연했다.

미래 청년당 기념비적인 사업의 시작점인 전라도 광주가 도리어 그 첫 삽부터 어그러뜨리고 있음을 두 눈으로 목격했는데 만약에 이 일로 인해 미래 청년당 전국 당사 건립 사업에 차질이 생기면 무슨 낯으로 다닐까.

"워메, 우짜쓰까잉."

"이 일을 우짜쓰까잉."

"아이고, 성님, 큰일 나부렀어. 우짜면 좋소."

언제 민생당 청년회장을 상대로 드세게 달려들었는지 모르게 속상해하고 울머거렸다.

걱정스러운 눈빛이 되어 시선도 못 마주쳤다.

달래야 했다.

이들은 미래 청년당이 이곳 전라도에 뿌리내릴 기반이었다. 귀한 모종.

이들이 흔들렸다간 정말 아무것도 안 된다.

김문호는 최선을 다해 달랬다.

괜찮다고. 다소 의외긴 한데 이도 예상 내 사건일 뿐이고 여러분은 아주 잘해 주고 계시고 그것에 엄청 감사하고 있다고.

수없이 말해 주며 토닥였다.

이깟 일로 미래 청년당이 꿈쩍이나 할 것 같냐고 말이다.

겨우 돌려보냈다. 도리어 더 환히 웃으며 저들이 안 보일 때까지 배웅하였다. 그러나 엘리베이터 문이 닫힌 순간 김문호의 입가가 싸늘해졌다.

"오빠⋯⋯."

"누나, 잠깐만 조용히 있자."

〈4권에서 계속〉

잇츠
IT'S MY LIFE
마이 라이프

초촌 현대판타지 장편소설

무심코 내뱉은 술주정이 현실로?
다사다난했던 1983년으로 회귀하다!

우연한 술자리에서 속마음을 털어놓은 것은,
그저 가슴속 멍울을 해소하기 위한 몸부림이었다.

"솔직히 좀 부럽더라고요.
그런 인생을 살고 싶었거든요"

대기업 마케터로 잘나갔고, 작가의 삶도 후회하지 않는다.
마흔이 넘도록 내세울 것 하나 없다는 것만 빼면.
그래서 푸념처럼 했던 말인데, 정말로 현실이 될 줄이야.
5공 시절의 따스한 봄날, 7살의 장대운이 되었다.

지금이 아니면 다시는 돌아오지 않을 기회.
제대로 폼나게 살아 보자.
이 또한 장대운, 내 인생이니까.

조선이 문명함

조휘
대체역사 장편소설

여느 때와 다름없이 퇴근 후 게임을 즐기는 일상.
그런데 이질적인 무언가가 시선을 강하게 사로잡는다.

〈99/100〉

EHS라 적힌, 단순하기 짝이 없는 아이콘.
기호와 숫자 몇 개가 전부인 소개 문구.

대체 무슨 게임일까 하는 묘한 이끌림이 클릭을 강제했고,
정체를 알 수 없는 문자들이 쏟아져 나오는 것과 함께
세상이 한 점을 중심으로 회전하며 비틀리기 시작한다.

조금 전과는 한없이 동떨어진 상황이 눈앞에 펼쳐지는데,

"상감마마!"

나보고 왕이란다.